原進一
アムステルダムの詭計
Artifice of Amsterdam
原書房

アムステルダムの詭《き》計《けい》

目次

本作品は、実際の事件及び結末を、松本清張氏の作品『アムステルダム運河殺人事件』
における見解に留意しつつ、フィクションとして構成したものです。

プロローグ

戦後の日本犯罪史上、最も鮮烈な印象を残したのは、昭和四十三年に東京、府中市で発生した「三億円事件」であろう。白バイ警官に変装した犯人が日本信託銀行の現金輸送車を制止し「ダイナマイトが仕掛けられている」と行員を降車避難させた。ニセ警官は発煙筒でダイナマイトを偽装したうえで輸送車ごと走り去った。負傷者はいなかったが、東芝府中工場のボーナスは丸ごと消えた。当時の三億円は現在の貨幣価値で二十〜三十億円に相当する。

金額の大きさと、血を一滴も流さず、僅か三分間で犯行を果たした手口の鮮やかさで、日本人の度肝を抜いた。被害額は甚大であったが、保険金で東芝従業員のボーナスは予定通り支払われた。どこにも被害者らしきものが見当たらない。そのことが日本人を安堵させた。

犯人の残したバイクや車輌など大小遺留品は百五十点近くに及び、当初はすぐに解決すると楽観視された。日本中の誰もが、劇場映画を楽しむように犯人像の推理で盛り上がった。ところが捜査は難航を極め、楽観は悲観に変わる。警視庁は〝捜査の神様〟の異名をとる名物警部を投入したが、犯人を挙げられなかった。動員された捜査要員は延べ十七万人と言われる。結局昭和五十年十二月に刑事事件としての時効は成立し迷宮入りとなった。

日本国内で大きく取り上げられた事件であったが、海外で日本の「三億円事件」が話題に上ることはない。日本人だけでなく広く世界中の耳目を引いた点では、昭和四十年に起きた「アムステルダム運河殺人事件」が凌駕している。日本で「三億円事件」が発生する三年前にオランダで発生した事件である。アムステルダム運河の殺人事件を記憶しているヨーロッパ人は多い。とりわけオランダ人が日本を話題にする時、必ず連鎖的にこの事件に言及する。

頭部、両脚、手首のない日本人死体が運河で発見され、その猟奇的性格からオランダ国内だけでなく世界中で大々的に報道された。世界の猟奇殺人の歴史に初めて日本人が登場したケースとなった。

残忍な日本人というイメージはヨーロッパ人の間に刷り込まれ、昭和五十六年に発生したパリ人肉事件でその印象は一層強化された。パリ警察に逮捕された犯人が日本人留学生だったからである。作家、唐十郎《からじゅうろう》氏は本事件を題材に小説『佐川君からの手紙』を著し、昭和五十七年下半期の芥川賞を受賞している。人肉事件では遺体をバラバラに切断された被害者がオランダ人女子学生であったことから、とりわけオランダではセンセーショナルに扱われた。その結果、全オランダ国民に昭和四十年の「アムステルダム運河殺人事件」を思い出させた。

日本人にとってオランダという国は馴染みが深い。最初の邂逅《かいこう》は四百年前に遡る。徳川幕府が成立する直前の時期である。祖国オランダのロッテルダム港を出航したリーフデ号がインド洋への航路を外れ、慶長五年（一六〇〇年）に九州の豊後に漂着した。二十四人の乗組員を拘束した長崎奉行の寺沢広高《てらざわひろたか》は大坂城の豊臣秀頼《とよとみひでより》に指示を仰ぎ、その結果乗組員は江戸に連行された。江戸では五大老首座の徳川家康《とくがわいえやす》が引見している。

リーフデ号は浦賀に廻航され、船内に配備されていた五百丁の火縄銃と火薬は、半年後の関ヶ原の戦いで活用される。船白体は破損が著しいために解体されたが、船首に飾られていたエラスムス木彫像は取り外され、旗本、牧野成里《まきのしげさと》が保管した。現在は重要文化財の指定を受け、上野の東京国立博物館に寄託のうえ栃木県佐野市の古刹、龍江院の観音堂に安置されている。龍江院は牧野氏の菩提寺である。

江戸に連行されたヤン・コーステンやウイリアム・アダムスを取り調べる過程で、家康は欧州情勢の実情に触れる機会を得た。そこでヨーロッパ諸国が、先ず宣教師を尖兵として派遣し次いで軍隊を上陸させる植民地戦略を察知する。乗組員との接触に危機感を持ったのは、先に日本で布教活動を展開していた旧教国イスパニア（スペイン）、ポルトガルのイエズス会宣教師たちだった。新教国オランダを排除するよう家康に進言したが、これは逆効果だった。焦燥感を募らせたイエズス会宣教師はアダムスに旧教への改宗を迫るが、誘惑、脅迫は奏功しない。

ヨーロッパでの宗教対立が、そのまま極東の島国に持ち込まれた。家康はカトリック布教に固執するイスパニア、ポルトガルを遠ざけ、布教を諦め貿易のみに専心するプロテスタント国のオランダを厚遇し、慶長十四年（一六〇九年）、平戸に商館を置くことを許した。布教活動を自ら封じたオランダが、それまでのカトリック国の特権を浸潤しはじめる。以降、オランダ人は長崎を拠点に日本での活動を続けた。鎖国時代にも途切れることはなかった。

寛永十四年（一六三七年）に発生した島原の乱に際しても、オランダは一役かっている。幕府は当初単なる百姓一揆と捉えていたが、一揆側の激しい抵抗に難渋した。既に老境に入っていた宮本武蔵を征伐に投入したが、山上からの激しい投石に遭い退却している。もともと島原、天草地方は、キリシタン大名の有馬晴信《ありまはるのぶ》、小西行長《こにしゆきなが》の所領でキリスト教信仰が盛んだった。天草四郎《あまくさしろう》時貞《ときさだ》を総大将に立て決起したキリシタンに、徳川家光《いえみつ》は苛立った。キリスト教に不案内な家光は、オランダ商館に打開策を求めた。原城にたてこもりポルトガルの援軍を待つカトリック教徒の一揆軍に対し、平戸のオランダ商館長《カピタン》、ニコラス・クーケバッケルは、本国から軍艦を廻航させ海上から砲艦射撃を行い幕府の要請に応えた。

ここでもヨーロッパの宗教対立が影を落としている。だが城に立て籠もり、ひたすらでうすの国からの援軍を待つキリシタンたちには、その対立構造は分からない。ローマ教皇からの援軍を期待していたのに逆に砲撃を加えてきた、と絶望の淵に立たされる想いだっただろう。鎮圧後幕府は禁教令を強化し、領民に踏絵を課した。同時にポルトガルと国交断絶し、布教活動を行わないと約束するオランダを優遇した。その結果新教国オランダが、日本から旧教国イスパニア、ポルトガルを駆逐することに成功し、南蛮貿易の主役の座に躍り出た。

カピタンの語る海外事情が「阿蘭陀《オランダ》風説書」として定期的に幕府へ提供された。幕府は最新の文明、世界情勢の情報を求め、他方オランダは貿易上の独占を確保するために幕府の要求に応える。暗黙のうちにギヴ・アンド・テイクの利害関係が構築された。

日本は、オランダ人を介して西欧文明に触れる機会を得た。オランダから伝えられたものは文物や技術に留まらない。歴史の見方、世界情勢の捉え方をも学んだ。エゲレス国の名誉革命もフランス革命もカピタンから情報がもたらされた。西欧列強が清国を侵略したアヘン戦争も、「オランダ風説書」によって報された。風説書は定期的だけでなく、危急の場合、臨時に刊行されることもあった。幕末最後のカピタン、ヤン・ドンケル・クルティウスは嘉永五年（一八五二年）「別段風説書」で、米国艦隊が砲艦外交によって開国を迫ろうとしていると江戸幕府に警告を発した。ペリーが浦賀に来航する一年前のことである。老中首座の阿部正弘《あべまさひろ》は、「風説書」によって世界情勢の把握に努め、開国・攘夷が対立する国論を開国へと導き、和親条約の締結に至る。インド洋から東に位置する国々で、唯一日本だけが列強の支配を受けずに切りぬけた。西欧列強から植民地化を免れた遠因は風説書にあると言われている。

オランダはリーフデ号の漂着以来深く日本に食い込んだ。現在でも「コロッケ（クロケット）」「スコップ（スホップ）」「ブリキ（ブリック）」「お転婆（オテンバール）」など、日本語の中に定着したオランダ語も多い。幕末の嘉永六年（一八五三年）、アメリカ東インド艦隊ペリー総督が浦賀沖に現れたとき、浦賀奉行の戸田氏栄《とだうじよし》は黒船の甲板上で通辞を介しオランダ語で交渉した。当時、英語の通辞はいない。ペリーが去るや即座に、幕府はオランダに軍艦を発注する。「ヤーパン」と名付けられた軍艦はロッテルダム近郊のホップ・スミット造船所で建造が始まった。三年間の建艦作業ののち「ヤーパン」はロッテルダム港を出港し喜望峰を経て長崎に運ばれた。幕府は初めて保有するこの軍艦を「咸臨丸」と命名した。

一方オランダからは、日本への関心は薄い。片思いの感がある。ライデン市に出島通りという道路が残っているが、その名が日本の長崎に由来すると分かるオランダ人はいない。オランダ人の、日本に関する知識は皆無に等しい。そんな風土で唯一の例外が「アムステルダム運河殺人事件」である。事件はオランダ国民の間に、生々しい記憶として深く刻まれている。松本清張《まつもとせいちょう》氏の『アムステルダム運河殺人事件』の蘭語訳は、現在でもアムステルダムの図書館で閲覧できる。事件の衝撃を今も引きずっているからだろう。

アムステルダムの運河で日本人のバラバラ死体が発見されたのは昭和四十年のことで、米ソ対立の冷戦構造を背景に、世界中が不穏な空気に包まれていた時代である。

その二年前には、ダラスでケネディ大統領が暗殺されている。ＦＢＩは即座にＫＧＢに操られた当時二十四歳のオズワルドを被疑者として逮捕した。だがオズワルドも逮捕から三日後、郡拘置所へ移送される直前に、シークレット・サービスを装ったナイトクラブ経営者、ジャック・ルビーによって射殺される。ルビーの背後でマフィア組織の暗躍が囁かれた。しかし事件発生から十ヶ月後、ウオーレン委員会は膨大な添付資料と共に、オズワルドの単独犯行として議会に報告した。だが現在、この調査報告書を信じる米国民はいない。

当時の米国は、突如キューバに誕生したカストロ新政権に苛立っていた。水面下でカストロを標的とした殺害が計画され、CIAはキューバ軍の上級将校を買収した。加えてマフィアとも手を握った。

ケネディ大統領の父、ジョゼフと親交の厚いシカゴの武闘派大ボス、サム・ジアンカーナの関与は大きい。ジアンカーナの情婦、ジュディス・キャンベルがケネディとマフィアの連絡役を務めたと言われる。

キューバの将校に手引きされたマフィアのヒットマンがカストロを殺害する手はずだったが、ぎりぎりのところで情報が漏れ標的は生き延びた。一旦受けた指令をマフィアは放棄しない。「服従の掟」を遵守しようとする。毒薬による注射での殺害、葉巻に爆薬を仕掛ける方法、ダイビング中の殺害、など執拗に殺害計画が実行に移されたがことごとく失敗に終わった。革命後急速に社会主義へと傾くカストロ政権を横目に、米軍部は焦燥を募らせた。政権転覆を画策したピッグス湾進攻の失敗を巡って、アメリカ国内で軍部とケネディ政権の対立は先鋭化した。ケネディは自身が失敗の全責任を負うと明言しながら、軍事作戦の不備を追及しCIA長官と副長官を更迭したからである。諜報機関も加わり、単なる政治上の対立が組織同士の遺恨にまで発展した。どの関係者とも利害関係を持っていたのがマフィアである。闇の勢力の不気味な動きに人々は気付きながらも口を閉ざして過ごした。

キューバの裏社会を牛耳り、背後からバティスタ政権を操縦していたマイヤー・ランスキーは先見の明のある米マフィアのボスだった。ハバナでのカジノを閉め、賭博の拠点を本国カリフォルニアの砂漠の上に移そうと計画した。ネバタ州政府の賭博禁止法を抑え込みカジノを合法化するために、マフィアから有力上下院議員に多額の献金が動いた。ランスキーは、華やかな人気歌手や有力なハリウッド・スターを連日ラスベガスに呼んだ。カジノ・ホテルの豪華なショーを目くらましに使い、マフィアのダーティなイメージを払拭した。

同時期にヨーロッパでは、ロンドンでプロヒューモ事件が発覚している。二十世紀最大の英政界スキャンダルと騒がれたハニー・トラップ事件である。保守党期待の星、陸相ジョン・プロヒューモが高級娼婦クリスティーン・キーラーに漏らした軍事機密が、彼女を介してロンドン駐在のKGB武官、エフゲニー・イワノフ大佐に流れた。キーラーは、大佐の指示を受け米核ミサイルが西ドイツに配備される計画を探っていた。陸相と高級娼婦の親密な関係は、垂れ込みによってマスコミに漏れ議会で労働党から追及を受ける。事件の煽りで保守党内部に混乱が生じ、直後の総選挙に敗れた。その結果、チャーチル以来政権の座にいた保守党はマクミラン、ヒューム内閣を最後に政権を去り、代わってハロルド・ウィルソンの労働党が内閣を組織した。

モスクワでフルシチョフが失脚したのは、アムステルダム運河殺人事件の前年のことである。

以降フルシチョフは、モスクワ郊外の国有ダーチャ（別荘）での軟禁生活を余儀なくされた。ダーチャのいたる所に盗聴器が仕掛けられ、完全に当局の監視下に置かれた。背後でKGBの不気味な暗躍が噂された。

戦後の日本は、ただ呆然としていた訳ではない。湯川秀樹《ゆかわひでき》博士がノーベル賞を受賞し、水泳の古橋廣之進《ふるはしひろのしん》選手が平泳ぎの世界記録を樹立したのは、戦後間もない昭和二十四年のことである。その後昭和三十二年には、日本の南極越冬隊が南極大陸に日章旗を打ち立て昭和基地と名付けた。米ソ対立が深まる激動の渦中、昭和三十九年に東京では第十八回オリンピックが開催されている。開催国、日本は、金メダル十六個を獲得し米国、ソ連に続く三位の戦績を収めた。

日本人が自信を取り戻す途上にあった。アジアで初めて催行される東京オリンピックの余勢を駆って、日本人が敗戦の負い目を振り切り国際舞台に打って出ようとする時期に、ヨーロッパ低湿地帯のオランダで事件は起こる。日本人の沸騰した気分を削ぐ事件が「アムステルダム運河殺人事件」だった。世界中のマスコミによる大々的な報道が、世界の人々に日本人を認識させるという副産物をもたらした。

第一章 トランク・ミステリー

1

オランダには運河も凍るような厳しい冬があるからこそ、それと拮抗を保つように爽やかな夏がある。両岸に緑豊かな芝生を従えた夏の運河は、まるで常勝軍のように晴れやかである。ヨーロッパの他の都市と同様、アムステルダムの全ての通りに固有の名前が付けられている。レンブラント・ウェッヒ（ウェイ）やスピノザ・ストラート（ストリート）など歴史上の人物名を冠している例が多い。その他にも、ベートーベン・ストラートとかジャンヌ・ダルク・ラーン（レーン）等と国籍を問わず多彩である。

アムステルダム中央駅を要として扇状に拡がり市街地を縦横に結ぶ運河は、総数百六十五本に及ぶ。それぞれの運河にも道路と同じように名前がある。中央駅の外堀にあたるシンゲル運河に交差する形でヤコブ・ファン・レネップ運河が流れている。この運河の名前にもフランス人錬金術師という説やオランダ人舞台デザイナーという説があるが、何れにしてもやはり人名である。この運河からアンネ・フランクの隠れ家は近い。この地域には古くから、ユダヤ系の住民が多い。

そのヤコブ・ファン・レネップ運河の水面に、夏の優しい日差しを浴びてジュラルミン製のトランクが浮いていた。昭和四十年（一九六五年）の夏のことである。多くのオランダ人が八月のカッと照りつける太陽を求めてスペインや地中海にくりだすのだが、全ての市民がバカンスを楽しめる訳ではない。難民や下層階級の人たちにとって、多くの観光客が集う夏こそが稼ぎ時だった。

夏のバカンスを楽しむ余裕のない人々は、この国を訪れる旅行客が財布の紐を緩めるのを目当てに精を出す。観光客が喜ぶのは、ボートでの運河巡りである。ボート上の案内アナウンスはオランダ語のほか、英語、ドイツ語、フランス語で繰り返される。ボートが航行することで運河の表面に波ができる。運河表面の浮遊物は、その波につられるように岸辺に寄っていた。

トランクを最初に発見したのは、運河沿いに住むユダヤ系のマリンという八歳の少女だった。マリンはトランクに手を付けず、近所の大人に報せに走った。ボート上の観光客が落としたのかもしれない、と少女から連絡を受けた近所の住人ホルストンは期待してトランクを引き上げた。トランクは意外に重かった。これほどに重量があるのなら、外港を航行する大型客船から落ちた旅客の手荷物の可能性がある。運河は北海につながっている。ホルストンの期待は膨らんだ。しかし、トランクの発する異臭がその期待を打ち消す。運河の水は臭いが、それとは異質の毒気を含んだ悪臭が漂っていたからである。

警察に落とし物として届けることなど、ホルストンの頭にない。運河上のものは何であれ、拾った者の所有となる。それが運河生活者の掟である。トランクは施錠されていたので、ホルストンはしばらく家の前に置いていた。一旦家に引っ込んでいた彼は、徐々に強くなっていく吐気をもよおす異様な臭いに堪らず、再度トランクを確かめた。近所の運河生活者仲間もやって来た。その中のユダヤ系オランダ人がこれは死臭だと言い、警察に連絡するよう進言した。ホルストンは渋々その忠告に従った。

トランクはアムステルダム中心部にあるライツェプレイン警察に運ばれ、施錠を解かれたなかから出てきたのは死体だった。死体は胴体だけで、頭部と両脚そして両手首が切断されている。トランクの中には被害者が着用していたと思われる下着が入っていた。「ゴムの取替えはここから」と日本語で記された日本製の下着だった。

これが事件の発端である。

バラバラ死体という猟奇性と未発見の部位への関心から、オランダだけでなくヨーロッパ中の新聞が八月二十六日付の朝刊で「トランク・ミステリー」を一面トップ全段抜きで報じた。現地アムステルダム・テロップ紙は「事件解決の有力な手がかりとなる情報を提供した読者には千ギルダー（当時の邦貨換算で約十万円）進呈する」という懸賞金付き社告を一面に掲載した。

一方、日本のマスコミでの扱いは大きくなかった。海外で発生した単なる殺人事件としての報道である。第一報は、発見の翌日八月二十七日の夕刊各紙に外電で流された。

【アムステルダム26日発＝外電】オランダ警察当局は二十六日、アムステルダムの運河でジュラルミン製トランクにはいっていた胴体だけの死体を発見したが、被害者の下着などが、日本製であることから被害者は日本人とみて捜査を進めている。

死体は長い間水につかっていたため皮膚は変色しており、当局は皮膚の色素が日本人のものか、欧州人のものかについて現在化学検査中である。

オランダ警察の初動捜査は混乱した。被害者の着衣が日本製であったことから身元を日本人とみていたが、すぐにその見解を翻す。皮膚の色素から人種を特定することはできなかった。翌日の朝刊では、前日発表内容の訂正記事が載った。

【アムステルダム27日発＝外電】オランダ警察当局は二十七日、アムステルダム市内の運河でジュラルミン製トランクにはいって発見された首なし死体は、日本人ではなさそうだとの見解を示した。トランクと死体が着ていた下着とともに日本製だったところから、最初は日本人ではないかと発表されたが、その後の調査の結果、イスラエル人かギリシャ人らしいと警察ではいっている。

身元の推定を日本人からイスラエル人、ギリシャ人に変更した根拠は不明である。正式見解は死体解剖後に発表された。オランダ国立法医学研究所で死体の解剖が行われ、その結果幾つかの事実が判明した。

トランク内の胴体は長時間運河の水に浸されていたため膨張し、運河深部の藻、バクテリアが浸潤している。死体は男性で死後六、七日間を経ていて、窒息死と推定される。陰毛は黒色。毒殺または溺死の痕跡は見当たらない。胃部内残留物に穀類が含まれている。腹部に盲腸の手術痕があるが、年数を経ていて死因との関連性は低い。血液型はB型である。首、手首、両脚の切断に使用された凶器は特定できないが、何らかの鋭利な刃物であろう。外科手術用のノコギリや家畜用のメスなどが考えられる。トランク、およびトランク内に残留した男性用衣類は日本製である。また庫内に付着した頭髪は黒色であるが、人種は特定すべく鋭意調査中。

解剖結果を受けて、再度日本人説が浮上した。アムステルダム捜査本部はこれらの結果を発表すると同時に、パリのインターポール（国際刑事警察機構）を介して各国の警察当局に身元割り出しの協力を要請した。日本のマスコミの対応は素早い。記事の扱いも大きくなった。

【九月二日毎日新聞朝刊（抜粋）】

〈警察庁が本格捜査　アムステルダムのバラバラ死体〉

オランダの首都、アムステルダムの運河で発見されたトランク詰めバラバラ死体は「日本人に間違いない」との国際刑事警察機構（インターポール）オランダ国家中央事務局からの公式手配により、警察庁は一日から本格的な捜査を開始した。オランダ警察はインターポールを通じ三十一日電報手配をしたのにつづき、一日には航空便で事件の内容を詳しく報せてきたが、これによると死体の皮膚の色、血清反応、トランクの中にあった頭髪の一部などから〝被害者は日本人〟と断定している。現地では〝史上まれにみるミステリー〟と騒ぎ、事件捜査には日本警察のほかフランス国家警察、ロンドン警視庁、スペイン国家警察なども協力、インターポールはじまっていらいの国際的な大捜査網をとっている。

三十一日オランダ・インターポールから来た電報手配はトランク詰め死体が日本人らしいという簡単なもので、警察庁も疑念を残していた。しかし一日、オランダ警察からの詳細な手配と外務省を通じた日本大使館からの報告を総合した結果「日本はこの事件と何らかのかたちで関係がある」として国内でできうる捜査をはじめた。

日本人説にかわった根拠を拾うと、①トランクはジュラルミン製で「ＫＯＷＡ　ＭＡＤＥ　ＩＮ　ＪＡＰＡＮ」と商標がついており、中には頭、両足、両手首を切り取った胴体と胸がはいっていた。死体と一緒に破れたセーター、シャツ、パンツなどもあったがすべて日本製。②現地の警察医ゼルデンルス博士の解剖結果から、皮膚の色は白人でなく東洋人③トランクの中に付着していた頭髪は黒④血清反応が日本人を中心とした東洋人⑤総合所見は日本人である――などの諸点が得られたためとみられる。

【九月三日朝日新聞夕刊（抜粋）】

〈オランダの首なし死体〉

アムステルダムの首なし死体事件は、先月二十五日オランダ警察が、アムステルダムの運河でジュラルミン製のトランクにはいった死体を発見したのが発端。首、手、足がなかったが、衣類についていた日本文字から「日本人ではないか」とさわぎになった。

三十一日、日本人である可能性が強いと国際刑事警察機構（インターポール）のオランダ国家中央事務局から警察庁に連絡電報があり、「ＫＯＷＡ」のローマ字がはいったトランク、セーターやワイシャツ、下着ともすべて日本製らしいと伝えてきた。

九月一日には、死体解剖の結果、胃袋から多量の米が出てきたことなどからオランダ側は「被害者は日本人である」との見方を明らかにした。この間、以前日本に来たことがあるというギリシャ人の名前も浮かんでいた。


アムステルダムの運河は市の名物のひとつ。百本近くにのぼる運河が市内を縦横に走っている。緑の並木と古い破風づくりの家が川面に映える風景は〝北のベニス〟と呼ばれるほど美しい。

だが、反面では汚れた狭い運河が裏町と裏町を縫っている暗い感じのところも多い。とくにアムステルダム中央駅付近のせまい運河地帯は映画〝飾り窓の女〟などで知られた遊興街になっている。

アムステルダム捜査本部は現地の日本大使館を通じて胴体の陰毛を航空便で東京警察庁に送り、死体が日本人かどうかの鑑定を依頼している。陰毛は警視庁鑑識課で調査され、その結果日本人の可能性が極めて高いと返答された。断定に近い。その報告を受けたアムステルダム捜査本部は、日本大使館の在留邦人名簿をもとにオランダに居住する全日本人を洗ったが行方不明者はいない。日本人旅行者、船員にも捜索対象を拡げたが、やはり行方不明者はいなかった。

犯人特定の前に、被害者の身元割り出しの段階で大きく躓いてしまった。だが逆に、新たな情報に飢えていたヨーロッパのマスコミ各紙は勢いづいた。フランス・マタン紙は「大陸をまたがる二十世紀最大の国際犯罪捜査の幕が切って落とされた」と解説し、他紙も記事中に世界地図を組み入れ、事件の空間の拡がりを強調した。日本の位置を地図上で正しく指し示せるヨーロッパ人は多くない。

死体が日本人と断定されると、日本のマスコミも連日この事件を報道するようになった。残忍な殺害方法だけでなく、被害者が誰でどのような人物かという点が読者の興味をそそった。新聞社だけでなく週刊誌も加わっての報道合戦は、この後数ヶ月間続くことになる。

2

膠着していた身元割り出しの捜査が動き出したのは、死体発見から十日経ってからだった。ベルギー警察からの一報がアムステルダム捜査本部を色めき立たせた。ブリュッセルで日本人に部屋を貸しているベルギー人婦人が、警察に捜索を依頼してきたのである。サカシタという日本人駐在員が一週間経っても戻らない。ひょっとしてアムステルダムで大騒ぎになっているバラバラ死体の日本人犠牲者は自分の賃貸人ではないか、というのである。

実はベルギー警察は、この捜索依頼が出される前から既にサカシタという日本人の捜索を開始していた。ブリュッセルの東京銀行出張所から捜索願が提出されたからである。東京銀行の所長は、取引先の石山繊維大阪本社からそのブリュッセル駐在員、坂下五郎《さかしたごろう》の所在を確認するようテレックスで依頼された。

サカシタという名前が捜査線上に浮上すると、日本の新聞社はいち早く銀行から情報を入手し、石山繊維本社に取材した結果を記事にして掲載している。

【九月三日読売新聞夕刊（抜粋）】
〈オランダのバラバラ死体、為替で二百万円持つ〉
……先月二十一日正午付けのテレックスが二十三日に本社に着いてから連絡が途絶えた。本社では「病気でもしたか」と二、三日は軽い気持ちでいたが、二十六日から現地の取引関係を通じて調べてもらうとともに三十日現地の警察へ捜索願を出した。ブリュッセル駐在員が保有する資金は五千五百ドル（日本円で二百万円相当）で、全額送金為替であると分かっている。

為替を現金化するには銀行でパスポートを見せ、写真と受取人が一致しなければならないので〝強盗が金をねらった〟という推定も成り立ちにくい……

石山繊維のブリュッセル駐在所は「一人事務所」だった。会社は取引のある銀行を頼った。東京の本店経由で依頼を受けた東京銀行の駐在所長は、坂下の事務所だけでなく自宅も訪ねたが連絡が取れない。自宅は荒らされた形跡はなかった、と証言している。日本大使館の書記官とも相談の上、捜索願がベルギー警察に出された。

ベルギー警察特捜班は、日本人に部屋を貸している婦人、東京銀行の現地所長、この二つの異なった捜査線から同じ「サカシタ」の名前に行き着いたのだった。この情報は即座にオランダ警察に伝えられた。当局はサカシタの顔写真をマスコミに配布し、手掛かりとなる情報を募った。その結果、前述の石山繊維本社への取材記事となったのである。

ベルギー警察からの連絡を受けた翌日、オランダ捜査当局はルトゲス高等警部と刑事二人をブリュッセルに派遣し、ベルギー警察同行のもとサカシタのアパートを家宅捜査するとともに交友関係などを洗い、ブリュッセルでの足取り捜査を始めた。この捜査を契機にアムステルダム、ライツェプレインに捜査本部が設けられ、ルトゲス高等警部が捜査本部長に任命された。

その人事に意外感はなかった。ヨハン・ルトゲス警部は、三十八歳ながら、名門ライデン大学法学部を首席で卒業したオランダ警察局のホープだった。何よりも本人が、この事件を指揮したいと熱心に申し出たことが決め手となった。国際性豊かな事件に情熱を駆り立てられたのだろう。

ブリュッセルでの聞き込み捜査で、八月二十日までのサカシタの足取りは確認された。二十日の早朝、サカシタが自家用車のオペルを運転してアパートに帰宅したのを近所の建具工場主が目撃している。その住人はサカシタと顔見知りで、アムステルダムの飾り窓の話題で盛り上がったことがあると証言した。警察の事情聴取に対し、金に困っている様子はなく事務所の運転資金をジュラルミン・トランクに持っていたと説明した。

被害者は二十日早朝にブリュッセルで目撃されたあと、その日の午後の足取りは分からない。だが、新聞に掲載された顔写真に反響があった。同日の夕方にアムステルダムで被害者を見た、との目撃証言が出たのである。中央駅のそばで市内在住の婦人が、サカシタらしき東洋人から道を聞かれたと申し出た。

【九月四日読売新聞夕刊（抜粋）】

〈〝旅行社をきかれた〟　アムステルダムに目撃者〉

アムステルダム警察当局は三日、事件に関連して一人の女性目撃者が現れたことを明らかにした。

三日の夕刊各紙が被害者の写真を掲載すると間もなく「八月二十日にアムステルダム駅前で道を聞かれた」という婦人が警察に名のり出た。東洋人はこの婦人に、ある旅行社への道順をたずねているので、警察は旅行社がどこかを現在懸命に洗っている。

解剖結果で、死亡推定日は八月二十日前後とされているため、サカシタはブリュッセルを出発しアムステルダム到着後間もなく殺されたものと考えられた。

ただ中央駅付近で目撃された東洋人が、サカシタである確証はない。オランダ人の目には、東洋人は一律に映る。区別が付きにくい。日本人にとって、西洋白人がだれも同じに見えるのと同様だ。ルトゲス本部長は慎重だった。犯行現場がアムステルダムという想定で捜査を進める一方、犯行がブリュッセルかその周辺かもしれないという可能性も考慮し、並行して捜査する方針を打ち出した。

オランダ捜査本部は、ベルギー警察当局の協力を得て、八月二十日より二十五日までのアムステルダム、ブリュッセル両市のタクシー、営業車、バスをはじめ駅員、両国間の列車に乗務していた鉄道員に当たったが、心当たりのある目撃証言は得られなかった。またジュラルミン製のトランクが各列車、または運送店に委託してアムステルダムに輸送された事実も見当たらない。捜査本部は第一現場をアムステルダムともブリュッセルとも確定できず、焦点を絞りかねた。

ヨーロッパ人の日本への関心が徐々に高まりつつある時期だった。事件の前年には東京でオリンピックが開催され、市川崑《いちかわこん》監督の『東京オリンピック』はヨーロッパ各地で上映された。観衆は競技そのものよりも、敗戦国日本の復興とその後高度成長した日本社会の隆盛に目を瞠《みは》った。冒頭シーンのぎらぎらぎら輝く太陽に、一等国復帰を目指す日本人の執念を見る思いだっただろう。

日本に対する印象が塗り替えられようとしている時に、残忍極まる日本人死体がアムステルダムの運河に浮かんだ。この事件を機に「ハラキリ」「カミカゼ」の印象がヨーロッパ人の間に再浮上する。パリの興行主は小林正樹《こばやしまさき》監督の『切腹』を急遽輸入し、タイトルを『HARAKIRI』として上映した。映画は侍の決闘シーンで評判を呼んだ。観衆は、髭面の侍、タツヤ・ナカダイから武士道の背後にある哀しみを知った。アムステルダムのトランク・ミステリーと関連付け、日本人の残忍性の根源が武士道にあるとする映画評論家も現れた。

一国に留まらず、国をまたぐ事件の捜査は困難を極める。インターポールが期待するように機能せず、年々増加する国際犯罪に的確に対応出来ないジレンマを日本の新聞社が解説している。


【九月七日読売新聞夕刊（抜粋）】

〈国際警察機構の役割〉

……事件に関係あると思われる人たちが、フランス、ギリシャ、ベルギー、イギリス、南米とまたがっているため、ここに大規模な国際捜査陣がしかれ、ＩＣＰＯ（国際刑事警察機構）が登場してきた。

交通機関の発達で、国際的な犯罪組織が結成されるようになり、一国の治安も他の国々の警察の協力がなければ、維持できないという考え方は、ヨーロッパでは早くからあった。

大正十二年には、ウィーンで、日本を含めて約二十ヵ国が協議して、恒久的な国際協力機関としてＩＣＰＣ（国際刑事警察委員会）が設立された。日本が正式加盟したのは、昭和二十七年八月。これは、三十一年に発展的解消をしてＩＣＰＯになり、現在九十五ヵ国が加盟している。本部ともいえる国際中央事務局はパリにあり、各国には一つずつ国家中央事務局が置かれている。ＩＣＰＯの電信略号は〝インターポール〟なので、これがＩＣＰＯの代名詞としていま使われている。

昨年の東京オリンピックに際しては、国際スリ団の資料が警視庁に送られ、スリ係刑事は、これを手にしながら警戒した。バラバラ事件のような犯罪の捜査依頼、手配は調整手配班が行うことになっている。

どこの国へいっても勝手に捜査できる国際刑事なるものは存在しない。捜査権は国家の主権の重要な一部門で、一国の刑事が他国にはいって捜査をしたり、犯人を逮捕することは主権を侵犯することになり、国家間の問題となるからである。それだけではない。相手の国の捜査を、他の国の警察が批判することは〝干渉〟ととらえられがちだから各国とも極度に慎んでいるのだ。

　こんどのアムステルダム事件で、オランダ警察は事件のごく簡単な概要をつけただけで、いろいろの調査依頼をしてきた。それに対して、警察庁が事件の全容についての報告を求めず、依頼事項にだけ積極的な協力をしているのも、以上のような理由で、外国でおこった事件だからと関心がないためではない。

3

　被害者とみられる坂下五郎の身元照会は、オランダの日本大使館経由で警察庁に伝えられた。大阪府警が坂下の勤務先である石山繊維本社に聞き取り調査を行い、同時に捜査官が実家のある鹿児島市に急行し、両親に着衣等の遺品を示した。しかしそれらの下着は日本ではありふれた製品で、それだけでは確認できない。が、被害者の腹部から腰部にかけての傷痕の写真に母親が泣き崩れた。父親が盲腸の痕を否定したが、逆に母親は若年時の事故傷と証言した。手術痕の形は母親の記憶に深く残っていた。この段階で身元はほぼ断定された。捜査官は母親から坂下五郎の手紙を預かり、切手裏面に付着した唾液から血液型を割り出した。

　それでも、報告を受けたルトゲス本部長は納得しない。写真による確認には満足できない。ルトゲスは慎重を期した。日本大使館を通じて、オランダでの遺体そのものの目視検分を要請した。

九州に住む坂下五郎の両親は、事件を地元地方紙、南日本新報の記者から聞いて知った。父親は何度かの転勤を繰り返し、当時は鹿児島市の中学校の校長をしていた。ひっそりとした夫婦だけの生活である。老夫婦は香港、ボンベイ、ローマを経由してアムステルダムに入った。二人とも初めての海外旅行である。パリから出張してきた新聞社の駐在員に案内してもらい、アムステルダムのオランダ警察の捜査本部に赴いた。

ライツェプレインの捜査本部ではルトゲス本部長自らが対応した。そこでは先ずジュラルミン製のトランクと遺留品を示されたが、それだけで身元を確認できる訳ではない。ルトゲスから遺体安置室に案内され、首や脚のない胴体を見た。ルトゲスが胴体部の手術痕を指差し、新聞記者が通訳した。そのときの様子は同行した記者により記事になり、早速九州版に掲載された。

【九月九日南日本新報夕刊地域版（抜粋）】

〈武士道の精神、哀しい肯定　アムステルダムのバラバラ遺体、身元確定〉

本紙提携紙パリ支局本田記者の報告。……記者は被害者と見なされる坂下五郎氏の両親とともに遺体安置室への入室を許された。ご両親から過度の緊張と悲壮感が伝わってくる。二人とも顔が青ざめて見える。本事件の捜査責任者であるルトゲス本部長が傍らに立ち「よく見てください。息子さんの手術痕ですか？」との問いを記者が通訳した。ご両親は谷底を覗き込むように遺体を検分した。「触っても構いません」と本部長が触手確認を要請した。ご両親はその要請を無視し、手を出そうとしない。

背後に控える記者の前で母親のトミさんが手で口を押さえ、崩れるようにコンクリート床に両膝をついた。一方、父親の克巳さんは直立不動の姿勢を保ち、睨むような面持ちでルトゲス氏に向かって声を絞り出した。「息子です。ご面倒おかけしました」と、あっけないほど無造作に返答した。記者はルトゲス本部長に同時通訳した。克巳さんは、直後に隣のトミさんを抱え上げ「取り乱すな」と命じた。その声を号令のように、トミさんは立ち上がり気をつけの姿勢で夫の隣に並んだ。

ルトゲス本部長は両親の態度に唖然とし、記者の方を向いて「身元の確認を決定的なものにしておきたい。そこが出発点だから」と非情な仕打ちを言い訳するように囁いた。実の親に向かって死体の確認を強要するのは残酷な話である。だが日本人老夫婦は、緊張しながらも気丈だった。無残にも胴体だけになった遺体を前にして、泣き崩れることも、すがりつくこともない。

記者は息子を亡くした両親に同情を禁じえないが、同時にその姿は日本人として誇らしいものだった。最愛の子息の遺体を前にして、気丈に取り乱すまいとする自己抑制力は武士道の伝統を曳くものと考えられる。理解不能な様子のルトゲス氏に、記者は日本古来の武士道について説明した。

夫婦とも、遺体のどこにも触れようとしない。捜査本部が用意した書類にサインして、早々に引き上げようとする夫婦にルトゲス本部長が後ろから声をかけた。「息子さんの所持品を持って帰りますか?」母親のトミさんがビニール袋に入った下着や商品見本をおずおずと受け取りホテルに引き上げた。ご両親の遺体確認によって、バラバラ事件被害者の身元は坂下五郎氏と確定した。

記者がルトゲス本部長に今後の捜査方針を質そうとしたが、本部長は無言で応じなかった。氏もご両親の態度に感銘を受けた様子で、胴体の前で俯き十字を切った。……

［写真：坂下五郎氏のご両親（後向き）と、遺体の前で十字を切り犯人逮捕を誓うルトゲス本部長（横向き西洋人）アムステルダム、オランダ中央警察］

坂下五郎は、ベルギーの首都ブリュッセルに駐在中の石山繊維の社員である。大阪に本社を構えるこの繊維会社はアフリカ・マーケットに強かった。カンガと呼ばれる四角い綿布の民族衣装を、直射日光への抵抗性を強めた新規の技術でアフリカ諸国の売り込みに成功した。

ブリュッセル事務所は、ベルギー領コンゴとの連絡中継所の役割も果たしている。ブリュッセルもコンゴもフランス語圏であったので、フランス語に堪能な坂下が任命された。これは石山繊維、広報課のコメントである。

日本政府も国民の高まる関心に配慮し、フランス大使館の一等書記官を急遽アムステルダムに派遣し対応に当たらせた。大使館に駐在するのは外務省の役人とは限らない。各省庁から一旦外務省に出向し世界中の在外大使館に派遣され、各々の専門分野を活かし活動している。各国の大使館は、各省庁を出身母体とする書記官の寄合所帯である。

大使館ごとに、省庁への椅子が割り当てられる。各省の若いエリート官僚の外地経験の機会となる。ハーグの駐オランダ大使館に警察関係の書記官は在籍していない。ヨーロッパで警察庁から出向している大使館員がいたのはパリである。その書記官へのインタビュー記事が新聞に掲載されている。

【九月十二日朝日新聞朝刊（抜粋）】

〈バラバラ事件　徹底捜査を要請〉

アムステルダムのバラバラ事件の捜査に関連して、アムステルダムに来ている駐フランス日本大使館の中島一等書記官（警察庁から出向）は、十一日午前、地元特捜本部を訪ね、これまでの捜査経過と今後の方針について意見を交換した。席上オランダ警察側は「犯人について、いまのところ有力な材料が出ていない」と、捜査の難航を説明するとともに引き続き、特捜本部は現在の体制（本部長ら七人の陣容）を維持して捜査を継続すると述べた。

中島書記官は、オランダ警察の労苦に謝意を述べたあと、捜査を一層強化してほしい、と申し入れた。捜査本部長はこれを了解したという。

［中島書記官の話］オランダ、ベルギー両警察とも、とても熱心にやってくれているが、奇妙なことに、犯人追及の手がかりとなるような材料がほとんど出ていない。いまのところ捜査が急速に進展する見込みはもてない状態だ。現地の警察に納得のゆくまで徹底的に捜査してほしいと申入れた。

被害者の身元はワレたものの、犯人捜査はなかなか進捗を見せなかった。国際捜査には他国の警察権を尊重する外交上の儀礼や慣習が大きな壁となる。被害者のアパートがベルギーで、死体の発見場所がオランダということで、両国の間にナワ張り意識が頭をもたげ捜査の進展を阻んだ。両警察の間に純然とした〝国境線〟がひかれていたのである。

ルトゲス警部はアパートのルミノール試験を実施しようとしたが、ベルギー警察から拒否された。捜査権の侵害に配慮しルトゲスは諦めた。ベルギー警察からは独自の捜査結果としてドアの取っ手に血痕が認められるとの報告を受けたが、それはすぐに虚偽報告と判明した。両警察間で捜査のヘゲモニー争いが繰り広げられた。

歴史的にも、両国はいがみ合ってきた経緯がある。宗教上の対立に根ざしている。十五世紀よりフランドル地方はスペイン、ハプスブルク家によって領有された。重税とカトリックを押し付ける宗主国、スペインに抵抗したカルヴァン派市民が、一五六八年に独立戦争を起こすに至る。だが、独立派も一枚岩ではなかった。独立戦争の途中で、カトリックに共感を覚える南部十州は戦争から離脱した。結局一六四八年に独立戦争はカルヴァン派市民の勝利に終わり、オランダはスペインからの独立を果たした。だがフランス革命、ナポレオン支配を経ても、離脱組だったカトリック教徒の不満はくすぶり続け、南部諸州で団結し一八三〇年にオランダから独立した。それがカトリック教徒中心のベルギーである。

捜査本部は、身元が確定したあと犯人捜索にも傾注した。単なる物取り、商売上のトラブル、日本人同士の怨恨などの幅広い捜査が展開されたが、目ぼしい手がかりは得られない。ルトゲス本部長以下捜査本部の刑事たちは、犯行実行者の捜査と同時併行して、首や両脚などの未発見の部位の捜索にも全力を挙げた。オランダ、ベルギーの二国に留まらず、ヨーロッパ全域に網を広げたが成果はなかった。落胆した一部のマスコミは早くも迷宮入りを報道し始めた。

【九月十三日毎日新聞朝刊（抜粋）】

〈アムステルダムのバラバラ事件、あれも、これも、ナゾ。迷宮入りの声も〉

一九六五年最大の国際犯罪と騒がれたアムステルダムのバラバラ事件は、被害者の身元がわかっただけで、死体発見後二十日近くたっても、オランダ警察の捜査は進展せず、迷宮入りともみられはじめた。被害者はどこで殺されたか？　犯人は？　動機は？　ナゾはさっぱり解けない。

ブリュッセルの日本人は家族を含めると二百人前後である。営業活動をしている日系企業は二十一社だが、十三社は駐在員だけを置いており、その内九社が〝一人一社〟で被害者もこの中に含まれる。これら駐在員の顔つなぎの場は「日本貿易懇話会」だが、顔を合わせる機会はほとんどない。〝一人一社〟の駐在員の生活は孤独で、現地の人たちも「ウサばらしに遊んだとしても不思議ではない」といっている。

商用でアムステルダムに出かけたとしても、ついでに〝探検〟にでかけた可能性もあるわけだ。アムステルダムでの私的な時間に何かトラブルが起こり、殺されたという推測もできる。

バラバラ事件は一般に変質的興味か、死体の処理に困った場合である。日本では昭和三十年から九件のバラバラ事件が起き、六件解決しているが、その全部が死体の処置に困ったあげくのことだった。今回の事件では、死体の手首を切り取ったのは指紋を消すためという説が強いが、それならばなぜ身元の割れやすい日本製のシャツ、パンツを死体と一緒にいれたかが疑問である。

事件の捜査はアムステルダム―ブリュッセル―パリ（インターポール）―東京という国際ラインで結ばれている。しかし、オランダとベルギーの両警察の対立も伝えられている。それぞれベネルクス三国の一つとして、経済共同体の間柄でありながら、事件となると〝国境〟がわざわいする点もあるようだ。

進展のないまま時間だけが過ぎ、結局捜査は暗礁に乗り上げ、事件は迷宮入りとなった。その年の秋に捜査本部は解散となり事件は地検に移された。釈明を行うオランダ中央警察、ヨハン・ルトゲス本部長の会見が、疲れた表情の写真入りで日本の各新聞に掲載された。事件発生から一ヶ月以上が経過し、日本人の関心も薄れ夕刊第七面の最下段に小さく載った。

【九月二十八日毎日新聞夕刊（抜粋）】
〈バラバラ事件　捜査、地検に移る〉
日本人バラバラ殺人事件を追及しているアムステルダム警察当局は二十七日、捜査は行き詰ったので、事件は地検に移され、地検で捜査を継続するかどうかをきめることになろうと語った。

記事の最後に、西洋白人の顔写真が添えられ「会見するオランダ中央警察、ヨハン・ルトゲス本部長（こちら向き正面の人物）。アムステルダム、ライツェプレイン」と注釈が掲載された。疲れ切った表情から悔しさが汲み取れる。

アムステルダム運河で発生した「トランク・ミステリー」は世界中に報道され、人々の関心を引いた。日本でも数ヶ月に亘って新聞各紙や週刊誌の紙面を賑わした。

本事件を題材に採ったミステリー作品は多い。菊村到《きくむらいたる》氏『運河が死を運ぶ』（昭和四十四年）、津村秀介《つむらしゅうすけ》氏『偽装運河殺人事件』（昭和六十二年）、有栖川有栖《ありすがわありす》氏『幻想運河』（平成七年）などで取り上げられた。だが、いずれも事件を忠実に描いたとは言い難い。トランク・ミステリーを作品構成の一要素として使っているに過ぎない。実際に発生現場に出向き、アムステルダムの捜査本部長とも面談し、事件をなぞるように忠実に再現し、いち早く作品化したのは松本清張氏である。

社会派推理小説の旗手と見なされていた松本清張氏は、この事件についてマスコミ各社からインタビューを受けている。清張氏の推理、見解は、現地アムステルダムでの取材、調査の結果を踏まえ、『アムステルダム運河殺人事件』で明らかにされた。事件発生から四年経過後のことである。

翌年には早速蘭語訳が出版された。オランダのアムステルダムが舞台となっているので、オランダ人の関心を引いたのだろう。だが残念ながら、本作はオランダ以外の国では翻訳されていない。『点と線』や『砂の器』が英語、ドイツ語、フランス語に翻訳されているのと対照的である。著者である清張氏自身が蘭語版に固執したと言う。清張氏は性急だったと、編集者が困惑した様子を後日談で明かしている。

第二章　接点

1

　事件発生から二十年以上経過してから、私は商社マンとしてアムステルダムに駐在した。私の駐在期間は昭和六十三年から平成四年までの間である。オランダ駐在中に、昭和四十年のバラバラ死体殺人事件にとっかかりが出来て、この事件の全容を知ることとなった。

　私は単に事件に興味があった訳ではない。また清張氏の著作に対する不満が私の調査の原動力になったのでもない。私は、被害者である坂下五郎と生前に接点があった。坂下五郎は学生時代の美術クラブ、西洋美術史研究会の先輩である。その名前が報道されたとき、驚きのあまり絶句した。だが、意外感はなかった。

「やはり、真っ当な人生を送れなかったな」

　というのが正直な感想だった。新入生時代には、坂下の理路整然とした語り口と絵画の才能に憧れた。そして彼が原因で醜い嫉妬心に苦しんだこともある。坂下五郎は、どこか理解しきれないところのある人だった。他人の侵入をきっぱりと拒否する領域を設けていた。突然の同棲の解消や、未遂に終わった投身自殺は不可解だった。先輩の不可侵の領域が殺人事件に連鎖しても、あまり違和感はない。

特別に親しい間柄ではなく、親近感はなかったが、彼の描いた絵画を私は忘れることができなかった。結局のところ、彼の油彩画が事件の真相に導いてくれたものとも思う。

事件から半世紀以上が経過し、事件の関係者も年をとった。物故者も増えた。もう当時の事件を蒸し返しても、迷惑のかかる人もいまい。

私は昭和三十四年に郷里の兵庫から上京した。第一志望の芸大受験に失敗し、やむを得ず母の勧める普通の大学の工学部に入学するためだった。上京後通学をはじめたものの、どうしても油彩画への情熱を断ち切れず、工学部を退学し翌年の芸大再受験に挑戦した。だが、またも結果は不合格だった。前年同様、我流の実技考査で失敗した。東京で一人行き場を失くした私は、途方にくれた。やむを得ず試験日の遅い二期校の外国語大学に潜り込んだ。入学してみると、第一志望を諦めた学生だけでなく途中で方向転換した連中が多いのに驚いた。他大学を中途退学してきた者や、芸大や美大に入学が叶わなかった連中も珍しくない。入学前からデモへの参加経験を持つ者も多い。

大学は都下北区西ヶ原にあった。賃料の安い貸し部屋を探し、都心を離れ市川市に住み始めた。総武線沿線の下総中山駅から秋葉原を経由して山手線に乗り換え巣鴨駅まで通学した。部屋から大学まで約一時間の通学である。私は巣鴨駅を利用したが、学生によっては一駅手前の駒込駅や先の大塚駅で乗り降りしていた。駒込駅からでも歩いて十五分ぐらいだし、大塚駅で荒川車庫行きの都電に乗り換えれば十分ほどで大学の正門前に着く。

しかし、私は頑なに巣鴨駅を利用した。理由があった。巣鴨駅からの途上に、染井《そめい》霊園があったからである。山手線沿いにもかかわらず、いつもひっそりと静謐さをたたえていて、そこだけが別宇宙のように思えた。

染井霊園はもと播州《ばんしゅう》林田《はやしだ》藩建部《たけべ》家の屋敷跡で、染井という名の泉があったことからこの地域の名前となった。昔から水はけのよい土地柄である。桜のソメイヨシノは江戸時代半ばに、この地で品種改良され生まれたのでその名前が冠せられている。明治維新の後に共葬墓地として設営され、現在は東京都が運営している。二葉亭四迷《ふたばていしめい》、岡倉天心《おかくらてんしん》、高村光雲《たかむらこううん》・光太郎《こうたろう》・智恵子《ちえこ》などの墓があり、墓前には途切れることなく花が供えられている。しんと静まり返った独特の雰囲気に魅了された。この墓地を通り抜けるときにはわざと歩幅を緩め、タバコに火をつけて時間をかけて歩くのが習慣になった。

坂下五郎は、私が所属していた西洋美術史研究会というクラブの先輩で、四歳年長である。西洋美術史研究会は、他の大学であれば美術部とか絵画部と名乗るクラブである。当時の大学の文化部には一種の風潮があって、芸術論や文化認識の葛藤からではなく、政治信条を理由に分裂することがしばしば起こった。当初は単に絵の好きな連中が集まって美術部を創設した。お互いの作品を批評し、ときには過去の天才画家といわれる巨匠の作品を論じあうクラブ活動だった。それが安保騒動を境に政治的意見の対立から一部の部員が独立し、西洋美術史研究会を旗揚げした。その後詳しい事情は分からないが、もともとの美術部が分派であった西洋美術史研究会に組み入れられ一本化された。

部会はしょっちゅう安保討論会に切り替わった。部室で白熱する議論をリードし最後に総括するのは、決まって坂下先輩だった。在籍六年目の四年生で全学連の闘士である。だがアジ演説で学生を扇動するタイプではない。理路整然とした冷静なロジックは説得力に富み、淡々とした語り口に陶酔する新入部員は多かった。

坂下先輩は、絵画の才能にも恵まれていた。生来左利きだが、部室でイーゼルを前に制作中は、興が乗ると焦ったように右手も駆使し両手で絵筆を振るった。前年の全国大学コンクールでは学長賞を受賞している。学長賞は特別賞のような位置づけの賞で、毎年出るとは限らない。むしろ出ない年のほうが多い。それは芸術性よりも、作者のユニークな視点や鬼気せまる気迫を尺度に選考される。受賞作には永久に学長室に掲げられるという名誉が与えられた。

2

坂下先輩の受賞作『模倣と涙』は不思議な作品だった。構図は名品の模倣である。十七世紀のオランダ人風俗画家ヨハネス・フェルメールの『真珠の耳飾りの少女』のモチーフを下敷きにしたものだった。そのフェルメール作品は、ラピスラズリの原石が発する鮮やかさから「青いターバンの少女」とも呼ばれる。漆黒の画布の上に、耳を真珠で飾り広い額をウルトラマリーンの青いターバンで隠したあどけない少女が何気なく振り返った、その刹那を捉えたトローニー（架空人物の半身像）の小品である。耳飾りは画布上の大小バランスを無視した大きさで描かれ、余すところなく陽光の反射を湛えている。

これは後世の批評家から「北方のモナ・リザ」と称される、フェルメールの代表作だった。ただ、当初から名作の評価を得た訳ではない。過去の競売では、極端に安価な値段で取引された。最後に競売にかかったのは一八八一年だが、そのときの買い手はわずか二ギルダーでこの絵を入手したことが記録に残っている。後世に評価が高まってから、ハーグのマウリッツハイス美術館にオランダの至宝として所蔵された。

フェルメールは謎めいた画家である。十七世紀のオランダに生まれ、一生を北海に近いデルフトの町で過ごした。宗教画から出発したが、転向後は小品の風俗画を描き続け四十三歳で夭折している。若くからその画才を発揮し、画家組合に加入を認められ親方画家としての地位を築いた。その結果、弟子をとること、作品に署名することとの権限を付与された。

静謐な画風の風俗画は、勃興したばかりのオランダ市民階級から高評価を得た。街の裕福な実力者をファンに持ち、聖ルカ画家組合の理事にも任命されている。ところが、その早い晩年は不遇だった。借金に苦しみ精神を病んだ様が、没後、カテリーナ未亡人の陳述で明かされた。若い時期に一旦名声を得ただけに、余計に晩年の不遇を口惜しく感じた様子が陳述記録からうかがえる。

没後はその名声も作品もすっかり忘れられた。このフェルメール忘却神話は、当時の著名な伝記作者が自著『画家列伝』にフェルメールを省いたことに起因する。同じデルフトで活躍したファブリティウスやデ・ホーホに関する詳しい言及と対照的だ。後世の記録者はその伝記作者の著作を下敷きにして美術史を継承したので、フェルメールの名は歴史の影に隠された。

この忘却神話の背後には宗教界の関与が囁かれている。絶大な権力を誇る教会が伝記作者に圧力を加えてフェルメールの名を抹殺したというのである。オランダは一五六八年にカトリック国のスペインに反旗を翻した若い新教《プロテスタント》の国である。独立後間もなくフェルメールはデルフトに生まれ、新教会で洗礼を受けている。ところが、成人後結婚相手がカトリック教徒であったために改宗した。それが彼と新教会との確執の始まりであったらしい。

改宗の背景にフェルメールの借金事情がある。彼は作品の中に惜しげもなくウルトラマリーン・ブルーを多用した。『真珠の耳飾りの少女』の額に巻かれたターバンにも使われている。その青色はアフガニスタンで採掘される鉱石、ラピスラズリを原産とし、オランダにはヴェネツィア経由で輸入された。当時は金と同価で取引される程に高価なため、フェルメールは借金に苦しんだ。結婚相手のカテリーナは裕福な家の娘で、母親のマリア・ティンスは熱心なカトリック教徒だった。借金返済に窮していたフェルメールは、義母の条件を受け入れカテリーナと結婚した。その結果フェルメールは旧教に改宗したのである。

教会から宗教画の制作を禁じられた画家は、絵筆を振るう機会を失い、やむを得ず風俗画家として再出発した。フェルメールは新教会で受洗したが、埋葬されたのは旧教会だったことが信者名簿録に残っている。ただ、そのどちらの教会にも画家の墓石は見当たらない。フェルメールの名声が上がった後年、デルフト市が旧教会の床に生年と没年を記した簡易なプレートを置いた。だがそれは墓石ではなく、観光客用の単なる刻印に過ぎない。

ヨーロッパの宗教改革は「エラスムスが卵を産んで、ルターが雛にかえした」といわれる。デシデリウス・エラスムスはオランダ、ロッテルダムの人で、『痴愚神礼讃』『平和の訴え』を著し従来のキリスト教世界を改革しようとした。それが欧州で地殻変動が起きる時期と重なった。各地で封建制度を脱し王権が確立する過程にあった。各地の国王は教会勢力の駆逐を図り、宗教改革の運動を歓迎した。旧教会は改革派の先鋭化する運動に危機感を覚え、活動家を異端者と見なし多くの批判者を処刑した。同一宗教間の派閥対立は、他宗教への対抗心より激しい。まるで近親憎悪の様相を呈する。キリスト教に限らない。仏教でもイスラム教でも同様の経緯を辿っている。

宗教改革の完成者は、エラスムスの教えを受けたジャン・カルヴァンである。カルヴァニズムは北部ネーデルラント（オランダ）の商人文化と融合し、台頭したばかりの市民階級の間に急速に浸透した。カルヴァニズムは商売と利潤を祝福し、オランダ商人の倫理上のバックボーンの役割を担うに至る。ところがカルヴァン派は他派に対しては過酷で、追放刑や死刑を下すことに躊躇しなかった。宗派間抗争に折り合いはない。行き着くところまで行く。アムステルダムの歴史博物館に展示されているマリア像の鼻は削げ落ち、目はくりぬかれている。当時の激烈なカルヴァニズム信仰とカトリックへの憎悪を伝えるものである。

新旧教間の改宗者は他にも大勢いる。フェルメールの場合は、教会に睨まれる他の決定的な要素があったらしい。だがその事情は特定されていない。絵画以外の記録が乏しいので確かなところは分からない。四十三歳で没しているとはいえ、残された作品が三十数点とあまりにも寡作である。同時代のレンブラントやルーベンスが多くの弟子たちと工房を組織し、千点を超える大量の、しかも大型サイズの作品を残したのと対照的である。弟子たちが完成させた絵画に、親方のレンブラントやルーベンスが署名だけ記した作品も知られている。

教会の権限は絶大だった。フェルメールは弟子をとる権限を剝奪されていたという疑いが持たれている。工房を持てないフェルメールは、小型サイズの僅かな点数しか残せなかった。画中に作者フェルメールの署名が施されていないものも多い。親方画家の特権は剝奪されていたようだ。

日本でフェルメールがはじめて紹介されたのは大正二年のことで、二科会の創設に尽力した石《いし》井《い》伯亭《はくてい》画伯が「美術新報」に寄せた「欧州風景画の選択」の中で『デルフト眺望』について論評した。「これ程迄に自然の観察の細い風景画は稀有である。構図も決して型にはまることがなく、赤瓦の色や建物を映す水の色など実によく出来て居る。彼が人物画に用ふる小さな点々はここにも用ひられて居るが、それは決して眼ざはりにならない」と絶賛した。

『デルフト眺望』は後世プルーストによって世界で最も美しい風景と称賛されたが、現実の風景をそのまま写し描いたものではない。一六五四年に発生した火薬庫大爆発事故から立ち直った故郷、デルフトの街を夢想して描いたものである。九万ポンドの火薬が爆発した結果、デルフトは壊滅的打撃を受けた。『デルフト眺望』は、事故で死亡した先輩画家カレル・ファブリティウスへの鎮魂画と言われる。事故はデルフトの画家組合にも悲運をもたらした。当時のスター的存在だったファブリティウスを亡くした上に、売出中のデ・ホーホもデルフトを去りアムステルダムに移った。

フェルメール作品の静謐感は巧みな遠近感覚からきている。透視図法はルネサンスよりも以前に発明され、レオナルド・ダ・ヴィンチによって駆使された手法である。遠くのものは小さく見え、近くのものは大きく見える現象を絵画の上に置いてみせた。ダ・ヴィンチの『最後の晩餐』にその典型が見られる。

中央に位置するキリストのこめかみに釘の痕が見出されることから、画家がここを消失点としたものと推理されている。一点を釘で固定した上で紐を線路のような消失線とみなし、遠近法による大小を正確に測る。ダ・ヴィンチ作品の気持ちよさはこれが一因である。ダ・ヴィンチは寸分違わず真っ直ぐな消失線に沿って対象をはめ込んだ。まるで科学者の引く製図のようだ。

だがダ・ヴィンチは、線遠近法だけでは満足しない。人間の目には、遠くのものは色が変化して見え境界がぼやける現象を発見した。『モナ・リザ』では、微笑のモデルとは無関係なヴィンチ村の山河を背景に描いている。

アメリカの新進美術評論家は大胆な仮説を立てている。ダ・ヴィンチが本当に描きたかったのは、ジョコンダの微笑ではなく空気遠近法の技法を駆使して描いた背景の方だと言うのである。画家は、生れ故郷の山河を何度も描きなおし実験を繰り返した。画家にとっては、背景こそが最大の関心事だったと評論家は言う。確かにダ・ヴィンチは、発注者にもモデルにも絵を渡さず死ぬまで手元に置き背景に手を入れ続けた。それは事実である。画家の死後、絵はフランソワ一世の手に渡った。

フェルメールの遠近法も鑑賞者を煙に巻く。一筋縄ではいかない。消失点を固定し紐にデッサン用の木炭粉を付着させキャンバス上ではじけば、大工職人の墨つぼのように使える。フェルメールがこのような方法で遠近法を採用したことは、オランダ人の絵画修復家ユルゲン・ウエイダムによって証明された。消失点にあたる部分にピン穴が視認できる。

だがフェルメールの消失線は歪んでいる。ダ・ヴィンチのような真っ直ぐな直線ではない。消失線を辿っても消失点に行き着かない。僅かながらずれている。人間の目を裏切ることで鑑賞者を別世界に誘う。

3

坂下五郎の作品『模倣と涙』でも、額に青いターバンを巻いた少女がはっと振り返ってこちらを見ている。そのモデルは、クラブの部員なら容易に類推できた。同じ西洋美術史研究会に所属するM子である。学生は誰も金がなかった。鏡に映す自画像ばかりでは物足りない。モデル代を節約するために、部員間で相互にモデル役を務めるのはごく普通の習慣だった。

『模倣と涙』でM子の姿は眩しかった。大人の女に変身する直前の閃光が画布の上に走る。怯えるような眼差しは、フェルメール作品と共通していた。しかし、先輩の作品は単なる模写ではない。少女は振り返った両眼から涙を流している。その涙が真珠で出来ていることは、鑑賞する者に明らかだ。耳飾りと同じ光沢ある色彩が使われている為である。涙は真珠の雨粒のようにも見える。

また背景は漆黒ではない。ダ・ヴィンチの『モナ・リザ』の背景に仕込まれたような印象深い遠景を載せている。桜並木が石畳の小路にかぶさり揺れている様だった。並木が消失線の役目を果している。だが並木の先に消失点がぼやけている。消失線が歪んでいるせいだった。

少女と背景は分離していない。融合している。奥行き感を醸し出しながら一体となって、見るものに不思議な感覚を与えた。真珠の雨の向こうに少女がいて、何かを訴えようとしている。背後の桜並木に吸い込まれそうになるのを必死で抵抗しているように見える。私には、謎めいた作品に思えた。

モデルとなったM子は私と同年齢であったが、前年に入学していた。学内で目立つ存在ではない。東京生まれの東京育ちで、ごく普通のお嬢さんというところだ。派手というのではないが、清潔感が際立っていた。丹念に梳《す》いた髪を後ろで無造作に束ね、部会に出席していた。部室を出ると輪ゴムを解き、髪を背中に垂らす。黒髪が波打って光った。

なかなか東京に馴染めない私の目には、ごちゃごちゃしたキャンバスの上に置かれた清楚な人形のように映った。ただ、少女は人形のままとどまれない。大人の女への変容の様子は眩しかった。フェルメールの風俗画に登場する女性は、例外なくその表情としぐさに揺れを秘めている。私は、M子にも同様の心の揺れを認めた。少女から女に変身する過程の振幅が、私の心に共鳴を誘った。

西洋美術史研究会では、月に一度の割で合評会があった。夏休み前の最後の部会は、デモの参加者が多く合評会への出席部員は少なかった。坂下先輩もM子も欠席している。私の作品は上級生や同輩から散々罵倒された。入学後初めて提出した私の油彩作品に、彼らは容赦しない。私は故郷の海を描いた。波光の細部をないがしろにせず、丁寧にグラデーションを付けて着色した。それは母が西洋刺繍でしょっちゅう使っていた図案である。根気よく丁寧な筆遣いがかえって非難の的になった。「絵にパッションがない」と責められた。技巧だけでなく題材の選択にも「ダメ」の烙印を押された。「プチブル、反革命的」となじられた。

針のむしろのような合評会が終わり、一刻も早く部室を立ち去りたい私は、早足で巣鴨駅に向かった。しかし、のめりこむように染井霊園に入ると、自然と足取りが緩くなる。いつものようにポケットからタバコを取り出した。あいつらは何も分かっていない、今に感動を与える作品を描いてやる、と自分に言い聞かせ反芻しながら林立する墓の間を歩く。立て続けにタバコに火を点けた。

スケッチ力を涵養し、いつかコンクールに入選を果たすことを目標に置いた。M子に肖像画のモデルを依頼する日を夢見た。イーゼルを立てた私の前方でポーズをとるM子を空想し、それをニンジンとしてぶらさげた。

キャンパスで、九州に下る学生を募る集会が増えた。昭和三十五年の六月に全学連運動は最高潮に達し岸内閣を退陣に追い込んだものの、新安保条約は自然承認された。運動の高まりが大きかった分、学生たちの絶望感も深かった。行き場を失くした多くの学生たちは、三池の炭鉱争議を支援するために福岡県大牟田に下った。だが争議は刺殺事件に発展し、学生たちの理想とはかけ離れた方向に向かう。結局中央労働委員会の斡旋案を三池労組が受け入れて十一月にはストは解除となり、だれが勝利者なのか分からないまま運動は終焉した。

　季節が春になり、私は二年生に進級した。新安保条約が承認されたあと、学生たちのデモの回数も減っていった。いつものように大学前で警官隊と小競り合いのあった日の夕暮れ、染井霊園にさしかかると前方を男女が寄り添って歩いているのが目に入った。お互いに相手の腰に手を回している。男はヘルメットを被り、女は黒髪を後ろに束ねその上からハチマキを巻いていた。坂下先輩とM子だった。

　二人は参加したばかりのデモの余韻に浸っている風で、背後の私に気付かない。二人が空いている方の手を横に伸ばした。後方の私への合図かと思ったが、違った。風に散ったソメイヨシノを手のひらで受けているのだ。私は頭上の花びらを勢いよく手で振り払った。立ち止まり、前方の彼らが視界から消えるのを待った。

　染井霊園で二人の寄り添う姿を目撃してから、緊張感を強いられる日々が続いた。どんなことがあっても嫉妬心を他人に悟られるまい、と自分に言い聞かせ懸命に平静を装った。自分の感情を内に押さえ込んだ。偽装工作のために、別の女子部員に好意を抱いていると公言した。予想したとおり相手から無視され、哀れな姿は周囲の嘲笑を誘った。しかし、私は意に介さず密かに舌を出していた。

　長かったスト期間が終わり、授業が再開されても学業に身が入らない。キャンパスで目にする坂下先輩とM子の仲むつまじい姿に苛立った。二人は部会に参加せずデモに明け暮れているようだ。嫉妬心に翻弄される自分に嫌悪感が募った。

自分を律する自信が揺らぐと染井霊園に足を向けた。林立する墓柱を横目に、油彩画の感性を磨くことを自分に課した。恋愛感情や学生運動よりも、何よりも絵画芸術を優先するのだと自分に言い聞かせた。私は出来る、と思った。自分に覚悟さえあれば出来る、と思った。

学生運動が下火になり全国的な熱狂が一部の闘争家だけの活動に変わっても、坂下先輩もM子も部室に姿を見せない。二人は同棲を始めた。そのことはクラブの同輩からの伝聞で知った。巣鴨駅の近所に六畳一間のアパートを借りたという。そのアパートは私の通学路の途上にあった。とげ抜き地蔵の商店街に入る手前にあり、染井霊園の入り口に近い。今にも崩れそうな木造建築である。終戦直後のバラックを思わせた。

「あの二人には金がないんだね」

私は同輩に感想を述べた。何の興味も持っていない風を装った。次の日から通学経路を変えた。巣鴨駅での乗降を辞めて、大塚駅から都電を利用するようにした。

彼らの同棲生活は長くは続かなかった。一年間にも満たない。何が理由で同棲を解消したのかは知らない。その後坂下先輩は毎日授業に出席し、部室に顔を出すようになった。ところがM子の方は一向に戻ってこない。消えてしまった。

M子は二度とキャンパスに姿を現さなかった。クラブの同輩が日比谷公園で姿を見たと教えてくれた。米軍基地反対を叫ぶ集会でロシア語学科の男子学生と一緒に声を上げていた、というのだ。

M子と同時に、ロシア語学科の白井義輝《しらいよしてる》が姿を消した。M子と白井のもともとの接点も西洋美術史研究会だった。本流の美術部から分派し、西洋美術史研究会を立ち上げたのは白井である。旧来の美術部に所属していたM子は、付随的に西洋美術史研究会で活動を続けた。白井は新しいクラブを立ち上げたものの、絵画創作からは距離を置くようになり、学生運動にのめりこんでいった。間もなく全学連の闘士としてキャンパスで演説するようになる。彼は急進的リーダー格とみなされ、周囲からは職業革命家の道を歩むものと思われた。本人もそう公言した。単なる学生細胞からコミンテルン日本支部の中枢に食い込んだ。

M子と白井はしめしあわせて地下に潜ったのだと噂された。急に学生がいなくなるのは珍しいことではない。革命に人生を賭す決意をした者が消息を絶つのは、この大学特有のものではなかった。

4

坂下先輩とM子が同棲を解消したあと、私は通学路を元に戻した。途上の染井霊園に差し掛かると、行方の知れなくなったM子を思い浮かべゆっくりと小路を歩いた。私は勤勉な学生ではなく、専攻のフランス語の授業にさえ欠席しがちだったが、西洋美術史研究会の部会には欠かさず出席した。坂下先輩も一年間程の中断のあとは、もとのように出席していた。

周囲が驚愕したのは、別離後しばらくして坂下先輩が学生会館の屋上から投身を図った時である。私が三年生に進級した春だった。バリケードで封鎖中の学生会館の屋上から飛び降り、命はとりとめたものの腰部を強打し入院生活を余儀なくされた。

大学正門を入ってすぐ右手に平屋の木造校舎が並び、西洋美術史研究会の部室はその一角にある。その奥に竣工間もない学生会館があったが、まだ供用されていなかった。管理と運用方法を巡り学生自治会と大学当局との話し合いが決着せず、竣工はしたものの学生によって封鎖された状態が続き、誰もその中に足を踏み入れることができなかった。

学生会館は道路を挟んで女子高校舎に隣接していて、その高校のさらに向こうに染井霊園がひかえている。キャンパスからは、霊園のたたずまいは高校の校舎に遮られて臨めない。会館内部に出入りできないが、壁面に設置された非常階段だけは利用可能だった。その階段を昇降して屋上にアクセスできる。その状況が投身自殺の噂を後押しした。

周りの学生たちは自殺の原因を訝った。それほどまでに失恋に悩んでいたとは信じられない。単に足を踏み外しただけの事故ではないのか、と想像する者もいた。またM子が他の学科の男子学生と付き合い始めたのを知って、その腹いせにみせかけの自殺を演じたのだと勘ぐる学生もいた。

坂下の入院生活は三ヶ月に及んだ。見舞いに訪れた研究会の部員は、病室で看病している両親を紹介された。その部員によれば、両親とも子息の同棲も三角関係も気づいていないようだと言う。部員は坂下先輩の秘匿を笑い、厳格な両親に頭が上がらないのだろうと付け加えた。その報告に私は、地下に潜ったM子は今後どうするのだろう、と危惧した。研究会の部員たちは一様に不幸な親子に同情のため息を吐いた。一方、部員たちのM子への関心は薄くなっているようだった。

先輩が退院し再び西洋美術史研究会に姿を見せるようになった。何事もなかったように振舞った。ただ、以前のように饒舌ではない。むしろ後輩たちの議論の聞き役の立場に徹した。全学連闘士の姿はもうない。私たち部員も普段どおりの態度で呼応した。もう誰もM子のことを話題にしない。

先輩の在籍制限期間が迫っていた。八年を過ぎて大学に在籍できない規則である。超えると除籍の扱いを受ける。だが慌てる様子は見えなかった。坂下先輩は勤勉な学生ではなかった。授業への出席率が悪く卒業論文も書かない学生に、大学の就職課は冷淡である。ただどの企業も人材不足に喘いでいた。当時の政情は不安定だったが、経済界には轟音を伴って離陸するような勢いが見えた。

戦後の疲弊した日本経済にうっすらと光明が差したのは、昭和二十五年六月に勃発した朝鮮動乱によってである。米国にとって、北朝鮮軍に越境を許した韓国への支援は急務だった。日本列島全体が米軍の出撃基地となった。ジェット戦闘機は九州からだけでなく、岩国、立川、入間からも発進した。大型爆撃機B29は横田、伊丹基地から朝鮮半島に向かった。海路では門司港がにわかに活況を呈した。

太平洋全域から徴収された兵器に加え、日本で調達された軍需物資、衣料食糧が山のように港の岸壁に積み上げられた。木箱を積載した米軍の巨大輸送艦が門司港と朝鮮半島の間をピストン輸送した。米軍からの発注はカンフル剤のように日本経済を活気づかせた。

当時の日本は特需ブームの様相を呈したが、同時に反動暴落をも引き起こし経済基盤のもろさを露呈することとなった。政府もその点に気付いていなかった訳ではない。動乱の前年、昭和二十四年には通産省が設置され、輸出振興策が打ち出されていた。通産省は産業構造の転換が急務と悟り、繊維を中心とする軽工業から鉄鋼、機械等を主体とする重工業へと生産体制を移すよう経済界を誘導した。

昭和三十年前後には戦後の混乱期を脱し、GHQによって解散させられていた財閥系商社も復活の様相を見せていた。昭和二十九年に三菱商事が、昭和三十四年には三井物産が大合同の結果新規に発足する。重工業で基盤を築き、商社が世界中に販路を拡大するという構図が出来上がった。

徐々に日本の産業界は、自信を取り戻しつつあった。昭和二十九年には、地方の「金の卵」を都会へ運ぶ就職列車が走り始める。昭和三十年から始まる神武景気を前に、日本社会は消費ブームに沸いた。冷蔵庫、洗濯機、白黒テレビの「三種の神器」が飛ぶように売れた。昭和三十一年の経済白書には、「もはや戦後ではない」とやや興奮気味に記載されている。優秀な学生をいち早く獲得しようと、企業は四年生になりたての学生に内定を出した。青田買いである。大学の就職課の職員は坂下先輩のことをてっきり大学院に進むものと考えていたらしい。本人も慌てていなかっただろう。何とかなると、高をくくっていたものと思う。

卒業ぎりぎりになって決まった就職先は、あまり大規模でない大阪に本社を置く中堅繊維会社だった。自殺未遂の過去を持つ学生を大企業が採用する訳がない。大手はどこも興信所を使って内定者の身辺調査を行うのだが、石山繊維は筆記試験さえ実施せず面接だけで合否を決めたようだ。会社のほうに語学が得意なのだろうという期待があったのかもしれない。

5

学長室の『模倣と涙』が見えなくなった。歴代の学長賞受賞作のうち『模倣と涙』だけが消えた。誰も気付かず話題に上らなかったが、私にはすぐ分かった。坂下先輩本人が自分で持ち去ったに違いない。卒業直前の追い出しコンパで、先輩に尋ねた。

「『模倣と涙』は先輩が持っているんでしょう？」

「……」

坂下先輩の顔付きが険しくなった。たたみ掛けるように私は頼み込んだ。

「あの絵を、記念に頂けませんか？」

「……」

依頼は無言で拒否された。私は、M子の肖像を凱旋トロフィーのように位置づけた。油彩画への情熱はオールマイティで、他の全ての感情を制御したと思った。M子が失踪してしまったからではない。時間の経過の効果でもない。絵画芸術への覚悟が他の全てのものを吹き飛ばした、と考えた。

「君の執念は大したものだよ。粘り強く描いていればいつかものになるよ」

「……」

坂下先輩の慰撫に私は黙った。見下されている気がした。

「フェルメールだって執念で描いていたと思うよ」

先輩は沈黙を避けるように付け足し、続ける。敬愛する画家の名を出して、私を励まそうとした。

「デルフトでのライバル、デ・ホーホより上手くなりたい一心で描いていたんだと思うよ」

坂下五郎は十七世紀のデルフト派の画家に詳しい。私にも多少の知識はあった。フェルメールとホーホは画風がそっくりで且つ風俗画に徹したので、常に並び比べられた事実は歴史として知っている。戸口越しから覗く室内光景を好んで描き、消失点の配置に同様の手法が見られると、先輩は説明した。フェルメールのパトロンと知られるデルフトの醸造業者、ピーテル・クラスゾーン・ファン・ライフェンは、フェルメール二十点の他にホーホの作品を十一点所持していたことが、死後その財産目録で明らかになっている。

「二人のキャンバスには、どちらも消失点と思われる位置にピンの痕があるんだよ」

先輩は秘密を打ち明けるように言う。まるでM子の話題を避けるようだ。

私は、醜い嫉妬心を乗り越えた証をトロフィーとして傍らに置きたかっただけだ。清楚な人形を懐かしく思えるようになった自分が誇らしい。だから私は『模倣と涙』を所望したのだ。私は世間話を装って尋ねた。

「M子さんはどうしているんでしょう？　先輩のところに連絡はありますか？」

「さあ、どうしてるんだろうねぇ。もう日本にいないんじゃないか。シベリア鉄道でモスクワに行ったと聞いたけど」

一呼吸おいて、先輩は私の杯に酒を注いで言った。

「君には悪いことをしたね」

その言葉に、私の酔いは覚めた。先輩は、私のM子への想いに気付いていたのだ。M子の方はどうだろう。やはり感づいていたのだろうか。確かめようがない。頭のなかで落胆と慙愧の念が渦巻くようだ。酒酔いはないのに、体の平衡を保つのに精一杯だった。

坂下先輩は背後の窓を開けて外に首を出した。新鮮な空気を求めて大きく深呼吸した。酒席の場は乱れ、他の卒業生を囲み大声で怒鳴りあっている。胴上げが始まった。私と先輩だけが取り残されたように窓際で外を見ていた。真っ暗な夜だった。店は池袋駅から離れている。星もネオンも見えない。

私は徳利を手にし、先輩に勧めたが応じてもらえない。私は手酌で清酒をコップに注ぎ一気に飲んだ。先輩は姿を変えず、じっと外を見ている。息を殺して身動きしない。私は再度コップ酒をあおった。追い出しコンパが、坂下先輩の姿を見る最後になった。長時間遠くを見ていた姿が忘れられない。

私は絵筆三昧の生活に入った。授業に出席せず、アルバイトもせず、一日中下宿でキャンバスに向かった。壁に立て掛けたストックのキャンバスが紫煙で黄色く変色した。M子への想いを悟られていたと知った私の落胆は大きかった。ガラス細工のような秘密の物語に坂下先輩が大きな染みを付けた。払拭するためには、絵画であだ討ちを果たすしかない。『模倣と涙』を凌駕する作品を残すことを決意した。

西洋美術史研究会を退部した。単に趣味で絵を描いている連中と顔を会わせるのは億劫だ。

「こっちは命がけで描いているんだぞ」

そんな気持ちで自分を鼓舞した。絵画芸術に羽交い絞めにあっている自覚はある。だが苦痛は感じない。奇をてらった生き方とも思わなかった。ただ、タバコの吸いすぎで胸が痛かった。

坂下五郎は昭和三十八年四月に大阪に本社を置く石山繊維に入社し、大手町の東京支店に配属された。その後の消息は、アムステルダムの「トランク・ミステリー」の記事に接するまで誰からも聞かなかった。

運河殺人事件発生当時の私は、まだ学生で留年を繰り返していた。勉学に身を入れず、かと言って政党色の強い集会やデモには背を向けるノンポリ学生である。妄想に取りつかれた亡霊のように、市川の下宿で絵画制作に没頭していた。油彩画の感性を磨くためには全てを犠牲にする覚悟だった。恋愛感情も政治信条も握りつぶした。新聞にもテレビにも背を向ける毎日だった。

それなのに、この事件に関しては朝刊も夕刊も全ての報道に目を通した。一連の報道は、新聞だけでなく週刊誌、月刊誌を含め全ての紙面を隈なく読んだ。目を皿のようにして繰り返し読んだ。なぜ坂下先輩は異郷の地で、バラバラにされトランクに詰められて、そのうえ運河に捨てられるような死に方をしなければならなかったのだろう。

コンクールで落選を続けるキャンバス群が部屋中に立て掛けてあった。被害者の身元が坂下五郎と判明した直後の驚愕に続いて同情心が湧いた。残忍な死に様を哀れに思う。絵画道具の隙間に出来た狭いスペースに新聞や雑誌を拡げ、アムステルダム運河殺人事件に関する連日の報道をむさぼり読んだ。進展を見せない捜査に苛立った。混乱する報道に、一人怒声を浴びせた。

だが徐々に生前の様子が報道され、その被害者像が明らかになると私は一人首を振っていた。納得できない。違和感が募る一方だった。

「違う。これは坂下先輩ではない」

先輩が、卒業と同時に大阪に本社を置く繊維会社に就職したことは知っていた。卒業後は一度も会っていない。ブリュッセルに駐在していることも知らなかった。だが学生時代に同じ西洋美術史研究会で知己を得た坂下先輩と、報道された被害者像は重ならない。アムステルダムの飾り窓に遊びに行きたいと公言し、自宅でジュラルミン・トランクを金庫代わりに使う不用心な被害者が坂下先輩である筈はない。

第三章　巨匠作家の推理

1

戦前から不可解な事件が発生すると、マスコミは読者の関心を惹くため著名な小説家を訪問しインタビュー記事を載せた。昭和七年に東京、玉の井で起きた「お歯黒どぶバラバラ殺人事件」は、遺体がバラバラにされて投棄されたので被害者の身元が割り出せず捜査は行き詰った。手がかりとなる情報に百円の懸賞金が出されたが、有力な情報は得られず捜査に進展は見られない。

だが世間の興味は尽きない。世論に押されるように、マスコミは探偵小説作家に意見を求めた。当時の探偵小説の第一人者、江戸川乱歩《えどがわらんぽ》は東京朝日新聞のインタビューを受け、犯人像を独自に推理している。

「犯人は死体が硬直すれば切り易いと知っていて……」

乱歩の盟友であり、子爵、検事の肩書を持つ探偵小説家、浜尾四郎《はまおしろう》はマスコミのインタビューに答えて、

「働かない弟に立腹した兄が殺したのかもしれない。弟は中国に渡ったが夢破れて帰国したのだろう」

と現実に近い推理を明らかにした。

事件は一旦迷宮入りしたものの、科学的捜査手法の発達とともに捜査が進展し解決に向かう。モンタージュ写真が手がかりになり被害者の身元が割れた結果、犯人逮捕に至った。犯行現場近隣の目撃証言が奏功した。憎悪を抱いた兄弟、妹が共謀の上同居の婿を殺害したと判明した。だが遺体の処理に困り、のこぎりでバラバラに切断した上でハトロン紙に包み私娼街、玉の井のどぶに捨てたのだった。

江戸川乱歩、浜尾四郎、甲賀三郎《こうがさぶろう》などの活躍で探偵小説は一世を風靡したが、その隆盛は長続きしない。浜尾が脳溢血のため三十九歳で早世したことも響いた。トリックや密室はネタ切れとなり、次第に下火となった。そんな風潮の中で、犯行動機に注目し従来の探偵小説の概念を度外視して登場したのは松本清張という作家だった。戦後の停滞感を打ち破るように、文壇に登場した。

従来のトリック中心の探偵小説とは趣が違うことに、多くの読者はすぐに気付いた。用意周到な推理展開で読者を感嘆させると同時に、清張氏は必ず犯人の切羽詰った心情を解明することを忘れない。どの作品においてもそうである。つらい人生に対する不満や苛立ちが高じて、やむにやまれぬ動機に連鎖する。それが何らかの手段、例えばアリバイ工作や綿密に計画された犯行方法と結合したとき、哀しみを含んだ殺意に変質する。そんな登場人物の心の揺れ具合が読む者に感動を与えた。

坂下五郎の卒業後、部屋から一歩も出ず絵画制作に打ち込んでいた私の唯一の息抜きは清張氏の社会派推理小説だった。布団の上であお向けになり足を組み顔の上に広げる小説に相応しい。ところが同氏の作品を、アムステルダム運河殺人事件のインタビュー記事が契機となって机の前に座り赤鉛筆を手にして読むようになった。

当時の清張氏は売り出し中の推理作家で、『点と線』『眼の壁』はベストセラーだった。事件の前年には『昭和史発掘』の連載もスタートしていた。そのインタビュー記事は、日本中がアムステルダム運河殺人事件に沸騰している最中に週刊誌に掲載された。

【週刊現代九月二十三日号（抜粋・一部仮名）】

〈バラバラ事件の死体は果して〝彼〟か？〉

国際的ミステリーとして世界の注目を集めている〝日本人バラバラ事件〟。謎は深まるばかり。本誌は、この事件について、日本推理小説界の巨匠である松本清張氏の意見を聞いてみることにした。いわば推理作家の〝現実〟への挑戦である。

果して〝二十世紀の現実〟は推理作家のイマジネーションに先行して、より複雑、怪奇、ミステリックであり得るか？　それとも、作家の推理的想像力が〝現実〟の核心をついて、見事な解明をなすか？　さて〝現実の謎〟に挑戦する松本氏の論旨を追ってみれば――。

〈松本清張氏の意外な推理小説的見方〉

「こんどのバラバラ事件は、おそらく迷宮入りになるのではなかろうか」こう前置きした上で、松本氏は続けた。

「バラバラ事件を日本の例にとると、昭和初期に全国をわかせた東京の玉の井・おはぐろどぶのバラバラ死体がある。その被害者は犯人の姉婿で、犯人とその一家が総がかりで行った犯罪だったが、解決までには困難をきわめた。なぜ困難をきわめたか。第一の原因は、死体の身元が容易にワレなかったためだが、これは当然の話。殺害した死体をバラバラにするのは、その身元をかくそうとする目的があるからだ。ところで、今度のアムステルダム事件はどうか」

松本氏の口調が熱を帯びる。

「あまりにも簡単に、あっけなく死体の身元がワレ過ぎたとは考えられないか？」

身元確認の重要な鍵の一つに、血液型があげられている。つまり、事件の胴体から抽出した血液型と、被害者が故国に送った手紙の切手についていた唾液のそれが一致して、いずれもB型であったという。だがそれは、バラバラ死体の身元を確証するものではない。血液型が一致したといっても、死体の血液と被害者とみなされる人物の体から抽出した血液との照合ではなく、郵便物の切手についた唾液との照合だから身元を断定することに疑問の余地が残る。

もう一つ死体確認の決め手になった盲腸手術の痕について、被害者と目された人物は盲腸手術をしたことはないという。では、この死体はいったい誰なのか？　そして、問題の被害者と看做されたその人はどうしたのか？

死体を入れたトランクについて、松本氏はいう。

「なぜ、すぐに持主のわかるトランクに死体を入れたのか？　死体をバラバラにして被害者の身元をくらませるからには、捜査の糸口になるすべての物を、同時に処分してしまわねばならない。これは、この種の犯罪の最も初歩的な常識であるはずだ。にもかかわらず、犯人はわざと、容易に身元のワレる工作を講じている。

トランクばかりではない。本来ならば、当然、死体以外のどんな遺留品をも残しておかないもので、たとえば死体にシャツが着せてあったとしても、身元確認の手がかりとなるようなもの――たとえば、クリーニング屋の目印すらはがし取ってしまわねばならないのに、なぜ、わざわざ日本製と一目で知れるパンツや、セーター、ワイシャツなどを入れておいたのか？　まったく奇妙な話である。だが答えは簡単だ。死体は〝坂下氏〟ではない。誤認させるための、見えすいた工作がしてあるからだ」

この事件の捜査に当たっているＩＣＰＯ（国際刑事警察機構）では、殺害事件は第一現場で発生したという見解をとり、アパートの部屋のドアの取手から血痕が検出されたと発表したが、あとで間違いだとわかった。このアパート第一現場説を松本氏は否定する。

「第一現場は、ブリュッセルのアパートではない。ここで死体をバラバラにして、わざわざアムステルダムまで運ぶ理由はない。私の考える第一現場は、あくまでアムステルダムだ。殺人はそこで行われた」

バラバラ死体の胃の中にあった米粒について、現場当局では、それは被害者がアパートで自炊していた米粒であろうと推定しているが、松本氏の意見は違う。

「アムステルダムの中央停車場の裏通りには、〝飾り窓の女〟で有名な赤線が、運河に面して連なっている。その情景は、日本のかつての〝玉の井〟に似ている。〝飾り窓〟はポツポツと点在し、それらの間に、バー、怪しげな食堂、中華料理店などがある。

死体の胃の中の米粒は、おそらく、そうした中華料理店で食べた料理の名残りではないだろうか」

だから、バラバラ死体の主は、生きたままアムステルダムに来たのであり、犯行の第一現場はブリュッセルのアパートではない、という推理になる。

なぜ、手首を切断したのか？

「もちろん、死体の指紋を取らせないためだ。つまり、死体の身元を徹底的にかくしておくためにほかならない。ねらいは、死体が〝坂下氏〟ではないから、指紋から被害者の本当の身元がワレて、その偽装を見破られないようにするためである」

ここで松本氏は、死体が〝坂下氏〟ではなく、彼本人はどこかで生きているという初めの推理を強調する。

「あちらの警察は、日本の警察ほど優秀ではないから、事件はなかなか解決しないだろう」

オランダ、ベルギー両国にまたがる事件だけに、国内事件とは別種のさまざまな障害が生じるわけである。そこにまた種々の憶測、デマ、誤解が生まれる。

犯人逮捕については、悲観的な松本氏だったが、以上のような氏の推理が事件の真相にどこまで肉薄するか、捜査の進展を見守りたい。


私は清張氏の替え玉説に拍手をおくった。自分の理解者がやっと現れた、との連帯感を抱く。

私は意を強くした。「殺された被害者は坂下先輩ではなく別人ではないか」との想像は、もはや確信に近くなった。この週刊誌インタビュー記事に触れて以降、全ての清張作品に目を通すようになった。熱心な愛読者に変身したのである。身辺雑記の類の小さなコラムも見逃さず、切り抜いてスクラップした。アムステルダム運河殺人事件のあと、私の本棚に清張作品は増える一方だった。

2

私の油彩画は認められない。坂下五郎への仇討ちの復讐心をエネルギーにして、卒業間際まで下宿で絵を描き続けた。どこかの絵画コンクールで一作入選を果たしてから大学を卒業したかった。佳作でもよかった。しかし、ことごとく落選した。教職課程の単位も取得できていなかったので、美術教師への道も断たれた。

就職課の求人ファイルから募集制限の緩い会社を物色し、卒業と同時に神田にある小さな出版社に入社した。その会社の刊行した美術全集を持っていたので、私はその出版社の名前を知っていた。だが、不景気の波に押され倒産した。起死回生の肝いりで刊行した美術月刊誌の不振がダメ押しになる。脆弱な財政基盤を露呈し入社二年目に倒産した。私がその出版社で行った業務は、返本の整理と廃棄物回収業者との打ち合わせだけだった。

アムステルダムで日本人のバラバラ死体が発見されてから四年後の昭和四十四年に、松本清張氏が事件の調査を踏まえ『アムステルダム運河殺人事件』を発表している。当時の私は商社に勤務するサラリーマンだった。出版社の倒産後すぐに転職先を探し、東京の中堅商社の中途採用に応募し採用された。その直後の刊行だった。もう油彩画制作に見切りを付け、絵筆を持つことはなかった。特別な契機があった訳ではないが、落選に嫌気がさしていた。才能のなさを突き付けられることに、うんざりしていたからだと思う。

松本清張という作家は、現実に発生した世間の度肝を抜くような大事件を看過できる性分ではなかった。氏は三億円事件でも独自の推理を展開し、『小説三億円事件』を昭和五一年に発表している。その年の十二月に、三億円事件の時効は成立した。犯行直後からモンタージュ写真が公表され、バイクなど百五十点ちかい遺留品があった。それにもかかわらず迷宮入りになったことに、人々は落胆ではなく意外感を持った。犯人に対する憎悪の気持ちは抱かない。だが犯人はどんな人物かという興味を駆り立てられ、多くの日本人が氏の『小説三億円事件』を手に取った。

清張氏は『アムステルダム運河殺人事件』執筆に先立ち、実際にオランダ、ベルギーに出向き両国の警察とも面談し綿密に調査した。その多忙な様子は著作「取材旅行（オランダ・ベルギー・イギリス）」に詳しい。そうして生まれた『アムステルダム運河殺人事件』の推理に一分のすきもない。まるで学者の論文のようだ。最初は、全共闘運動が頂点に達し東京大学の安田講堂に機動隊が入った直後の昭和四十四年四月に、「週刊朝日カラー別冊」に掲載された。

私は発売直後の週刊誌をむさぼるように読んだ。一読して落胆した。清張氏は当初の替え玉説を撤回していた。アムステルダム捜査本部の見解通りに、被害者を坂下五郎と断定して論を展開している。裏切られた気分だった。私は作品の掲載された週刊誌を机にたたき付けた。事件直後に氏が週刊誌に答えた〝替え玉〟説はどこにいったのか。清張氏の変心は、両親による遺体確認が背景にある。実の両親がアムステルダムに出向き、自分の息子に間違いないと認めた。その証言を覆すことには無理があると悟ったのだろう。

清張氏は現地オランダ、ベルギーに出向き、アムステルダムではルトゲス警部と面談もしている。警部本人への取材をもとに、捜査本部長の活躍ぶりを著書のなかで描いた。事件を指揮したルトゲス本部長に共感を覚える日本人読者は多かった。

氏は取材旅行に飽き足らず、帰国後も日本サイドの警察庁に残っている記録を取り寄せ綿密に調査を重ねる。何ごとにも完璧を期す性分から、わざわざ鹿児島まで出向き坂下五郎の両親にも面会している。身元を断定する最終的根拠となった証言を重要視したのだろう。両親に現地アムステルダムでの遺体検分の様子を質した。その結果、当初の持論を撤回するに至る。

事件直後には週刊誌のインタビューで被害者を坂下五郎と断定することに異論を呈し替え玉説を唱えていたのだが、著作の中で仮名ではあるが彼を被害者として扱った。私の落胆は大きい。唯一の味方と信じていた同志に裏切られた気分を味わった。探究心の塊のような清張氏は、なぜ〝被害者替え玉説〟を撤回してしまったのだろう。たとえ創作でも、被害者、坂下五郎は生きていて殺されたのは替え玉だと主張して欲しかった。

著作の中で清張氏は、死体に手首がなかった事実に注目した。頭部を切断しているのは、顔から身元が割れるのを恐れたためと考えられる。両脚は死体をトランクに収納するのに邪魔になったのだろう。着眼点は、犯人が死体の両腕を切断せずに、両手首から切断したという点である。両腕でなく手首だけを切り落としたのは何故だろうか。その疑問に、清張氏は真正面から答える。

清張氏の推理は、結末部でたたみかけるように展開される。手首からの切断はこれまでのバラバラ事件に類例のないところから、特殊な意味を追及した。

清張氏はホームズ役の主人公に問わせている。

「君、ぼくの姿を見てくれたまえ。そして君自身のも。お互いに洋服を着ている。さあ、肉体の露出部分はどこだね？」

ワトソン役の語り手は、眼前にある上着を着用した相手の格好に目を遣り、あっけにとられたように小さく声を上げる。

「顔と両手首……」

主人公は追い討ちをかけるように更に続ける。

「被害者は夏だが、ちゃんとブルーの上着を着ていた。だれかが彼の全身に水のようなものをぶっかけたとしたら、直接皮膚の濡れる部分は彼の露出した顔と手首だ。それが水なら問題はない。が、そうでないものを浴びて、それが容易に除れなかったとき、そして、その物質によって犯行現場が推定できそうなとき、犯人はどうするだろう。苦労して拭いとるか、その部分を切断するかしかない。拭いとるにしてもそれにはひどく手間がかかって面倒だ、物質によっては警察の科学検査で正体が知れるおそれがある、犯人はこの意識に強くとらわれていた。トランクに入れるため、首と両脚ははじめから切断するつもりだったから顔の汚点は問題でない。両の手首だ。犯人には当初から両腕を切断する計画が全くなかったので、これには当惑した」

「その、拭っても容易に消えない顔と手首の付着物というのは何ですか？」

「塗料だ」

「塗料？」

「被害者は塗料がいっぱい置いてある小さな工場のようなところで殺害されたのだ。高官S氏の鉄道怪死事件では、轢殺と思われた被害者の衣服にヌカ油と染料の粉末が付着していることから、その物体が置かれている工場のようなところで殺された疑いが濃厚になっている。アムステルダムの被害者もそのような《工場》の中に誘いこまれて扼殺か絞殺されたのだ」

ここで述べられているS氏の鉄道怪死事件とは、昭和二十四年に発生した下山事件を指している。昭和三十五年の六十年安保改定の年に氏が発表した『日本の黒い霧』は、その後の清張氏の論考を方向付けた。氏は警察当局が発表した下山事件捜査最終報告書（下山事件白書）の自殺論に異を唱え、進駐軍による謀略の疑いについて言及した。ここでは、事件の類似性を主張するために引用したのだろう。

「おそらく被害者はそのとき逃げ回ったり、抵抗したりしたにちがいない。蓋のない塗料の容器や、塗ってまだ塗料の乾かない建具はそのへんにいっぱいあった。どれに突き当って転んでも顔や手首につく。むろん洋服やズボンも塗料だらけだ。が、こういう衣服は犯人が彼の身体から脱がせて捨てているから問題ない。S氏事件のように下着までヌカ油が滲みこんでいた状況とは違う」

清張氏が犯人と断定したのは、ブリュッセルで被害者のすぐ近所に居を構えていた建具製造工場のベルギー人経営者である。被害者が日本から持ち込んだばかりの事務所運転資金を狙って、彼を自分の工場に連れ込み犯行に及んだ。死体切断の道具には建具制作用の鉈《なた》、鋸《のこぎり》などが使われた、と推理している。

殺害のあと犯人は、死体をジュラルミン・トランクに詰めて車でアムステルダムに運び、夜の闇に隠れて運河に投棄した。被害者が日ごろアムステルダムの飾り窓に興味を持っていたのを利用し、捜査をオランダ側に引き付けたかったのだろう。これが清張氏『アムステルダム運河殺人事件』の結論である。だが清張氏は、工場主の単独犯とは断定していない。残忍な死体切断で、犯人の背後に「闇の勢力」の存在を暗示した。それが読者に読了後の不気味さを覚えさせた。

私は清張氏のよき読者だと自認している。清張氏の数多い著作のなかで、『アムステルダム運河殺人事件』にはどこか物足りない感想が拭えない。犯人は身元を隠すために死体をバラバラにしているのに、遺体が日本人であると類推させる証拠品を残している。日本語の注意書きの入った下着を着用させ、すぐに日本製と分かるトランクに胴体を詰めているのは不可解である。持ち主を追及しやすいようにわざわざ生地見本までトランクに入れているのは何らかの意図があってのことだろうか。

作品としても物足りない。秘められた動機が見当たらない。謎解きの推理だけに重点が置かれ、清張氏特有の被害者や犯人の心の葛藤、社会に対する叛逆心の表現が薄い。清張氏は、私の知らない膨大な資料を読み込み作品を完成させた。氏はベストセラーを量産する推理作家である。編集者や出版社の期待が大きい分、投資額も大きい。現地への取材旅行をセットし、通訳の役目で週刊誌の副編集長を同行させ現地警察との面談をも実現させた。

私は情報量では清張氏に敵わないが、一つだけ強みがある。私は、生身の坂下五郎を知っていた。彼の淡々とした語り口も、ユニークな絵画作品『模倣と涙』も、はっきりと覚えている。何よりも坂下五郎が原因で嫉妬心に悩んだ時期を忘れない。染井霊園が懐かしい。小路でソメイヨシノの花びらを振り払った記憶が面はゆい。

第四章　阿片商社

1

私は昭和四十二年、二十六歳のときに再就職した。中途採用で入社した会社は商社である。山村産業は総合商社の看板を掲げ、世界中に事務所を置いているが大手ではない。世間の評価は、中堅から一流半というところだろう。商社には中途入社組が多い。一匹狼の独立精神旺盛な社員が多いため中途退社による欠員が発生しやすい。それだけではない。商社間の競争は激しい。引き抜きによる離職者の穴を埋めるためにも、年じゅう中途採用者の募集を行う。

私は山村産業入社と同時に物流部に配属され、以来ずっとロジスティックス畑で過ごしてきた。業務内容は、貿易商品の輸送契約、梱包、輸送手段の選択、損害保険の付保など多岐にわたる。守備範囲はワールドワイドで、海外出張も多い。物流部門で二十年が経ったところで、やっと管理職に昇格し物流開発課の課長補佐の役職についた。商社マンにはその道のエキスパートが多い。一旦配属されると他部署に異動しない。その結果、メーカーの社員より業界の事情に精通した社員が出来上がる。専門知識を買われ、メーカーに引っ張られる社員もいる。だが私の場合は、外部の会社から転職の誘いを受けたことは一度もない。

会社の人事発令は、株主総会直前の六月一日付けが多い。人事情報の管理は厳格である。創業主の性格を反映し、伝統となって定着した。異動も昇格も事前に漏れることはない。万一情報漏えいが発覚した場合は、その年の人事異動は全て白紙となる。連絡ルートも厳守される。逸脱は許されない。発表三十分前に初めて、人事当局から直接上司の下に連絡が届く。三十分の間に上司は、対象となった部下の居所を確かめる。当局の指定した発表時間になると、即座に内示を与えねばならない。他人の口からの伝達はご法度である。事前予告がない突然の通知なので、言い渡された当人は驚愕する。

ところが、海外駐在だけは例外だった。事前の打診が慣例となっている。人事担当の執行役員から異動計画を明かされた上司は、部下を呼び駐在可否の打診を行う。会社でではなく、退社後の居酒屋のことが多い。私の場合は昼食後の喫茶店だった。私と酒を飲みたがる上司はいない。打診は年度末の二月、三月に行われる。翌年度の人事ローテーションの仕込みだろう。ただ、具体的な駐在場所は明かされない。上司も知らない。大雑把な地域が知らされるだけだ。

「来年度、ヨーロッパに出てみるか?」

「いやぁ、親の面倒をみなければいけませんので……。すいません」

私は毎年、母親の介護を理由に断ってきた。北米も、アフリカも拒否した。その年も断った。

しかしノーを繰り返すことに後ろめたさを感じていたので、笑いながら条件を付けた。冗談を言い加えた。

「会社に逆指名の制度があればいいですね。社員の駐在先希望を受け入れて貰えば、皆現地で懸命に精進しますよ。野球選手のドラフトを見れば分かります」

物流部長はコーヒーカップをテーブルに置いた。

「どこを指名したいの？」

「私ならベネルクスを逆指名しますね」

老母が神戸で一人住まいをしている。軽い認知症が始まっていた。父は学生時代に他界している。市川の下宿で油彩画制作に狂っていたので死に目に会えなかった。東京での同居を勧めても、母は頑として同意しない。女学校時代から続けている西洋刺繍に精を出し、神戸の自宅から動こうとしない。やむを得ず週に一度の訪問看護を付けている。

母の介護問題さえなければ、私は外地駐在したかった。東京本社から注目されない、こぢんまりとした小国事務所が望ましい。上昇志向の強い商社マンはニューヨークやロンドンを希望する。社内の注目人材が集まっているので、将来の幹部候補生同士のチャネルができる。結果として帰国後も、分野を横断する派閥が形成される。同じ釜の飯を食ったマンハッタン派やシティ派の結束は固く、派閥の宴席で会社の方針が決まることも多い。

私に上昇志向はない。仕事の合間にのんびりと、美術館で時間を過ごすのが私の理想だ。運河に囲まれた街でバロック派の名画を鑑賞する生活への憧れはあった。アムステルダムやブリュッセル、ルクセンブルクはその条件に合致する。だが、人事部が赴任先の指名を受け入れるはずがない。そんなわがままを許していたら、不人気な国への駐在者がいなくなる。逆指名の条件付けは、駐在拒否の意思表示に付け加えたジョークのつもりだった。

「贅沢な奴だ」

上司の物流部長は、私の条件を笑った。だが、そのまま人事部に伝えたようだ。周囲の社員は二度、三度の駐在義務を終えている。駐在員の最大の問題は子供の教育である。駐在中だけでなく帰国後も苦労が絶えない。

ところが、私は独身なので子供の教育問題とは無縁である。人事当局では、四十六歳にもなって海外駐在を経験していない例外商社員を放置したくない、との意向が働いたのだろう。私の逆指名は受け入れられてしまった。喫茶店での打診から三ヵ月後に受けた内示で、私の駐在先はベネルクスの一国、オランダのアムステルダムと判明した。

外地の事務所は現地法人組織とされ、会計上は外国籍の法人である。そのことで法人税の二重払いを免れる。トップには東京本社の部長クラスが就任する。現法の社長であるが、会社は「支配人」を呼称とした。配下の駐在員の役職名も、呼称だけはワンランク上昇する。私は現地法人のディレクターとしての辞令を受けた。

山村産業は財閥系の総合商社に劣等感を持っていた。いわゆる商社の歴史は古くない。大別すると、旧財閥系と非財閥系に分かれる。さらに非財閥系は、「糸ヘン商社」と「金ヘン商社」に分類される。つまり、繊維取引から出発した糸ヘン商社と、鉄鋼取引を発祥の原点とする金ヘン商社があった。その両方が各々の得意分野での限界を感じ、他の分野に触手を伸ばし財閥系のような総合商社を目指した。得意分野で上がった利益を手薄の部門に回し、更に子会社や取引先企業に融資し各々の成長を後押しする構図が出来上がった。

手っ取り早く合併によって総合商社化しようとするパターンも多い。昭和三十年には丸紅飯田（現丸紅）が、昭和四十三年には日商岩井（現双日）が合併の結果発足している。

商社の分野に限らない。通産省はじめ各省庁は日本企業の健全な育成と海外との熾烈な競争を意識して、企業の大型合併を推奨した。その結果、石川島播磨重工業（現ＩＨＩ）が昭和三十五年に誕生し、八幡製鐵と富士製鐵が合併し新日本製鐵（現新日鐵住金）として発足したのは、その十年後の昭和四十五年のことだった。海運業界では昭和三十九年に商船三井、少し遅れて金融界では昭和四十六年に第一勧業銀行（現みずほ銀行に合流）、昭和四十八年に太陽神戸銀行（現三井住友銀行に合流）が大型合併ののちスタートしている。

時流の変化にマスコミはいち早く反応した。民間経済の記事が大きく紙面を占めるようになり、経済解説の特集も組まれるようになる。新日鐵の合併をスクープした日刊工業新聞の記者は、掲載後すぐ朝日に引き抜かれた。

取り巻く環境は大型合併に傾いていたが、山村産業の社主は合併方式を認めなかった。相手会社の経営陣を追い出す乗っ取り方式にこだわった。経営陣を追い出すためには暴力組織を起用することも躊躇しない。業界にダーティなイメージが植えつけられた。会社は非財閥系でありながら「糸ヘン」でも「金ヘン」でもなかった。競合商社から「あヘン商社」と揶揄された。

会社の発祥は戦後である。山村産業は満州からの引揚者、山村《やまむら》銀《ぎん》次《じ》郎《ろう》によって創業された。この創業者の生い立ちは社史に掲載されている。銀次郎は長野の山奥で農家の五男として生まれた。十歳のときに、満蒙開拓団として一家十一人で黒竜江省に渡っている。民間の満州拓殖株式会社をベースに満州拓殖公社が設立され、新天地での開拓農業が奨励された。日本各地の貧農地帯から開拓農民として渡満した人数は二十七万人を数える。

入植した開拓移民は、わりといい暮らしぶりで、油も米も砂糖もふんだんに手に入った。しかし一家の入植四年後の終戦で銀次郎たちの生活は一変する。ソ連兵の侵攻で、満州全域が修羅場と化した。父親の消息は知れなくなった。関東軍の将兵は逃げ出し、女、子供は取り残された。銀次郎の目の前で母と姉は自害した。母が最後に言い残したのは「逃げろ。人を殺してでも生き延びろ」だったと銀次郎が、社史のなかで回想している。

大陸での一年の逃亡生活のあと銀次郎は佐世保行きの船で帰国を果たした。荷物は母と姉の遺骨だけである。長野への帰郷の途上で大阪の船場に立ち寄り、余りものの包帯やガーゼの商売を始めたのが会社の発祥である。

山村銀次郎はがむしゃらな男で、他人が尻込みするようなことでも儲かると踏めば突き進んだ。ガーゼ商売から強引に医薬品の分野にも進出した。認可を得ない闇商売である。多少の危ない橋も渡った。無鉄砲というのではない。危険は意識しているが、それを覚悟して強引に突進する性格だった。創業者の性格が、そのまま会社の特徴になり尾を引いた。

山村産業の名が世間に知られるようになったのは、アヘン取引に成功してからである。それまで禁制であったアヘンの輸入が許可されたのは昭和二十九年だった。アヘンはインドやトルコから医療用として輸入され厚生省に納品された。厚生省の品質基準は厳格である。少しでも規格から外れるアヘンは納入を断られ、その結果滅却処分を命じられる。損害は輸入した商社が引き受けなければならない。

山村はリスクを背負う男だった。規格外のアヘンを滅却せずに、右翼を通じて闇の世界に流したのである。闇の世界では、厚生省に納める値段の十倍の値段が付いた。皮肉なことに、厚生省から規格外と言い渡される度に会社の財政状況は向上していった。そんな商売のやり方を妬む同業者はいたが、真っ向から対立してくる相手はいない。大物右翼とその背後にある政治結社化した暴力組織が、無言の圧力になっていた。ただ急成長した山村産業は、「阿片商社」の汚名を着せられた。

結局銀次郎は終世故郷の地を踏まなかった。母と姉の遺骨を菩提寺に納められなかったことを悔いたまま大阪で死んだ。創業主も大物右翼も故人になって久しい。ただ時を経ても、会社の出自に関わる負い目は社員の気持ちを暗くさせた。創業主と大物右翼との間でメッセンジャーの役割を果たし、両方から重宝がられたのが、入社直後の進藤重吉《しんどうじゅうきち》だった。現在は専務職として会社経営の先頭に立っている。

進藤は会社の歴史の影の部分と、それにまつわる社員の劣等意識を払拭する手段として、美術館を建設したいと会社幹部に漏らしている。本人が絵画に造詣が深いことも理由のようだ。一流企業に仲間入りするためには、文化事業で社会に貢献している姿勢を示すのが近道、との思惑が働いたのだろう。

旧財閥三井家の所蔵美術品は、日本橋室町の三井記念美術館で鑑賞できる。江戸時代以来三百年に及ぶ三井家の繁栄のなかで収集された茶道具、日本画、書跡、能面の多くは国宝、重要文化財の指定を受けている。同じく丸の内には三菱一号館が赤煉瓦で復元の上美術館として一般公開され、二百点を超えるアンリ・ド・トゥルーズ・ロートレックのリトグラフ、ポスター作品の蒐集で世界中から注目されている。

進藤の美術館構想は、まことしやかに社員間で噂になった。噂には常に、尾ひれが付く。進藤の心情を推し量ることで美術館構想に真実味が増した。進藤は、自らの地位を怪しい振る舞いで得たことに後ろめたさを感じている。古い社員は皆、そう推測した。終戦直後の混乱期には闇商売も止むを得なかったと、開き直って済ませる性格ではない。そういう進藤に社員の中にシンパは多い。

2

昭和六十三年六月一日付けの人事異動は、その一週間前に発表された。社員が最も真剣に読む書類は、人事異動連絡である。異動者だけでなく、昇格者も掲載される。息を殺すように目を通す。たとえ当人が異動の対象でなくても、知己の動向には興味が湧く。それだけではない。会社の注目人材がどのような処遇を受けたのかを知ることで、社内の微妙な勢力図の変化を読み取ろうとする。私のアムステルダム駐在異動に関心を払う社員はいない。私の異動で社内勢力に変化が起きるはずはない。

人事異動連絡の末尾には賞罰欄が設けられている。会社の定める罰則規定は、軽いものから譴責（始末書）、減給、出勤停止、降転職、諭旨退職（退職勧告）、懲戒解雇となっている。轢き逃げ事件を起こし逮捕された者は解雇となった。赤坂のスナックで酔っ払い同士の喧嘩になり、留置場に入れられた社員は出勤停止一週間の処分を受けた。薬物使用にも厳格な処分が下される。米国駐在中に遊び半分でコカインを使用した社員は、州警察からの摘発を待たずに懲戒解雇となった。現地法人の米国籍ローカル社員からのブラックメールが、本社の懲罰委員会に届いたのだ。垂れ込みである。

懲罰委員会は会社の懲罰規定に則り活動する。社員の不正を摘発し、不正の程度に応じて懲罰を決定する。悪質な場合は、懲戒解雇となる。その決定は会社の最終意思であり、決して覆ることはない。いわば警察と裁判所の両方を担う機関だった。大きな権限を持つので、委員長は社長がその任に当たる。社長は警察庁長官と、最高裁判所長官の両方の役目を持つ。

懲罰を受ける社員の殆《ほとん》どは金銭がらみである。商社の海外取引は額が大きい。国によっては、賄賂まがいの金が当たり前のように横行するなど、不明朗な会計処理を生む土壌がある。懲罰委員会は、金銭上の不正には容赦がない。厳罰で臨む。たとえ一円でも不明朗な金銭は、容赦なく摘発される。それが会社の伝統になっている。

金銭問題にそれほど厳しい風土でありながら、男女間の揉め事には極めて甘い。別れ話がこじれ相手の女性が自殺し、マスコミ沙汰になっても会社からのお咎めはない。不倫、三角関係で罰を受けた社員はいない。人事上の不利な処遇もない。

異性問題を大目に見る風土を作ったのも進藤専務と言えよう。実際、本人に不倫の経験があった。それは社内で周知の事実である。まだ営業課長だった頃、他課の女子社員と懇ろになった。二人の関係は一年ほどの短期間で終わったものの、不倫話は社員の興味を引き両名とも社内の有名人になった。当時の私は入社七年目で、週刊誌のゴシップ記事を読むような興味で社内の噂話に聞き入った。女子社員は進藤と別れたあとも、会社に残り今も在籍している。一度も結婚していない。進藤の不倫は、その女子社員一人に留まらない。その後も次々と新たな女性関係が社内の噂にのぼった。

駐在社員は赴任前に、担当役員と面談し訓示を受けることが慣例になっている。駐在員の指名に当たっては、担当役員の意向が尊重されるといわれる。駐在手続きのために人事部に出向いたあと、役員室を訪ねておくことにした。ロジスティックス部門の担当役員は進藤専務で、物流本部長を兼務している。進藤は会社の実力者でありながら派閥は形成していない。私の駐在に進藤が関与したかどうかは分からない。応接セットに浅く腰掛けると、進藤は真正面から私の顔を睨むように見た。

「ご苦労だが、よろしく頼むよ」

「はい。これまでの経験を生かし……」

進藤は物流業務に関しては何の注文も付けない。私の挨拶を手で大きく遮り、待ちかねたように何の前置きもなく絵画について話し出した。私の顔から目をそらさない。

「学生時代に、油絵をやっていたそうじゃないか」

私はそんな経歴を指摘されてドキッとした。進藤の視線が力を増した。私の言い逃れを許さないような迫力がある。大学で西洋美術史研究会に所属していたことは社内で話していない。応募時に提出した履歴書にも面接でも打ち明けていない。知っているのは、五年来関係を持っている一人の女子社員だけの筈だ。彼女が口外したとは思えない。進藤は私の前歴を調べた上で発令したのだろうか。身辺調査の網に不気味さを感じた。進藤は単刀直入に切り出した。

「いい案件はないだろうか？　支配人にも捜させているのだがね」

やはり美術品の話だった。社内の噂は本当のようだ。前年に文化貿易局が新設され、経営企画室の傘下に置かれた。その活動は、日本固有の古典芸能、例えば能・狂言や歌舞伎などの外地公演を斡旋したり、海外文化の展覧会や舞台公演を日本に持ってくる、というものだった。計上される利益は微々たるものである。赤字のイベントも多い。狙いは、会社が金銭的利潤の追求だけでなく文化の発展にも貢献しているとのアピールだろう。

ただ社員間では別の目的が噂された。社員の抱く劣等意識を払拭するために、会社付属の美術館を持とうとしている、というのだ。文化貿易局の真の分掌は美術館の建立準備にあると。発案者であり強力な推進者が、進藤本人だと囁かれている。文化貿易局は経営企画室が差配する。経営企画も進藤の管轄になっている。

由緒正しい財閥系の会社は、社会貢献に力を入れる。財閥系の損保会社は、付属の美術館にゴッホの『ひまわり』を目玉に据え、日本人に世界的美術を身近なものにさせた。その作品はゴッホ自身の手になる模写だった。一八八八年八月に制作したロンドン・ナショナル・ギャラリー所蔵の『ひまわり』を倣って写した一点である。ゴッホは『ルーラン夫人』の左右にひまわりを配す意図で模写したと言われている。

美術館による『ひまわり』購入の効果は絶大で、購入前は年間二万人だった入館者が二十万人になった。所有の『ひまわり』を切り札として海外の美術館から名品をバーターとして借り受け、様々な企画展を実現させた。その結果、多くの日本人が『ひまわり』だけでなく世界的名画に接する機会を得た。

同じく財閥系の鉄鋼会社は最新の設備を施したコンサートホールを建設し、無名の音楽家や楽団を支援している。財閥系とは限らない。歴史ある洋酒メーカーは利益三分主義を掲げ、顧客サービス、事業拡大の他に社会への還元を標榜し、企業名を冠したコンサートホールや美術館を運営している。他にも私鉄会社、タイヤメーカー、化粧品会社など大手の一流に属する企業が運営する美術館は枚挙に暇がない。

「目玉を探してほしい」

進藤の要望はやっかいだった。財閥系などの先発企業にひけを取らず、日本人に訴える美術品を探せ、というのだ。

「目立たないようにな。露骨にやると値段を吊り上げてしまうから」

進藤は私が学生時代にどんな絵を描いていたのかなど、関心を示さない。欧州の美術マーケットでスパイのように情報を収集してほしい、と言う。

「だが、金のことで萎縮する必要はないよ」

金に糸目をつけずに探すように、ということらしい。それだけ言うと、進藤は立ち上がった。次の会議が迫っているのだろう。物流の仕事は終始、話題に上らなかった。最後に進藤は背後から声を掛けた。

「君の役目は、アムステルダムの支配人にも言っておく。存分にやってくれ」

「ただ注意しなければな」

「はっ？」

「平山《ひらやま》は騙されやすいから心配だ。鑑識眼がない」

進藤はアムステルダム支配人の名前を上げた。進藤は贋作による詐欺を懸念している。日本のバブル・マネーが巧妙な贋作シンジケートの餌食になったという情報は、進藤の耳に届いているようだ。

増加の一途を辿る米国の貿易赤字を食い止めるため、ドル高の為替相場を是正することが急務とされた。昭和六十年、Ｇ５によってプラザ合意が締結され、為替市場への協調介入が実施される運びとなった。円高不況を警戒した日銀は、公定歩合を引き下げることで不況を未然に防ごうとした。

低金利政策で市場に溢れたバブル・マネーは、土地だけでなく印象派の絵画にも向かった。美術品として購入されたのではなく、投機対象商品として扱われた。これが贋作シンジケートに付け込まれる下地になった。騙されたのは、個人コレクターや企業美術館に留まらない。金融機関や百貨店もが贋作に大金を支払わされた。

贋作事件はバブル時代に始まったことではない。戦後の高度経済成長期にすでに起こっている。西欧文化への憧憬を逆手に取られた日本人の苦い出来事が、ルグロ事件である。巧妙な手口で国立西洋美術館が罠に陥れられた。昭和四十年、野獣派を代表するアンドレ・ドラン『ロンドン橋』、ラウル・デュフィ『アンジュ湾』とモディリアーニのデッサン『女の顔』が、画商フェルナン・ルグロの仲介によって西洋美術館に納入された。いずれも贋作である。美術館側としては、鑑定書、認証書に不備がない上に訪日中のフランス文化相アンドレ・マルローの賛同もあり、疑うことなく購入を決め国費が拠出された。

ところが六年後の昭和四十六年、文化庁長官、今日出海《こんひでみ》氏が記者会見を開き「真作とするには疑わしいので、今後一切展示しない」と言明した。通常美術館は購入絵画が贋作と判明しても口をつぐむ。鑑識眼のなさを恥じるからである。また国費の弁済責任を追及される恐れもあった。ところが、ルグロ配下の贋作者が自白したため公表せざるを得なくなった。自白は二年間の時効の成立を待って行われた。贋作団は発覚した場合に備えて、日本の民法を詳細に調べている。購入された絵画とデッサンは、今も西洋美術館の地下倉庫に保管されたままである。

3

物流部門の駐在員としては何も期待されていない。私は複雑な思いで専務室を退出した。私を睨みつけるような進藤の目だけが印象に残った。反対側のドアから退室し、廊下に出ると靴が弾力ある絨毯に沈む。役員室の廊下はそのまま秘書室に続いている。廊下の絨毯は途中からプラスティック・タイルに代わる。専務担当の秘書に退室の旨を伝えようと捜したが見当たらない。

強い視線が私を刺した。安西咲子《あんざいさきこ》と目が合った。誰にも気付かれないように互いに目礼した。

咲子は秘書室勤務が長いが、進藤を担当したことはない。彼女は進藤と不倫騒動を起こしたことがある。当時の進藤は営業課長の役職にあった。社内の不倫話は珍しい話ではないが、進藤は社内の注目人材だったので他の社員の関心は高く全社に知れ渡った。

出発前日の夕刻、咲子から社内の内線電話があった。

「駐在ご苦労様です。体に気をつけてね。送別会をやりましょう」

私の方からはアプローチしないと決めていた。その夜、私は咲子のマンションを訪ねた。成り行きに身を任せた。行き当たりばったりで物事に流されるのは、私の得意技だ。マンションは東横線の日吉駅から徒歩十分の距離にある。

咲子が横浜の短大を卒業して二十歳で入社した時、最初の配属先は経理部だった。彼女の父は大手都市銀行に勤務していて、その銀行が山村産業のメインバンクだったことから縁故があった。彼女の配属先の決定に当たっても、そのことが影響したのかもしれない。顔つきも服装も派手なところはないが、いかにも育ちのよいお嬢様らしい上品さは社内で人気を集めた。すぐに同じ経理部員と恋仲になり、結婚の約束ができた。苦学して大学を卒業したその経理部員を、咲子の両親も気に入る。両方の家から祝福された。

破綻は突然だった。男子社員の金銭使い込みが発覚したためである。彼の実家は裕福ではなかった。結婚式や披露宴、新婚旅行の費用を二人で等分に負担しようとして男の方は焦った。金銭横領などという意識はなく、単なる一時的な立替の感覚だっただろう。使い込みの額は当時の五十万円だった。

咲子の父親が即座に返済を申し出たが、肝心の結婚話は解消された。会社の懲罰委員会は解雇の決定を下した。相手が会社を去ったあとも咲子は男について行こうとしたが、父親が制止した。

周囲の好奇の目に耐え切れず、咲子が退職届を提出したときの人事課主任が進藤だった。当時の社内の噂では、咲子に同情した進藤が慰留し彼女を秘書室に異動させた、ということだった。その直後営業課長に昇進した進藤が、咲子を伴って食事をしている姿が何度も見受けられた。

当初は進藤が傷心の女子社員を慰めるために食事に誘っていると、周囲は観察していた。しかし頻繁に社員の目に触れるようになり、社内の噂に上った。進藤は業務多忙のあまり会社近辺のホテルを密会場所に使わざるを得ず、それが社員に目撃され不倫が発覚する。進藤はもともと社内の有名人であったが、咲子の方も不倫の片割れとして有名人となった。

進藤はその後営業部長として実績を伸ばし、役員に昇進した。その間ずっと咲子は秘書室勤務を続けてきた。ただ、進藤との仲は長続きしなかった。会社に知己を持つ咲子の父親の耳に不倫話が届き、娘を叱責した結果、二人の関係は終結したと言われている。

駐在前のもうすぐ五十歳になる独身男と、不倫経験のある三十五歳の女は食卓を囲んだ。乾杯用のワインが用意されていた。二人の間に約束事は何もないが、進藤のことを話題にするのは避けた。最初からの暗黙の了解事項になっている。ただ、咲子は敏感な女だ。進藤との不倫は過去の出来事で完全に心の整理ができていることを、唐突に独り言のように示すことがあった。

「もう未練の欠片《かけら》もないわ」

その夜、咲子が珍しく進藤の話題に触れた。直後に話題を変えた。

「本場の名画をいっぱい観てきてください」

ワイングラスを傾け、咲子は羨ましそうに言う。私たちの共通な話題は絵画だった。私の方が一方的に咲子に教える形である。学生時代に所属した西洋美術史研究会の知識を咲子に披露すると、彼女は目を輝かせて食いついてきた。感化されて週末ごとに、横浜の絵画教室に通うまでになった。

どんなに遅くなっても、私は咲子のマンションに泊まらない。咲子も勧めない。マンションを出てタクシーを拾うために綱島街道まで出る。駐在中や駐在後の関係は話題に上らなかった。お互いに相手の人生を縛らないのが、暗黙のルールになっている。人気の途絶えた道を街道まで歩いた。下り方面の実車ばかりで、空車のタクシーはなかなか止まらない。

商社に勤務しているからには駐在は避けて通れない。五十歳の手前まで何とか凌《しの》いできたのが不思議なくらいだ。サラリーマンにとって転勤は一種待ち遠しいものである。新職場への不安はあっても、今までのしがらみを断ち切るチャンスは僥倖に映る。なかなか片付かなかった数々のペンディング事項を、一挙に投げ出す快感は何物にも替えがたい。

アムステルダム運河殺人事件の記憶はまだ鮮明に残っている。時を経ても、この事件の被害者像への違和感は消えることはなかった。商社に転職して二十年が経っていた。大手町の喫茶店で駐在の打診を受けたときにベネルクスと逆指名を付言したのは、無意識のうちに過去のトランク・ミステリーが頭に浮上したのかもしれない。確かにアムステルダムやブリュッセルの美術館で名画を見て回る生活に憧れはあったが、坂下五郎が住み、殺された場所は私の頭にこびり付いていた。

駐在先がアムステルダムと内示を受けたときから、坂下五郎への思いは高まった。先輩を思うとき、見事に変身を重ねる人生の処し方に瞠目する。油彩画『模倣と涙』での学長賞受賞、全学連闘士としての活動、M子との同棲とその解消、学生会館屋上からの投身自殺未遂、アムステルダムでのバラバラ死体、と人生に節目が見える。本人にしか分からない事情や背景があるのだろうが、輪郭の明瞭な生き方に羨望を感じる。

一方私には、一切それがない。人生のどこにも変身の履歴は見当たらない。それが悲しい。絵画制作へ情熱を傾けた時期があった。だが、それもいつの間にか身から剝がれてしまった。大学を転学してまで極めようとした油彩画への情熱が、何の契機もなく宙に浮いた。

山村産業に再就職してから、秘書室勤務の咲子とずるずると付き合い始めた。だが、別に明確な展望をもっている訳ではない。明瞭な契機に彩られた坂下五郎という先輩の経歴は、気掛かりなものだった。先輩の人生の対極に、宙に浮いたままの私の人生がある。

駐在発令に意外感はあったが、落胆はしなかった。坂下五郎が殺害されたことで、赴任先のアムステルダムに親近感を持っていたせいもある。だが、神戸の母は泣いた。心細いとごねる老母に、必ず四年で戻るからと納得させ、昭和六十三年の夏に出国した。

日本はバブル真っ盛りの時期だった。初上場のＮＴＴ株に買いが殺到し財テクブームは過熱する一方である。東京の地価は急上昇し、土地神話は勢いを増した。

第五章　オランダの花瓶

1

欧州大陸中央部のアルプス山脈から発したライン川は各国を横断して北海に至る。オランダはその河口の三角州に位置し、九州ほどの面積を持つ小国である。国土の四分の一が海面下にある。空の玄関であるスキポール空港も、海抜マイナス三メートルと海面より低い。北海に沈むのを干拓によって防いできた国土には、人体の血管のように運河が張り巡らされている。オランダ名物の風車もチューリップも、運河の水がその生命を与える。運河はゆったりとした時間の流れを湛え、アムステルダムには不可欠の装飾品である。

私は駐在当初から寸暇を惜しんで街中を歩いた。市街地図を手にして、時間が少しでもあれば散策した。運河だけが目当てではない。悠久を感じさせる旧い街並《まちなみ》と合体した光景は、息を呑むほどに美しい。古色蒼然とした跳ね橋が運河と共に紺碧の空を背景にして目の中に飛び込んできたときなどは、思わずその場で棒立ちになった。跳ね橋は、運河を航行するボートやヨットの通行を可能にするために、橋の真ん中から跳ね上がる仕掛けになっている。紺青色を下地にした、運河と跳ね橋の組み合わせは私を有頂天にさせた。至福のときに巡り合った幸運の大きさから、私の皮膚にはきまって鳥肌がたった。

オランダは、大陸では最も英語が通じる国と言われる。殆どの国民は英語を話せる。駐在先の現地法人での公用語は英語である。癖はあるものの、オランダ語を解しない私には有難い。オランダ人の話す英語に慣れ駐在業務を一通り習熟すると、東京で進藤から受けた指令が気になった。先ずは実物の名画を鑑賞することを自分に課した。散策に加え美術館通いを始めたころ、私の大腸に腫瘍が増殖していた。下腹部にしこりを感じる程度で、痛いという感覚がなかったために発見は遅れた。会社は駐在員に年に一度の健康診断を義務付けている。各国の現地法人が地元の医療機関と契約し診断を行う。

駐在二年目の健診で精密検査を繰り返し、腫瘍を大腸に発見されガンを宣告された。主治医は、拳を握り腫瘍がエッグサイズからアップルサイズの途上にあると説明した。臓器への浸潤度合いや、リンパ節への転移は、開腹手術時の病理解剖の結果によって判定されると言う。至福の時を求めた市街地散策は諦めざるを得ない。美術館での名画鑑賞も中断した。

死の恐怖は湧いてこなかった。ただ「面倒なことになったな」というのが正直な感想である。進藤からのミッションだけが気掛かりだった訳ではない。アムステルダム事務所では、オランダ人社員の解雇問題を巡って産業別労働組合と揉めていたし、ヨーロッパ域内で現法間の確執が深まっていた。駐在支配人同士の仲は不安定だった。現法の現地社員間の仲違いは日常茶飯事である。

会社はブリュッセルにもベルギー現法を置いていたが、アムステルダムとブリュッセルの両現法は悉《ことごと》く対立した。根底には、宗派をめぐる歴史的抗争がある。社内のベネルクス会議でも、オランダ人社員とベルギー人社員は口も利かない。業務上の連絡も日本人駐在員が仲立ちせざるを得ない。もっとも他の企業でも同様の問題を抱えていた。この現法社員同士の対立が、支配人レベルの競争意識に拍車を掛けた。こぢんまりした事務所も、それなりの問題を抱えていた。

同じ社内でありながら、現法間の競争は熾烈である。他現法より収益性を高めるため、アムステルダム事務所は人件費に手を付けた。人件費を抑制するため、オランダ人現地社員にサラリー・レンジ制度を導入した。職位レベルごとに給与の下限と上限が決められた。現法内労働組合も、柔軟な昇格と引き換えに新しい給与体系に合意した。だが、昇格は容易ではない。たとえ海外現法社員でも、本社人事部との合意が必要である。人事部の審査は厳しい。

昇格を逸した優秀なスタッフがサラリー上限に抵触し、昇給が不可能になるケースが相次いだ。給料の頭打ちである。彼らは優秀だったので他社に引き抜かれた。転職を斡旋するヘッド・ハンターが跋扈《ばっこ》していた。転職先はオランダ国内とは限らない。ヨーロッパ全域で引き抜き合戦が展開された。

社員の転職と同時に、オランダ現法の顧客もその個人情報も流出した。事務所に残るのは、ヘッド・ハンターから顧みられない社員だけだった。居残り組が口にする会社への忠誠心は信用できない。彼らはジョブ・ホッピングの機会に恵まれないだけである。

ギクシャクした労使関係の中で解雇問題が起こった。オランダ人女性社員が病欠中に海外旅行に出掛けた事実を理由に解雇通知が出された。彼女は即座にパートナーとともに労働組合に駆け込んだ。パートナーは、結婚前の同棲相手で、婚姻届を出す前にトライアル期間を設けるのが、一般的慣習となっている。最後までパートナーのまま過ごすカップルも多い。同性婚者も相互にパートナーと呼ばれる。法的な権利、義務は正式な夫婦と変わらない。

彼らが駆け込んだ先は産業別労働組合だった。それは国を横断してヨーロッパ全域をカバーする組織で、本部がパリに置かれている。話がここまで行くと、長期戦を覚悟しなければならない。解雇直後に、パリのヨーロッパ産業別労働組合から団交を申し込まれた。平山支配人は、女性社員の直属上司であるディレクターの私を会社側の交渉代表に指名した。東京本社から隠れたのんびりとした生活などとは、ほど遠いものになった。

病欠社員は日系企業にとってやっかいな問題だ。病気は神から授けられた試練であるから病人は無制限に保護される、のがオランダ社会の一般的ルールになっている。どんなに長期の欠勤でも、会社は診断書の提出を要求できない。要求すれば違法である。本人が病気を申告すれば、いくらでも欠勤を続けられた。その間賃金の減額はない。減給すれば、それも違法になる。

いびつな弱者救済の論理は悪用されやすい。これがオランダ病の温床になり経済が停滞した。

とりわけ外国籍企業では、えせ長期病欠社員を多く抱える。多くの企業が生産性の低いオランダ事務所を閉め、他国へと移っていった。給与レベルが低く、労働人口の豊富な東欧諸国への移転が多い。マーケットとしても今後の成長を期待できた。会社の導入したサラリー・レンジ制度は、悪用された福祉政策への対抗手段でもあった。

私の入院で労使交渉は中断し、全ての問題の進捗がストップする。初めての外地駐在と慣れない労組との交渉ごとで、私の体は抵抗力の減退を余儀なくされ発病してしまったのだろう。

ガン特設病院はアムステルダムの中心部にあり、中央駅に近い。病院の入院手続きは簡単だった。ホームドクターが、事前に殆どの手続きを済ませてくれていた。駐在前からの病歴はホームドクターにファイルされ、それらは国立ガン特設病院に届けられた。全国のガン患者がこの病院に収容される。ホームドクターは医療者というより手配師に近い。患者を専門病院に振り分ける関所である。私の健康診断の結果を一瞥し、その場で電話を取り上げガン特設病院の精密検査を手配した。病院で開腹手術の方針が出ると、保険会社への連絡もホームドクターが行った。

駐在員は日本の健康保険を使えないが、会社が民間の医療保険に加入する。手術料や薬剤費だけでなく、病室費用もその保険でカバーされる。駐在員の役職によって手厚さに差がある。支配人レベルは個室に入院できるが、私のようなディレクター職は二人部屋が限度である。

入院受付で入院患者用のリスト・リングを渡された。白いゴム製のリングには、ホームドクターから病院に伝達された情報が印字されていた。姓名、性別、生年月日、患者番号、血液型、アレルギー、緊急連絡先を確認した。緊急連絡先は日本大使館になっている。

「全て正しい」

「オーケー」

これで入院手続き完了だった。係員は二階の病室へ案内した。病室は二人部屋だったが、もう片方のベッドは空いている。その病室にはテレビがない。テレビのない部屋はオランダ人に不人気なのだが、オランダ語を理解できない私には不要だった。午前中に執刀医が人体図鑑を手にして現れ、自己紹介のあと手術内容と翌日の手術スケジュールを説明した。

開腹手術の前に麻酔がかけられる。麻酔を施すのは執刀医ではない。専門の麻酔医がいる。麻酔医は陽気なインド人だった。彼は入室するなり片手を耳まで挙げて敬礼した。R音が極端に目立つインド英語でまくし立てた。一瞬で意識がなくなるから心配するな、とウインクして言った。

「あなたは三匹目の羊を数えられない」

立ったまま、片肘を頭に当て眠る様子を示す。ワン・トゥーと数え、スリーのところで首を傾げ目をつぶって見せた。ジェスチャー・ゲームを演じているようだ。自分の技術の高さを誇り「ノー・プロブレム」を連呼する。麻酔医は再度敬礼して退室した。

キャリーバッグから身の回りのものを取り出し、クローゼットに片付けた。そのあとは、何もすることが無い。時間を持て余しているとノックの音がした。婦長が巨体を揺すりながらゆっくりと入ってきた。院内施設の紹介と非常口を説明したあと、質問表を差し出した。外国人用に英語で書かれている。医療に関するものではなく、個人的な嗜好についての問いが多い。婦長は、強制ではない、答えたくなければ空欄のままでよい、と繰り返した。その度に二重あごが揺れる。パズルを解くような気分で質問表に取り掛かった。食事についての質問が多い。宗教によって食材に制限があるからだろう。

信条、信仰による食事制限は？——なし。

ベジタリアンか？——ノー。

肉と魚、好みはどちら？——フィッシュ。

常用のドレッシングは？——フレンチ。

退院の日に食べたい食事は？——ライス　アンド　ミソ・スープ。

オランダの病院食で白米や味噌汁が用意できるわけはないが、私のひねくれ根性がそう書かせた。相手の困惑は気晴らしになる。

食後の飲み物は？——ダッチ・コーヒー。

質問だけは、まるで旅客機のファーストクラスのようだ。書籍に関する質問もある。

ライブラリー・ワゴンは？——イエス、希望する。

読書言語？——ジャパニーズ。

日本語の本など用意できないだろう。期待している訳ではない。

好みのジャンルは？——絵画美術

最後に「傾聴ボランティア」という欄がある。婦長に説明を求めた。オランダでは、子供が親の面倒を見るという習慣はない。必然的に孤独な老人が増える。彼らの面倒は国家が見る。だが、潤沢な福祉財源があるわけではない。ただでさえオランダ病と言われる経済停滞に悩まされている。そこで死期の迫った孤独なガン患者に付き添い、患者の手を握り最後の言葉に耳を傾けるボランティア団体があるのだと解説を受けた。

私は即座に不要に丸をしたが、表現を変えた。「必要、ただしジャパニーズ・スピーカーに限る」と付言した。日本語を解するボランティアがいる訳はない。実質的にノーの回答である。私は他人の好意を素直に受け入れられなかった。ボランティア活動に偽善臭を感じてしまう。偽善者に対しては対抗心が燃える。ささやかでも皮肉な一矢を報いたいとの誘惑に駆られる。

2

婦長が帰ったあとも、次々と来客があった。セラピスト、食事長、警備員、花屋、病棟の患者代表、クリーニング屋がやってきて新参の私に「ウエルカム」を繰り返す。最後に現れたのは宗教者だった。先ず黒服の神父が入ってきて、ベッド脇に跪き私のために祈ってくれた。オランダ語だったので意味は分からない。十字を切り「アーメン」と呟いて出て行った。私をカトリック信者と誤解したのだろう。入れ替わりにプロテスタントの牧師が顔を出し、英語版の聖書を手渡してくれた。病院の中でも、教派の対立を引きずっている現実に唖然とした。宗教者のあとに、ナースが睡眠導入剤を持参した。

ベッドに横になっていると、一人のオランダ人婦人が入ってきて無言のまま窓際の花瓶の水を替えてくれた。掃除婦かと思ったが、その割には小奇麗な服装をしている。私と同年代だろう。

「グッド・アフターヌーン」

英語で声をかけたが相手は沈黙している。オランダ語しか解さないらしい。ベッド上の私を、観察するように緑の瞳で見つめている。沈黙のあと、答える代わりに私を見て控えめに微笑んだ。ブロンドの髪を小さな帽子で押さえている。私から何かを引き出したいのだが遠慮している、そんな様子に見えた。無言の駆け引きは、来客によって中断された。会社の支配人、平山の見舞いは拒めない。

「東京から会社の嘱託医が来るよ、来週」

海外で入院を余儀なくされた駐在員の不安を解消するために、東京本社の健康保険組合が手配したのだ。余計なことと思ったが、口にしなかった。偽善の臭いがして、内心舌打ちしたい気分だ。平山は続けた。

「付き添いで人事部が付いて来る。ぎょうぎょうしいことだ」

退室前に質問した。

「退院日は決まった？」

私は首を振った。平山支配人の関心事は、私の病気ではなく労働組合との団交である。平山の視線を避けるために外に目を遣った。窓際に花瓶がある。白地に青色の彩色が見える。図柄は分からないが、デルフト焼きの花瓶だろう。水を替えてくれた婦人の姿はもうない。花瓶ごしに、窓外の跳ね橋が覗けた。曇天の空に塗りたての白いペンキが目立つ。その下に、運河の淀んだ水が停滞している。

平山が退室したあと、しばらくして婦長がバインダーを手に入ってきた。書類にチェックを入れながら、翌日のスケジュールを説明する。手術は翌朝十時から開始されるが、その前にストレッチャーで手術室に移される。手術三十分前には麻酔が始まる。婦長は九時までに家族を待機させておくように忠告した。

「私はファミリーを持っていない」

「オー、ソリィー」

婦長は哀れむような顔つきになった。

「あなたにはボランティアが必要だ。申し込んだか？」

「イエス。だが、無理だろう。言葉の問題がある。私はオランダ語を理解できない」

「オー、イッツ・ア・ピティ」

婦長は肩を窄めて両手を上げた。

会社からの見舞客をシャットアウトするために、現法支配人に面会謝絶を伝えている。オランダ人社員は見舞いにかこつけて仕事をサボりたがるのだ。それも「直帰」のケースが多い。午後から外出したオランダ人スタッフは、まず事務所に戻らない。さっさと自宅に戻り、夕方取引先からのふりをして「直帰」の電話をかけて来る。私は自分の入院を彼らの「直帰」の理由に使われたくなかった。

事務所のオランダ人社員からは、見舞いのカードが届いた。ゆっくり静養するようにとか、仕事は忘れて治療に専念するようにとかの文章が英語で綴られている。読んでも全く心を打たない。解雇になった女子社員からは来なかったが、そのパートナーからは見舞いの花束が届いた。花の間に挿入されたカードを開くと、二人の連名でサインがしてあった。中の文章は読まない。カードも花もすぐにゴミ箱に捨てた。

高緯度のため冬の夕暮れは早い。午後四時には暗くなる。雪が舞い始めた。北極からの寒気団が張り出してきている。初めての病院食は、薄味のスープとジャガイモ主体のハンバーグだった。早めの夕食を済ませ、喫煙を我慢し、配布された睡眠導入剤を服用した。初めての睡眠薬で耐性がない。すぐに眠りに落ちたようだ。だが、持続性に欠ける。深夜に目が覚めた。何もすることが無い。窓際に寄り、再度睡魔が来るのを待った。

窓越しに外の様子をうかがうと、街灯が道路に積もった雪を白く照らしている。眠っている間に雪は止んだようだ。積雪量は意外なほどに多い。道路を挟んだ向かい側には、煉瓦造りの古いアパートが見えた。夜が更けて、明かりの点いている窓はない。アパートの手前には運河がある。運河には跳ね橋が架けられ、アパートはその橋で道路と繋がっている。運河は中央駅でせき止められ、そこで停滞し流れている気配がない。

まだ睡魔が来ない。ティッシュペーパーで窓を擦ると、小さな水滴がガラスの表面を上から下へ線を引いて落ちた。触れると指が切れるほどに冷たい。向かいに建つアパートの一階《Gフロア》の一軒に明かりが点った。間もなく人が廊下に出てきた。道路上の雪に足跡を付け、揺れながら歩く。運河の跳ね橋まで進むと、街灯の明かりで初老の男と分かった。吐く息が白い。橋の真中で立ち止まり、前かがみになって運河を覗き込んでいる。手摺にもたれて溜め息をついたのだろう。吐いた息が一段と白くなった。溜め息は白い水蒸気になって上空に散った。

俯いたままの体が揺れている。反動で上体を起こし、街灯に顔を晒した。彫りの深い白人の顔に赤みがさしている。相当に酒を飲んでいるようだ。再度の溜め息のあと、残っているエネルギーを振り絞るように中央駅の方に向かった。中央駅の反対側には〝飾り窓〟の赤線地帯がある。歓楽街は眠らない。

静寂の時間が過ぎて、一段と夜が更けた。対面のアパートの窓が一瞬灯り、そしてすぐに消えた。先ほど疲れた様子の男が出てきた戸口だ。ドアから誰か出てきたようだ。ふらつくように廊下を歩き跳ね橋に進んだ。豪華そうな白っぽい毛皮のコートを纏った女だった。化粧のせいで若いのか老けているのか定かでない。風でブロンドの髪が乱れているが、気にする様子もない。橋の上から噛んでいたガムを運河に捨てた。手を使わず、口をすぼめて遠くに吹いた。女は投げやりな足取りで橋を渡り中央駅方向へ向かった。駅前の幹線道路にはまだ車の流れがある。

女は幹線道路まで出ると立ち止まった。一稼ぎする魂胆で、車の男を誘惑する。コートの前を広げて快楽を誘っている。が、停車する車はない。女が道路の反対側に渡った。こちら向きになって、コートの袖から腕を抜きマントのように掲げている。極寒の中、毛皮のコート以外何も身に着けていない。コートの裏地は真っ赤だった。車のヘッドライトが白い肉体を浮かび上がらせる。赤い裏地のキュプラ生地が光を反射し、肌の白さを際立たせた。腰をくねらせ投げキッスを繰り返す媚態は、男の性欲を知り尽くしている証拠だ。

オランダ政府は〝飾り窓〟の公娼三百人を管理下に置いて売春行為を認可しているが、もぐりの娼婦はあとを絶たない。東欧系の女たちが多い。彼女たちは、オランダ系マフィアの管理下で庇護される。売春は麻薬とともにマフィアの貴重な資金源となっている。

女の誘惑に停車する車はない。女は商売を諦めたのだろう。運河沿いを引き返して来た。投げやりな女の足取りに呼応して、病棟前の道路で一台の車が止まった。車から降りた長身の男は、女のコートの下に手を滑らせ腰に手を回している。女は男の手を制しながら運河の土手に誘導する。運河は道路より一段低い。河岸の土手でヘッドライトの明かりを避けることが出来る。だが二階の病室からは街灯を頼りに丸見えだ。

女が、自らのコートで飢えた男を抱え込み一体化した。男の性欲が最高潮に達した頃合いを見計らって女は蹲《うずくま》る。男がのけぞっている間に、女の口から一口で精液が唾棄された。まるで味の無くなったガムを吐き出すように吐しゃした。金銭的に余裕のある男は女のアパートで欲望を吐き出し、金のない男は運河の土手で立ったまま女の口から精液を吸い取られる。

運河岸で性欲を発散させた男は、土手をまたいで車に戻り発車させた。女の方は通りで路上ダンスを再開したが、途中で諦めどこかに去った。いつの間にか車の通行量が極端に減っている。街灯が運河を照らす。流れている気配はない。運河は、日中は子供たちのスケートリンクとなり、夜間は飢えた男たちの精液の垂れ流し場所となる。

私の散策コースに運河は多かった。絵葉書では清楚な流れに描かれる運河であるが、至近距離で見ると、意外に汚れている。どの季節にも運河の水は動かず、停滞し鈍く濁る。流動不足のため、日本の小川のような清流とはほど遠い。岸部に群生する葦の茎に、鼠や犬猫の死骸がからまっているのを見た。北海の干満によって運河の水量は変化する。引潮で水量が減ると、河底には年数を重ねたヘドロのほかに牛や羊の白骨死骸が露わになる。それらは破傷風菌の寄生場所となる。

初冬、十分に凍結していない運河でスケート中の子供が誤って運河に転落することがある。親は大至急病院に運ばねばならない。破傷風を防ぐためである。放置しておくと命にかかわる。破傷風菌は地球上に酸素が発生する前から生息する恐ろしい病原菌だ。最後は窒息死の様相を呈して死に至る。

3

私はそれから一睡もできず手術の朝を迎えた。前日花瓶の水を替えてくれたオランダ人婦人が現れ、無言でカーテンを引き花瓶の水を替えた。看護師が二人掛かりで私をストレッチャーに移し、手術室に運ぶ。手術は定刻どおり十時から始まった。三十分前にインド人麻酔医が現れ、手術室のストレッチャー上で麻酔を施した。麻酔医が顔の上で「はい、羊をカウントして」と言った。羊を三匹数えても意識は消えない。十匹まで数えたのは覚えている。麻酔医が大慌てで隣の看護師を怒鳴っているのが目に入った。私の顔の上でもみ手をしている。オーバーな動作は踊っているように見えた。

「プリーズ・スリープ」

呪文のようなインド英語が次第に遠ざかった。

意識が戻ったのは、施術を終えて病室に戻りストレッチャーからベッドに移されようとしたときだった。二人の看護師が私の足と頭を担ぎ上げた。腹部に強烈な痛みが走った。麻酔医を呼んでくれ、と叫んだが日本語だったのでだれも反応しない。苦痛に悶える表情からナースが推理したのだろう。

「ペインキラー？」

「イエス、イエス、ライト・ナウ、ハリー・アップ」

体をベッド上で横にされ、即座にアナルから鎮痛剤が注入された。私の叫び声が治まると、看護師は退室しようとして私の手を握った。

「手術成功、おめでとう。コングラッチュレーション」

がん細胞の浸潤状況や他の臓器への転移が気掛かりだ。看護師を呼び止め病理解剖の結果を尋ねると、明日主治医から報告があると返答された。看護師は同じ言葉を繰り返して出て行った。

「コングラッチュレーション、シー・ユウ・トゥモロウ」

鎮痛剤の効果は長続きしない。十三針縫った腹部に痛みが戻る。朦朧とした頭で痛み以外のことを考えるように努めた。当日の朝も花瓶の水を替えてくれた女性が気になっていた。フェルメールならきっと彼女を題材にするに違いない。女を描く天才画家はあの遠慮がちな目をどう描くだろう。

翌日も眠れなかった。開腹手術痕の激しい痛みに堪らず、一時間毎にコールボタンで部屋担当のナースを呼び鎮痛剤を懇願した。家族の付き添いがなくて良かったと心底思う。親にこの情けない姿を見られずにすんでいることは、せめてもの救いだった。私は、日本の母に罹病や入院を報せていない。

翌朝、主治医は満足そうな笑いを浮かべて病室に顔を出した。上行結腸の大部分を切除し、小腸と横行結腸が吻合されて開腹手術は成功した、と胸を張った。十二メートルあった私の大腸は八メートルに短縮された。何よりも気掛かりなのは、病理解剖の結果である。主治医は携行してきたカルテを読上げた。

「臓器への浸潤度合いはデューク第三期、他臓器への転移はないが、がん細胞のリンパ節への散乱が認められる」

不安そうな私に、医師は慌てて付け加える。

「心配は無用だ。周辺リンパ節は昨日の手術と同時に切除した」

主治医は私を安堵させたあと、続けた。

「今後、化学療法《ケモセラピー》を行う。期間は一年間。転移と再発防止に欠かせない」

病理解剖の結果が判明し治療計画に目処が立つと、次に退院時期を知りたかった。パリの労働組合代表が私の復帰を待っている。だが医師は、退院予定を答えなかった。

私が食い下がっているとき、オランダ人婦人がドアに立った。遠慮がちな目で入室の許可を得ようとしている。私は言葉の代わりに手の平で花瓶のほうへ誘導した。頷いた婦人は目礼した。

彼女の微かな呟きは、私の耳まで届かない。唇の形が日本語の「おめでとう」の発声に見えた。

主治医は、退院に拘る私のことをエコノミック・アニマルの日本人ビジネスマンと誤解しているらしい。

「焦らないでゆっくりやりましょう。神の与えてくれた休憩時間です。歩行訓練をエンジョイして下さい」

結局医師は、化学療法の中身を説明しただけで退室した。退院の予定は不明のままである。

その日の昼食時、婦人の正体が分かった。ナースの教えてくれたところによると、彼女はボランティアで、名をアンジェリックという。朝の出勤前か夕方の帰宅途上に病院に立ち寄るとのことだった。彼女の主な活動は花瓶の水を替えることにあるのではなく、患者の話し相手になってあげることだそうである。傾聴ボランティアとして病院に通っている。その本来の目的が前面に出て押し付けがましくなるのを避けるために、花瓶の水を替えるのだろうとナースは言った。私はそのカモフラージュを好ましく思った。

主治医は手術翌日からの歩行訓練を命じた。まだ手術痕に痛みが残っていると抗弁しても、主治医は聞き入れない。点滴棒を杖代わりに病室内を数歩歩いてみた。足を踏み出すごとに腹部に痛みが走る。休憩してベッドに腰掛けていると、平山支配人が花束を持って現れた。単なる見舞いではない。私の退院の時期を探りに来たのだ。平山は退院日未定の返答を聞いたあと、花束を置いてすぐに退室した。

夕方、ボランティア婦人がライブラリー・ワゴンを押して入ってきた。花瓶の水を替えたあと、ワゴンをベッド脇に寄せて手で「どうぞ」と示した。ライブラリー・ワゴンは、入院患者に代わってボランティアがアムステルダム市の図書館から患者の興味を引きそうな本を借りてくるシステムである。入院初日の質問表で「希望する」と記入したのを思い出した。色鮮やかな表紙の画集が多い。画集に言葉は不要だ。私の迷っている様子を見て、婦人がワゴンから取り出して表紙を見せた。フェルメールの画集だった。

手術から三日目の夕方、廊下での歩行練習を終えて病室に戻ると婦人がライブラリー・ワゴンに手を置いて待っていた。借りていた画集をワゴンに戻しながら、私はかすれるような声で呟いた。独り言のつもりだった。

「懐かしい絵」

「はい。フェルメールは、いいですね」

日本語が返ってきた。ボランティア婦人の発した声は、空調の音にかき消されるほどだった。

「日本語ができるのですか？」

目を剝き、息もつかず問うた。婦人は応えず、質問に質問で返した。

「あなたは、画家に憧れていたでしょう？」

「何故わたしのことを知っているのですか？」

質問の応酬合戦だった。社会人になって以降は、絵画と無縁のサラリーマン生活を送ってきた。過去の憧憬を口にしたことはない。だれにも秘密にしてきた。

婦人に秘密を知られていることを不気味に感じた。何故彼女は、私の絵画への憧憬を知っているのだろう。不思議だった。私がライブラリー・ワゴンで画集を借りたからだろうか。お互いに相手の質問に返答しなかった。婦人は窓際に移り花瓶の花を手で揃えた。刺すような鋭い視線で花を睨みつけている。

夜、婦長の暇になる時間を見計らってナース・センターを訪ねた。婦長も多くの情報は持っていない。ただボランティア婦人、アンジェリックが日本語を話せる理由は分かった。彼女のパートナーも日本人で、このガン特設病院での入院経験があると教えてくれた。日本語を話せるボランティアを募集すると、即座に応募してきたのだ、と言う。婦長は指を唇にあて、「シークレット」と言った。自分が明かしたことを口外するな、ということらしい。それ以上の情報は得られない。病院での個人情報の管理は厳格だった。

4

東京から派遣された嘱託医は、すっかり観光気分だった。私の主治医と小一時間面談しただけで、出張の目的を果たしたようだ。運河巡りと〝飾り窓〟見学を出張日程に組み入れている。嘱託医に同行の人事部員は、懲罰委員会の事務局を兼務する社員だった。単なる付き添いの役目ではないようだ。懲罰委員会は、社員の不正や規律違反を摘発し、懲罰を課す社長直属の組織である。事務局は人事部に置かれている。病棟の半地下にあるバールで、ハイネケンを飲みながら聴取された。もうビールは許可されている。

「昨夜は、支配人に夜の運河めぐりを案内してもらいました」

平山は東京本社からの出張者に社内接待をする。現法の接待費を使って出張者を歓待し、本社の情報をとろうとする。高級娼婦を乗せたセックス・ボートで北海を巡るコースがある。マフィアに仕切られた闇売春である。予約すれば、ホテル横の運河から乗り降りできる。観光ではなく、海外での冒険心を満足させる売春ツアーである。船内ではショーウインドウのような金魚鉢の中に、様々な国籍の女たちが水着姿で脚を組んでいる。水着に番号札が付けられ、男たちの指名を待つ。

平山は同乗せずにホテルのロビーで待っている。戻ってきた社員とバーで一杯飲んで帰宅する。こうして日本からの出張者は、平山に弱みを握られる。

バールで、人事部員は懲罰委員会の一員として質問を投げてきた。平山に関する調査だった。現地スタッフから本社にブラックメールがあった、と言う。垂れ込みである。告発文のコピーを見せられた。支配人同士の仲違いを、オランダ人とベルギー人スタッフが面白おかしく匿名で報告したものだった。普段は犬猿の仲なのだが、お互いの利益が一致したのだろう。

会社に天下り組は多い。優秀であるがゆえに組織の中ですねに傷を負ったエリート銀行員やキャリア官僚は目先が利く。銀行や省庁で主流から外れると即座に影響の及ぶ民間企業に転進し、第二の人生を稼動させる。彼らの共通点は、出身母体でのしがらみをそのまま転進先に持ち込むことだった。銀行や通産省での派閥やライバル関係は、転進後もそっくり継続する。

山村産業はアムステルダムにもブリュッセルにも現地法人を構えている。どちらの事務所も支配人は通産省出身者だった。二人ともＪＥＴＲＯ（日本貿易振興機構）への出向経験があり、ヨーロッパ市場に精通している。似たような経歴のため周囲から比較される局面も多く、自ずとライバル心が増幅された。そのため両現法間の売り上げ競争は熾烈だった。他の競合商社の動向より、自社の隣国事務所での営業収益に意識が集中する。お互いに隣国事業所の貢献利益を上回ることが至上命題になった。東京本社が課す目標はその影に隠れてしまう。

トップの思惑は現法の現地スタッフに敏感に伝わる。東京本社が描く戦略と現地法人の戦術に整合性がとれない。その犠牲は現地スタッフにしわ寄せされる。両現法のスタッフが、しめし合わせて本社にブラックメールを送ったのだ。

文面は日本人支配人、平山に対する中傷だった。過酷な労働で虐待を受けたとの主張が羅列されている。セクシャル・ハラスメントを受けたという訴えもある。全て匿名で署名入りのものはない。私はじっと相手の言い分を聞いていた。人事部員にも確信はないようだ。私は意見を求められると、即座に否定した。

「言い訳ですよ、現地スタッフの。目標未達の予防線ですよ」

個人の目標を達成できなかったときの言い訳として、日本人マネージメントの拙さを挙げる場合が多い。オランダ人もベルギー人もその点では同じである。

現地社員にとって、日本人同士の対立ほど面白い光景は無い。蜜の味となる。日本人に使われる白人の心情は複雑なのだ。自国企業に勤める同国人への劣等感を糊塗したいと望む。サラリーの多さでバランスをとりたいと願うが、それは会社の業績しだいだ。

ましてアムステルダム事務所には、サラリー・レンジ制度の枠がある。最低賃金があるように最高賃金も設定されている。どんなに成果をあげようと賃金の頭打ち限度がある。不満は労働組合への駆け込みだけでなく、東京本社へのブラックメールという形で表面化した。

「支配人が美術品を買い漁っているとの訴えも届いているのですが、そんな兆しがありますか？会社の接待費を流用していると言うのです」

日本人の間で美術品への投機は一種のブームになっている。日本のバブル・マネーがヨーロッパの名画に向かっているといわれた。平山も私と同様に、進藤から美術館構想を打ち明けられているはずだ。構想が本決まりになる前に、予備的に購入してみようと考えてもおかしくない。平山なら進藤への貢物として購入したのかもしれない。それで次期執行役員の椅子に近づければ安いものだ。だが、進藤の指令を人事部員に打ち明けるわけにはいかない。

「さぁ、思い当たる節はないけれど……」

相手は笑っただけで、それ以上突っ込んで来ない。

「内密にお願いします」

唐突な人事部員の問いはまだ続いた。美術品購入とは別件だった。

「平山支配人の転職話はどうですか？　ヘッド・ハンターを使って、しきりに米系会社にアプローチしていると言うのです」

ブラックメール以外にも、網にかかった情報があるようだ。あり得ない話ではないと思った。役人の習性は民間に移ったあとも、なかなか抜けない。オランダ人スタッフの解雇問題で産別労働組合と悶着となっている。責任を取らされたときのバックアップを用意するのは、保身のために必要な手段だろう。

懲罰委員会は平山の転職をも探りに来たのだ。支配人の触れる会社の情報には、本社役員会レベルの極秘扱いのものも多い。山村産業の極秘情報と引き換えに、厚遇の椅子を用意する欧米の会社は枚挙にいとまが無い。それを手土産に、競合他社に実際に転職した上級管理職もいる。懲罰委員会は支配人の転職そのものより、極秘情報の流出に神経を尖らせているのだろう。

支配人に関する調査は、電話で済む案件ではない。だからわざわざ嘱託医の付き添いにかこつけて、足を運んだのだ。私は平静を装い、興味なさそうに応えた。

「さぁ、分からないなぁ。そんな気配はないけれど。その噂の出所はどこから？　アムステルダムの現地社員？　ひょっとしてベルギーの支配人？」

「内密にお願いします」

人事部員は繰り返した。私からの情報収集を諦めて、ホテルへ引き上げて行った。

連日の化学療法は歩行訓練以上に苦しかった。５ＦＵの静脈注射と経口バラミゾールの服薬を一日おきに繰り返す。しかも多量の投与である。５ＦＵは一回で約六百ミリグラムが一挙に静脈に注入される。初期の一撃でガン細胞を叩くのが鉄則だった。その間臨床検査値から治療効果と副作用のバランスが考慮され、日々の投薬量が微妙に増減される。開始した翌日から髪の毛が抜け始めた。

私の退院はあっさり決まった。主治医は通常の巡回診察の最後に大便と放屁に付いて質問したあと、明後日に退院と言い渡した。患者の入院日数を最低限にするのが、オランダの医療方針のようだ。結局私の入院期間は六日間で終わった。ただ、本格的な化学療法はそこから始まる。一ヶ月間の連日の通院が待っている。

退院の日の朝、食事長が自らトレイを掲げて入ってきた。

「退院、おめでとう。プレゼント・フォー・ユー」

トレイには、コングラッチュレーション・カードとスープ皿が載せられている。特別食のようだ。一方の皿をスプーンで掬うと底の方に米がある。極端に水分の多い雑炊だった。コンソメ味に白米は馴染まない。しかも米には芯があり生煮えである。無性に醬油が欲しい。別の皿を掬うと味噌汁だった。菜は何も入っていないが、塩コショウが効いている。

「ライスはイタリアン・レストランから取り寄せた」

食事長は胸を張った。

「最高のプレゼントです。ダンク・ウエル」

唯一の知っているオランダ語で礼を述べた。食事長は慌てて付け加えた。

「味噌はアンジーがアレンジした」

アンジーはボランティア婦人、アンジェリックの愛称である。午前中に、花瓶の水を替えに来た婦人に味噌汁の礼を言った。彼女との会話は、全て日本語になっていた。

「もう一つ、別のプレゼント。用意します」

まだ他にプレゼントがあると言う。

婦長とインド人麻酔医に送られて病室から出口に向かった。麻酔医は敬礼で私を見送ってくれた。婦長が名残惜しそうに私に同道する。廊下の端で病室を振り返ると、麻酔医はまだ片手を挙げ敬礼の姿勢を崩していない。私も敬礼で応えて階段を降りた。婦長はロビー・カウンターで退院手続きを手伝ってくれた。

出口で婦長が、後手に持っていた花瓶を私に手渡した。それは病院の備品だったが、私が婦長にリクエストしたものだった。白地に青色の彩色を施された絵柄は、オランダ名物の風車である。アンジェリックが花を三本も収めれば一杯になる、口の小さい背の低い小さなデルフト焼きの花瓶である。入院中に何度も見つめ印象深い。窓際に置かれた花瓶を退院後も手元に置きたかった。婦長は私の所望に応えてくれた。

退院後も化学療法は続く。毎日通院して5FUの静脈注射を受けねばならない。何事にも集中できない。車の運転に危険を覚えて、トラムでの通院に切り替えた。頭が朦朧とする上に、嘔吐で体力消耗が激しく出社は諦めた。病院のカウンセラーと相談し一ヶ月の病欠を平山に届け出た。会社あてに郵送した。返事は無かった。自宅療養に移って以降、平山も見舞いに来なくなった。自宅と病院を往復するだけの、大量投与の「魔法の弾丸」期間は一ヶ月で終了した。

一ヵ月後に出社すると、労働組合との団交は中断したままだった。勤務に復したあとも、病院通いからは解放されない。ただ通院の頻度は、毎日から週に一度に減った。それでも副作用はあまり変わらない。嘔吐感のひどい時の団交は苦しかった。頭が朦朧とするので相手の英語が聞き取れない。私は苛立った。

休日の美術館巡りを再開した。休日出勤はやらないと決めた。名画に触れることで精神を落ち着かせようとした。古典絵画は副作用止めの薬より効果があった。見る側がピンチのときほど、心に染みこむものらしい。オランダ国内に留まらず、ブリュッセルの美術館も訪ねた。その町に坂下五郎が住んでいたことは覚えていたが、アパートの所在は分からなかった。北欧まで足を伸ばすこともあった。ノルウェーでは、国立美術館でもムンク美術館でも『叫び』の印象は強烈で、嘔吐感は即座に吹き飛び絵の前で茫然とした。

副作用と名画の効果は、相まって私に脱力感をもたらした。肩の力が抜け、労働組合との団交などどうでもいいと思えた。ヤケクソ気分とは少し違う。フェルメールやムンクの巨匠画家の名作を鑑賞している間は、ひねくれ根性で小心者の自分から離れることが出来た。

5

髪の毛がすっかり抜けてしまったころ、ようやく一年間の化学療法が終わった。一年間の通院は長かった。それでも労働組合との団交に進展は見られない。むしろ時間とともに拗《こじ》れる一方だった。平山支配人の不満は高じた。ベルギー事務所より営業収益の伸び率は高いが、平山は終始不機嫌だった。街では例年のように運河が凍結し、子供たちがスケートに興じている。夜には運河の土手で、娼婦たちを相手に飢えた男たちが快楽を求めている姿があった。

最終通院日に、主治医と婦長が花束をくれた。私は、二人にお礼のワインを渡した。医師は私を激励してくれる。

「再発、転移は発症後一年以内に起こる率が高い。既に一年は過ぎた。だが油断は禁物だ。今後十年間は警戒が要る」

「十年後の再会を目標にして養生します」

婦長の巨体が割ってはいる。

「十年後に、また会いましょうね」

「ええ……」

「約束ですよ」

主治医と婦長の念押しに、私は頷いた。

「オーケー」

今後は経過観察に移る。三ヶ月毎の腫瘍マーカーチェックと超音波検査が行われる。刑期を終えた囚人の気分で、病棟の出口に向かった。

出口にボランティア婦人のアンジーの姿を見つけた。荷物を小脇に抱えている。退院以来初めて会うので一年振りになる。通院中もずっと自宅でデルフト焼きの花瓶を自宅に飾っていた。懐かしい。通院を完了した気分の高揚も手伝って、足早に彼女のもとに近づき報告した。

「今日でケモセラピーが完了した」

アンジーに、驚いた様子は見えない。私の通院最終日を婦長から聞きだしたのだろう。わざとらしくない配慮が嬉しい。

「快気祝いに、一杯ごちそうします。私からのプレゼント」

ゆっくりとした日本語で、病棟半地下のバールに誘われた。最初はハイネケン・ビールで乾杯した。二杯目をオランダ酒にした。ジェニパーはダッチ・ジンとも呼ばれる杜松《ねず》の実から作られる強い酒だ。婦人に質したいことが幾つもあったが、私は口をつぐんだ。どうせ答えないだろうから。病室で見た鋭い視線を覚えていた。どんな挑発にも乗らない強固な意志があった。アンジーは次もハイネケンを取った。私もチェイサーとしてハイネケンを飲んだ。

アンジーは意を決するように、傍らに置いていた荷物の包装を解いた。それは絵画だった。私は息を飲んだ。見覚えのある油彩画だ。自然と腰が浮く。一挙に酔いが覚める。

額縁がなく、むきだしの十号サイズのキャンバスのままである。ところどころひび割れを起こし、顔料が剥がれている。M子の涙には、もう真珠の輝きはない。動転のあまり口を利けない。次第に絵の輪郭がぼやけはじめた。思わず目が潤んだせいだった。アンジーは絵の梱包を解いたあと、無言のまま何も喋らない。私の反応を観察しているようだ。私の涙を認めてやっと口を開いた。

「『模倣と涙』、あなたへのプレゼント」

「この絵を、どうしてあなたが持っているのですか？」

私はアンジーを睨みつけて返答を迫った。副作用による脱力感は消えている。相手の表情は硬い。優しいボランティア婦人の顔ではない。

「頼まれた」

「……」

「あなたに渡すように頼まれた」

「誰に？　誰に頼まれたのですか？」

アンジーは質問に答えず、私の絵画技術を賞賛した。細部を根気強く描く制作態度に注目していると言う。私の油彩画など見たこともない筈だ。私は自分の人生を覗かれているような不気味な気分に襲われた。

『模倣と涙』は、いつの間にか学長室から消えた。坂下先輩自身が持ち去ったものと思う。ならば、坂下五郎がアンジーに頼んで私に手渡そうとしているのだろうか。

生きているのか。坂下が二十年以上前に運河で殺されたというのは間違いなのか。何故先輩は、直接私に渡してくれないのだろう。何故姿を隠すのだろう。私の頭は混乱の極致だった。

　アンジーは無言のまま、ハンドバッグから大事そうに小さな包みを取り出した。二重の袋から出てきたのは小さな木製の箱である。彼女が思い切るように蓋をとると、ガラスの容器に収納されたデッサン片が覗ける。彼女は両手に白い手袋をはめた。手の平に載るほどに小さい。黄ばんだドローイング・パッドに木炭筆で描かれている。パッドの一方の端に繊維のほつれが見える。

「これ、フェルメールの描いたデッサン。信じて大丈夫」

　ジェニパーの酔いがすっかり醒めてしまった。ただでさえ寡作で知られる巨匠画家である。素描の存在を報じられたこともない。咄嗟に、ダ・ヴィンチのデッサンを使った詐欺事件を思い出した。ダ・ヴィンチの下絵デッサンが日本で発見された、と報じられたのは昭和六十一年のことである。銀座の有力画商、宗教団体、自民党の大物政治家もからみ二十億円をめぐるスキャンダルに発展した。ミラノ時代に描かれた『岩窟の聖母』のマリア像をダ・ヴィンチが下絵したもの、という触れ込みで表に出た。

　下絵デッサンはパッド上にチョーク、インク、淡彩で描かれていた、と言われる。ダ・ヴィンチの『岩窟の聖母』には、聖母マリアだけでなく天使ガブリエルも登場する。その天使の習作デッサンはダ・ヴィンチの真筆と鑑定されイタリアのトリノに実在する。一方、聖母の顔の習作は、その存在は囁かれてきたがまだ発見されていなかった。

　本国イタリアでは、マスコミが大々的にトウキョウでの発見を報じ、美術品の不正な国外流出と世論が沸き上がった。一九三九年に定められた法律で、ダ・ヴィンチの作品は政府の管理下に置かれ、譲渡や移動も一切不可能な筈だった。問題のデッサンは真贋が明確にされることなく、イタリア美術文化財監督局の求めに応じる形で、銀座の画商からイタリアに返還され幕切れとなった。結局、真贋鑑定はあやふやなまま終わった。

美術品マーケットでは、下絵、デッサン、習作の類でもビジネスの対象になる。ただし、描き手が超大物である場合に限られる。直近では、昭和五十九年にロンドンで開かれたクリスティーズのオークションで、ラファエロのデッサンが十二億円で落札されている。

「日本に持って帰りませんか？　安いものですよ」

アンジーの目は酔っていない。フェルメールの聖書画が初めて見つかったのは、ロンドンの骨董商だった。その同じ店で発見されたと説明を加える。俄かには信じられない。

「鑑定書はあるのですか？」

「いま、ライデン大学の教授が作成中です。鑑定書の出る前だから売れるのです」

パッドに描かれているのは、数本の曲線だった。アンジーは、絵画服の背にある〝ひだ〟だと説明する。フェルメールの『絵画芸術』に描かれた、画家の後姿を想起させる解説を加えた。それはヒトラーが自殺直前まで自室に飾ったフェルメールの名作である。フェルメール自身と思われる画家の後ろ姿が描かれ、着用した絵画服の背中のひだは鑑賞者の記憶に深く残る。「画家のアトリエ」と称されることもある。

『絵画芸術』は画家自身にとって愛着の深い作品だったため、生涯手元に置いたといわれている。死後もカテリーナ夫人はこの絵だけは手放そうとしなかった。絵画服のひだだけでなく、背景の壁に掛けられた地図の折り皺も強い印象を残す。地図はフランドル地方の地図であり、カルヴァン派の北部諸州とカトリックの南部州が折り皺によって区分されている。

アンジーは日本企業のバブル・マネーを狙っている。私には、ガラス容器に収められた素描がフェルメールの真筆とは信じられない。

「ノー。私に美術品購入の権限はない。残念ですが」

「トウキョウに相談すればどうですか？」

「……」

今度は私が無言を貫く番だった。心優しいボランティア婦人の物語は終わった。歓喜が一挙に悲哀に変わった。フェルメールほどの大物の贋作を企図するからには、大々的な組織が背後に控えているのだろう。心やさしいボランティア婦人の姿を透かして贋作シンジケートの存在を実感するのは悲しい。

画家も、美術史家も、歴史研究者も、大物画家の新たな作品の出現を夢想するが、巨匠画家の真作と断言することに躊躇する。贋作に翻弄され、鑑定史に汚名を残した大家は少なくない。巧妙な贋作の罠は警戒を要する。

ダ・ヴィンチほどの大物であっても、真贋の決着が付いていない作品もある。『美しき姫君』は当初北米のオークションで、十九世紀初頭のドイツ人画家の作品『ルネサンス風の衣装を着た少女の横顔』として出品された。ルネサンス時代に流通した羊皮紙に描かれている上に、左利きの手蹟と複雑な描写技法が確認されることから、もっと早い時代の作品との疑義が鑑定家の間から出された。その結果、詳細なデジタル解析が実施され、作品左上部に作者のものと思われる指紋が発見されるに至る。その指紋がヴァチカン美術館所蔵のダ・ヴィンチ作『聖ヒエロニムス』に残された指紋と酷似していることからダ・ヴィンチ作品と鑑定する大学教授や美術史家が続出した。

一方その鑑定に異を唱える鑑定家も多い。『聖ヒエロニムス』の指紋自体が不鮮明なため比較に耐えられない、また贋作者にとってはルネサンス時代の羊皮紙を用いることも左利きを真似ることも朝飯前と主張している。またダ・ヴィンチ作品でありながらオークションに登場する以前の来歴がないのは不自然すぎると論陣を張る。贋作シンジケートの謀略を暗示している。決着がつかないまま論争が延々と続き、現在も人々はやきもきしている。

大がかりな贋作シンジケートは、贋作そのものだけに注力するのではない。鑑定家を抱き込み来歴を偽装し、金や麻薬の力で末裔や遺族から認証書を取得する。ヨーロッパ中の人々は、実態の分からない贋作シンジケートの不気味な暗躍を不安に感じながら過ごしている。シンジケートの存在は明らかになっているのだが、その実態が不明なことが人々の不安を駆り立てる。『模倣と涙』で私を釣るように仕向け、アンジーを背後から操る詐欺集団が不気味で恐ろしい。その中に坂下五郎が関与しているのだろうか。

アンジーは執拗ではない。ハンドバッグを手元に引き寄せて言った。

「考えておいて下さい」

立ち上がり、手を差し出した。もとの優しいボランティア婦人の表情に戻っている。

「坂下五郎は生きているのですか？　どこにいるのですか？」

私の、すがるような質問は無視された。

「まだ結婚しないのですか？」

アンジーは、握手したあとの手で『模倣と涙』を指差して微笑んだ。その絵のモデルだったM子のことを知っているのだ。彼女は私の学生時代の恋情まで知っている。驚愕を通りすぎて、空恐ろしい感情が湧く。婦人は、貴重な「フェルメールの素描」をガラス容器ごと袋に仕舞った。

「健康に気をつけて」

「……」

アンジーはバールの出口で手を振り、何か言葉を呟いて出て行った。私の席まで声は届かない。私の荷物は多い。花束にキャンバスも加わった。バーテンにタクシーを呼んでもらうしかない。アンジーとはそれが最後になった。出口で見せた唇の形は「サヨナラ」だったのだろうと思う。

第六章　フランドル・コネクション

1

　パリの産業別労働組合との交渉は平行線だった。東京本社の指示を受けながら団交に臨んだが、埒《らち》が明かない。休業期間中の旅行をどう捉えるかが争点になった。会社は主張を曲げない。海外旅行が可能なほどに回復したのであれば、シック・リーブ（病気休暇）を切り上げ職場復帰するのが当然だと繰り返した。雇用契約に違反している、と主張した。

　だが組合側は病気の改善を図るためには旅行が必要だったと主張した。旅行は治療の一環だと言うのだ。会社の方こそ契約違反だと反論した。組合幹部は、オランダ警察も人権蹂躙に同意していると明かし、外堀を埋める作戦を展開する。警察との連携を示唆し、私たち交渉団を圧倒しようとする。本当なのか単なる脅しなのか分からない。病気の内容に立ち入れないため、いつまでも水掛論である。解雇された女子社員はパートナーとともに列席したが、一言も喋らない。全て組合幹部が代弁した。

交渉が膠着し暗礁に乗り上げたのがはっきりした頃、事務所でアムステルダム中央警察の訪問を受けた。私より先に平山支配人が面談した。次に警部二人は私を応接室に呼んだ。応接室に入ると、入れ替わりに平山が退出し、もう一人の若い方の警部も会釈だけして出て行った。部屋に、私と禿頭の初老警部が残った。警部は中央警察に所属しているのではなく、ハーグのユーロポール（欧州刑事警察機構）の組織犯罪対策部の対策官と名乗った。

てっきり労働組合が警察に訴えたものと推測したが、ユーロポールの用件は解雇問題ではない。訛りのきつい英語で口火を切った。

「体の調子はいかがですか？」

対策官はそう言って握手の手を差し出した。もう片方の手は、擦るように禿頭を撫でた。警察が私の罹患を把握していることに驚いた。不気味だ。最初の一言で、私が身辺調査の対象になっていることを理解した。外国人である平山も私も危険人物としてマークされているらしい。オランダには他国からの流入者が多い。出稼ぎ労働者としてトルコ人やモロッコ人、旧統治領のスリナム、インドネシアからの亡命者も後を絶たない。最近は東欧諸国や中東からの不法難民の流入が続いている。

在留日本人は少数だが、危険視される。昭和四十九年九月に、オランダのハーグでフランス大使館が占拠されるハーグ事件が発生した。犯人は、短銃武装した日本の連合赤軍だった。日本人全員がユーロポールの監視対象なのかもしれない。

だが、対策官の質問は私の行動ではなく、支配人の平山のことについてだった。本人を部屋から追いだした上で質そうとする。全く予想していなかったので意外だった。ユーロポールの対策官はポケットから透明なビニール袋を取り出し、私の眼前に翳《かざ》して見せた。青い粉が二、三粒入っている。角度によっては金色に光る。対策官はゆっくりとした英語で単刀直入に説明を始めた。

「これはラピスラズリの粉片。ウルトラマリーン・ブルーの顔料。ミスター・ヒラヤマはこれで騙されようとしている」

「……？」

腑に落ちない私の顔つきから、対策官は説明を始めた。ゆっくりと平易な英語だった。詐欺シンジケートがフェルメールの『合奏』を売りつけようとしている、と言う。

「買い手に本物と納得させるために、『合奏』のキャンバスから青色の顔料を削った」

フェルメールの『合奏』は、人々の話題に上っている。前月にボストンのイザベラ・ガードナー美術館から強奪されたニュースは、世界中で報道された。『合奏』は画集に必ず掲載される巨匠の秀作で、たっぷりと青の顔料が使われている。譜面を手にして歌っている歌手は、鮮やかな青色の着衣で下半身全体を包んでいる。ラピスラズリを原料にしたフェルメール・ブルーは鑑賞者の目に強烈な印象を残す。美術館から強奪した一味が、盗品を売りさばこうとしているのだろうか。絵画の保有を証明するためにキャンバスの顔料を削り取るのは強奪犯の常套手段、と初老の対策官は言う。しきりと自身の禿頭を撫でる。癖になっているのだろう。

イザベラ・ガードナー美術館はアメリカ、ボストンにあり、こぢんまりと個人コレクションを展示している美術館である。ルネサンス期の絵画蒐集で定評がある。盛期ルネサンスの大家ティツィアーノ作『エウロペの略奪』は、美術館の至宝となっている。わざわざ本場、ヨーロッパからの入館者も多い。

イザベラ・ガードナーは十九世紀半ばにニューヨークに生まれ、ボストンの富豪と結婚したが、二歳になる男児を肺炎で亡くし、更に自身も子供を産めない体になった。その俊夫とともにヨーロッパやアジアを歴訪し、著名な美術品に触れて独自の審美眼を養った。実父、デイヴィット・スチュアートから多額の遺産を引き継いだことで、その財力を生かしアメリカ有数の美術品蒐集家になった。

生前の一九〇三年から、自宅を一般公開し蒐集絵画を展示した。ヴェネツィアのルネサンス宮殿を擬した館の、中庭を取り囲むようにギャラリーを配置した。美術館入場者のお目当ては、イタリア・ルネサンス絵画である。ティツィアーノの他、ボッティチェリ、ミケランジェロ、ラファエロの歴史的絵画が特に有名だった。フェルメール作品の展示を知らない入場者も多い。

イザベラは蒐集家として初めて参加した一八九二年のパリのオークションで、フェルメール作品を競り落とした。ルーブル美術館やロンドンのナショナル・ギャラリーを押さえて落札したのが『合奏』である。これによってフェルメール作品は初めてアメリカに渡った。イザベラはその後も、ルネサンス期の著名な絵画を数多く蒐集したが、落札したフェルメール作品は『合奏』のみだった。

イザベラは開館以降もその場所に住み続け、一九二四年に八十四歳で没している。蒐集作品はボストンの彼女の自宅でしか見られない。イザベラ本人の遺志で、一切の貸し出しが禁止されたからである。『合奏』は、イザベラの美術館でしか観られない。そのことから世界中のフェルメール・ファンにとって、ガードナー美術館は巡礼地のような存在になった。

平成二年三月十八日深夜、警官に変装した二人組みの強盗がガードナー美術館に侵入し、粘着テープと手錠を使って学生アルバイトの警備員を縛り上げた。その後強盗たちは不可解な行動を取る。歴史的名画の並ぶ「初期イタリア室」も「ラファエロ室」も素通りし、まっすぐに「オランダ室」に直行している。そこでイーゼル上に展示されている『合奏』のキャンバスを額から抜き取った。被害額は五億ドルと推定され、それまでの絵画盗難史上の最高額だった。

イザベラは美意識の集大成である住居を、死後もそのままの形で残すように言い残した。作品の貸し出しや、新しい作品を加えることはおろか、展示位置を変えることも禁じる遺言を残している。『合奏』の盗難のあと、展示されていたイーゼル上には額だけが残った。イザベラの遺言により、空《から》の額縁さえ動かせない。

「支配人は誰から買っている？」

ビニール袋をポケットに仕舞いながら、老対策官は美術品の入手先を質す。私が知っているものと見なす口ぶりだった。平山は、イザベラ・ガードナー美術館を襲った連中から『合奏』を購入しようとしているのだろうか。平山も、進藤専務から美術館構想を打ち明けられている筈だ。美術館の目玉になる作品を探していてもおかしくない。ユーロポールの訪問目的は、日本人の身辺調査ではなく、美術品取引の捜査のようだ。

「美術品の詐欺団が、日本の企業をだまそうと企んでいる」

ユーロポール対策官は、矢継ぎ早に質問を繰り出す。支配人に美術品を売りつけようとしているのは誰か、私のところにも売り込みはないのか、と執拗に尋ねる。名前が分からなければ、人相でもよいから手がかりを話すよう強引に要請した。

私は、何も知らないと答えた。実際、平山が美術品を購入しようとしている事実さえ知らない。あり得る話だとは思うが口をつぐんだ。ユーロポールにわざわざ会社の美術館構想を話す必要はない。平山がどう返答したか知らないが、対策官は平山の発言のウラを取るために私を呼んだようだ。

初老の対策官は、ヨハン・ルトゲスと名乗った。聞き覚えのある名前だった。二十五年前の「トランク・ミステリー」の捜査本部長を経験した若いエリートがそんな名前だった。私がそのことを質すと、相手は頷いた。

「昔の話だが……」

対策官は、また禿げ上がった頭を撫でた。ヨハン・ルトゲスは、松本清張氏の『ノムステルダム運河殺人事件』にも登場する。事件当時は多くのマスコミがルトゲス本部長の発言を記事にした。新聞に掲載された顔写真を見ているはずだが、頭部に髪の毛がなくなっているので違った印象を受ける。時間の経過のせいだろう。うろ覚えな上に、西欧白人の顔の区別はつけにくい。

ルトゲス対策官は、自身の捜査本部長時代の事件には思い入れがあるのだろう。懐かしむように事件当時を振り返った。

「オランダ、ベルギー両警察のなわばり意識が、捜査の障害となった」

ルトゲスは往時の無念さを口にし、慙愧の念を表情に浮かべる。オランダ警察を引退したあと、ユーロポールに合流した前歴を披露した。現在はユーロポールの対策官として、国際組織犯罪対策部に所属していると言う。「トランク・ミステリー」の迷宮入りが契機になって、多国間にまたがる捜査の円滑化を図る必要から、ユーロポールが構想されたのだと説明した。

私はユーロポールと接触を持ったことはなかったが、その存在は知っていた。各国警察組織は、犯罪者が容易に国外逃亡する実態に頭を悩ませている。ユーロポールは、インターポールの機能を強化するために発足した欧州域内の犯罪対策機関である。本部はオランダのハーグに置かれている。主な活動は、欧州域内の国をまたぐ国際犯罪に関する情報の収集と提供である。最近は、テロリズム、不正移民、マネー・ロンダリングの分野にとりわけ目を光らせている。

犯罪が国際化する一方で、取り締まる側の連携は不充分である。各国警察機構の縄張り意識が強いため、国際犯罪に関する情報が他国に流れない。その不備を補うためにユーロポールは設立された。ただ、警察権は各国の主権に委ねられるので、逮捕権限はユーロポールにはない。情報の提供や交換を通じて、各国警察機関を支援する立場にある。業務の性格上、多言語を自由に操れる警部が多く所属する。最終的には権限を強化し、アメリカのＦＢＩのような組織に脱皮しようとする動きも伝えられている。

ルトゲス対策官は「トランク・ミステリー」発生当時から美術品の贋作シンジケートを追っていると言う。犠牲になるのは、いつも日本人だったと額に皺をよせた。鋭い視線を私に向け、警戒を強めるよう忠告した。

2

絵画に関心を持つヨーロッパ駐在員なら誰も、闇の美術品マーケットがあることを知っている。アンジーの示したフェルメール・デッサンは、私に地下マーケットの存在を身近に実感させた。私には進藤から言い渡された美術品調査のミッションがある。その類のうわさ話には聞き耳を立ててきた。恐らく平山も同様の情報に接しているだろう。警戒心も働いているはずだ。簡単には騙されまい。

美術品の地下マーケットで、最も名の知れた存在はフランドル・コネクションである。その贋作シンジケートの名は、ヨーロッパ人の間に深く浸透している。オランダ人画家ハン・ファン・

メーヘレンが組織した贋作団の流れを汲む集団である。メーヘレンの名前は、第二次世界大戦中にヒトラーやナチの大物幹部をフェルメールの贋作で弄した贋作画家として戦後有名になった。終戦直後、日本でも大きく報道された。

若い頃画家に憧れていたヒトラーは長じても美術作品への病的なまでの執着心は衰えず、ヨーロッパ戦線で各国の至宝とされる数々の歴史的名画を略奪する。生まれ故郷のリンツを中心にドナウ川流域をフィレンツェのような文化的に豊穣な一画にしようとした。歌劇場、交響楽ホール、映画館、図書館を建設し、一番奥に自身の霊廟を造る計画である。巨大な霊廟を取り囲むように自分の名を冠した総統美術館を建設し、略奪した美術品を一堂に飾る夢を持っていた。

ヒトラーの命令書が残っている。当時のドレスデン美術館長、ハンス・ポッセ博士に当てて下されたものである。

「リンツ・ドナウ川流域に新しい美術館を建設することを委嘱する。党と国家の全ての機関は、ポッセ博士の遂行に協力するよう命じられている。

一九三九年六月二十六日

――署名、アドルフ・ヒトラー」

ヒトラーの油彩画への執着は偏執狂に近い。なかでもフェルメール作品への憧憬は尋常ではなかった。ウイーンの貴族ツェルニン家から百六十万ライヒスマルクで『絵画芸術』を購入した。それをベルヒテスガーデンの山荘に飾り、独占的に鑑賞した。その部屋へは、愛人のエヴァさえ入室を許されない。古くからロスチャイルド家が保有していたフェルメール作『天文学者』にも触手を伸ばし、一九四〇年にパリでナチの美術品略奪部隊に強奪させている。

メーヘレンの率いる贋作団は、ヒトラーの憧憬を逆手にとってナチから大金を騙し取った。ナチに一矢報いようと、多くのユダヤ人が一味に加わった。メーヘレンの名を世界中に広めた贋作事件の発覚は、敗戦を覚悟したヒトラーがゲルマン民族にこれだけは残したい、と切望した美術品コレクションに対する防御命令を契機としている。この命令はヒトラーが自殺する直前に発令されたものである。

ヒトラーは略奪した絵画をリンツに集積させたが、戦況悪化に伴い連合軍による奪還を畏怖し、ゲーリング空軍元帥に集めさせたカリンハル・コレクションとともにオーストリアのザルツブルク近郊のアウスゼー塩坑に移させた。塩坑は目立たない上に塩分が湿気を吸収するので、絵画を秘匿するには理想的な場所である。

敗色濃いドイツ軍は、東から攻め込むソ連軍と南から迫る英米軍に追われ各地で敗走を繰り返していた。ついに一九四五年五月二日にベルリンが陥落、八日にドイツは無条件降伏を受け入れヨーロッパ戦線は終結を見た。ヒトラーは四月三十日に既に愛人エヴァ・ブラウンとともに自殺していた。ヒトラーが夢見た総統美術館構想は、実現することなく終わった。

ベルヒテスガーデンの山荘に飾られていたフェルメールの『絵画芸術』は戦後オーストリアに返還され、現在はウイーン美術史美術館に所蔵されている。『天文学者』も終戦と同時にロスチャイルド家に返還され、今はルーブル美術館に展示されている。

アウスゼー塩坑に秘匿されていた四百点に及ぶ絵画は、即座に最高司令官アイゼンハワー大将の率いる連合軍によって発見された。その中に、驚愕と奇異な感情を誘う逸品が含まれていた。謎の天才画家、フェルメールの聖書画が見つかったのである。

ナチ側の詳細な購入リストによってこの絵が『キリストと姦婦』というフェルメール作品であり、一九四二年にヘルマン・ゲーリング元帥がナチ占領下のアムステルダムで、銀行家を仲立ちとしてオランダ人画家から買い上げたことが判明した。売った画家の名は、ハン・ファン・メーヘレンといい、ゲーリングの支払額は百六十五万ギルダーと記録されていた。当時の邦貨価値で十二億円ほどにのぼる大金である。

3

そもそもフェルメールが認知されたのは比較的最近のことである。一六三二年にオランダ中部の都市デルフトに宿屋の息子として生まれたこの天才画家は、生前その静謐な画風の風俗画で知られ、画家組合の理事を務めるなど相応の評価を受けていた。ほぼ同時代にオランダではレンブラント、ベルギーではルーベンス、スペインではベラスケスが活躍していた。
デルフトには歴代の「デルフト市誌」が残されている。一六六七年刊行の「市誌」に、ヨハネス・フェルメールの名前が見える。記事は、一六四五年に発生した火薬庫の大爆発はデルフトの不幸と嘆いたものである。郷土の偉大な画家、カレル・ファブリティウスを事故で亡くしたからだった。

「かくして不死鳥は三十歳でその歩みを停めた。華々しい活躍の真っ最中に。だが幸いなことに、彼を運び去った火の中からフェルメールが現れて、堂々と彼と腕を競った」

ファブリティウスの後継画家として期待され、デルフト画壇の再興を担う新進画家としてフェルメールの名が市誌の中で挙げられた。フェルメールは生前、日記や書簡を残さなかった。残したのは絵画だけである。ラピスラズリを利用した顔料の製作や透視図法などを駆使していることから、制作技術を誰かから学んだ事実は判明している。だが師匠の名はいまだに不明で、研究者の間で論争になっている。ファブリティウスを師匠とする歴史家はいるが、反対意見も多い。
市誌に言及された爆発事故の被害、影響は甚大だったらしい。既に風俗画の制作に熱心だったピーテル・デ・ホーホは、爆発事故のあとデルフトが廃れるのを危惧して、新興都市アムステルダムへ移っていったと記されている。フェルメールもホーホもどちらも聖ルカ画家組合に所属する若手のホープだったが、火薬庫爆発事故が二人の運命を分けた。アムステルダムに居を移したホーホは、静謐な風俗画で評価を高めたが、フェルメールの方は『画家列伝』からも省かれ、美術史からその名は消えた。

フェルメールが注目を浴びるようになるのは、十九世紀後半になってからである。一八六六年にフランスの美術評論家、トレ・ビュルガーが「デルフトのスフィンクス」として体系的にフェルメールを紹介したことから、大きな反響を巻き起こした。オランダ本国でも、意外感をもって評価を受け始めた。ラピスラズリの美しい色使いと静謐感だけでなく、この画家が謎めいていることからもブームを呼んだ。

四十三歳で没しているとはいえ、残された作品数が極端に少なくしかも殆どが風俗画である。宗教画、聖書画の類が見当たらない。不思議なことに、絵の中に作者の署名が施されていない作品も多い。デルフトで生まれ新教会で洗礼を受け、結婚を機に改宗し子だくさんに恵まれたことは分かっているが、その晩年は〝空白期間〟となって不明である。

もっとも最近の研究では、トレの唱えた神話のような伝説は仕組まれたものとの疑いが濃いと報告されている。再発見の功労者トレ・ビュルガーは事前にフェルメール作品を多数入手しておき、その値を吊り上げるためにセンセーショナルな再発見逸話を捏造した、というのである。トレの死後、所蔵のフェルメール作品七十点のうち真筆は二十四点のみと判明した。ベルリン美術館所蔵の『真珠の首飾りの女』、ガードナー美術館から盗まれた『合奏』、ロンドン・ナショナル・ギャラリーがパリの画商から購入した『ヴァージナルの前に座る女』、『ヴァージナルの前に立つ女』は、嘗てトレが所有していた真作二十四点に含まれていた作品である。

トレによって再発見されたフェルメールだが、その忘却神話は解明されていない。トレ・ビュルガーが声を上げるまでヨハネス・フェルメールの名はすっかり忘れ去られていた。忘却神話が生じる素地となったハウブラーケンの『画家列伝』に、フェルメールの業績が漏れているのは、いまもって謎のままだ。

トレの画策した、天才画家の再発見逸話は一過性のものではなかった。ブームが一段落した一九〇一年に、新たな発見がロンドンであった。当時オランダ美術界の最高権威で〝教皇〟と言われたアブラハム・プレディウス博士が、ロンドンの骨董商のもとでフェルメールの聖書物語作品『マルタとマリアの家のキリスト』を発見したのである。ヨーロッパ中の美術界は沸き立った。寡作で知られる天才画家の作品に新たな一つが追加されるのは、衝撃的なニュースだった。

だが美術界は、それだけで沸いたのではない。それまでフェルメールという画家は、聖書物語を題材とした絵画は描かないと信じられていた。トレの再発見以降、風俗画、風景画に徹した画家としての伝説が出来上がっていた。ところがその伝説が覆った。フェルメールの謎が更に深まる契機となり、驚愕の大事件として人々の胸に刻まれた。

「聖書をモチーフにしたフェルメール作品は、まだ他にもあるはずだ」

発見者のプレディウス博士は興奮気味に予言した。最高権威の地位にある博士の言葉に異を唱える者はいない。博士の期待は世間一般の美術愛好家の期待にもなり、加速度的に熱を帯びていった。

その世相を狡猾に利用したのがハン・ファン・メーヘレンである。彼は贋作を製作するにあたって、フェルメール作品を正確に模写する方法を採っていない。天才画家の作風を真似て、フェルメールならこのような作品を仕上げるだろうと思わせる絵を描き、新たなフェルメール作品の発見と称して美術愛好家に売りつけた。

メーヘレンは、一九三七年に試作品として聖書画『エマオ途上のキリスト』を仕上げている。大胆にもそれをプレディウス博士のもとに持参し、鑑定を依頼した。フェルメール作の聖書物語画の発掘を焦れるように待っていた美術界の〝教皇〟は、メーヘレンの贋作をフェルメールの最高傑作と断じてしまった。権威あるプレディウス博士にお墨付きを与えられたこの贋作は、フェルメールを渇望していたロッテルダムのボイマンス美術館によって五十五万ギルダーで買い上げられた。

ゲーリング元帥にメーヘレン作の贋作『キリストと姦婦』が売りつけられたのは、ナチがオランダを占領していた一九四二年のことだった。ゲーリングは、ヒトラー総統のフェルメール熱をよく知っていた。まして貴重な聖書画である。購入にあたって、ゲーリングに躊躇はなかっただろう。

その後もメーヘレンの贋作製作は続く。翌年には、やはり贋作の聖書画物語『洗足』をオランダ政府が百二十五万ギルダーで買い上げている。政府の意図は、国家的美術財産が敵国に蹂躙されるのを防止する、というものだった。ナチの統治下に置かれた政府に焦りがあり、十分な鑑定を怠った。

メーヘレンは終戦直後に、アムステルダムの自宅でオランダ警察の手によって逮捕された。逮捕容疑は、贋作詐欺ではなく文化財保護法違反だった。フェルメール作品はオランダの国家重要文化財に指定されているので、政府の許可なしに国外に持ち出すことは重罪である。ましてそれを敵国ナチ・ドイツに売り払って巨額の富を得たとなると、更に罪は重い。売国奴の汚名も着せられたのだった。取調べは辛辣を極めたが、メーヘレンは黙秘を通した。

事件は逮捕から二年後にアムステルダムの法廷で争われた。検察官も裁判官も売買された絵画をフェルメールの真筆と信じて疑わない。言い逃れに限界を悟ったメーヘレンは、自分が贋作を作ったと白状した。フェルメールの作風を真似て贋作を製造し、ナチを騙したのだと法廷で自白した。自身を売国奴どころか、ナチを懲らしめる愛国者なのだと主張した。

メーヘレンが法廷で贋作製作を供述しているにも拘らず、誰にも信じてもらえない。大学教授などのフェルメール研究家は、メーヘレンの贋作をフェルメールの真筆と断言し、その主張を譲らない。顔料成分がフェルメール独自のものとの分析結果を根拠に挙げた。窮地に陥ったメーヘレンは、やむを得ず拘置所の中でフェルメールのタッチを真似て贋作を仕上げて見せ、やっと自白を裁判官に納得させた。

裁判の判決は禁固一年と軽いものだった。求刑は四年だったが、情状酌量の結果である。判決直前にオランダ刑法が修正され、敵国協力罪が廃止になったという事情も被告人に幸いした。メーヘレンは控訴せず、刑務所の中で絵を描くことのみの許可を求めた。しかし判決から僅か一ヵ月後に刑務所で心筋梗塞の発作を起こし、あっけなく五十八年の生涯を閉じた。長年吸引し続けた麻薬がメーヘレンの体を蝕んでいた。

メーヘレンは逮捕されても、仲間について口を割らなかった。自分ひとりで贋作を製作し、プレディウス博士を騙し、大金を持っている連中に売り込んだ、と供述した。自分ひとりで罪を被《かぶ》った。しかし没後、ウイーンの修復専門家であるヨーゼフ・アイゲンベルガー教授が、一連の贋作はメーヘレン一人の手になるものではなく、他の贋作家との共作と考えられる、少なくとも協力者の助力があった、と指摘した。

メーヘレンとその協力者が起こした贋作団がフランドル・コネクションの発祥と言われている。メーヘレンの死後も、贋作団は彼の助手たちを中核にして生きながらえた。アムステルダムとブリュッセルの両方にアトリエを構え、世界中の富裕な美術愛好家に贋作を売り込んでいると噂された。

4

ルトゲス対策官は、平山に『合奏』を売り込もうとしているのがフランドル・コネクションだと疑っている。オークションにかかる美術品はほんの一部に過ぎない。大部分の作品は水面下のマーケットで「3D」を契機にして流動すると、ルトゲスは解説した。私には、「3D」の意味するところが分からない。

「3Dって？」

「死亡《デス》、借金《デット》、離婚《ディボース》」

ルトゲスは、私の顔を覗き込んで付け加える。

「3Dを待てない愛好家も多い。日本人はせっかちだ」

「……」

「フランドル・コネクションのマーケティングは定評がある。とりわけ日本市場での調査は行き届いていた」

「……」

「多額の日本バブル・マネーがフランドル・コネクションに流れた」

沈黙する私に、ルトゲス対策官の断言口調が続く。

日本がバブルに浮かれた時代、経済評論家は土地に次ぐ投資対象として美術品を推した。私の駐在前から、日本のバブル・マネーは猛威を振るった。昭和六十二年に『ひまわり』は安田火災海上によって五十三億円で競り落とされ、昭和六十四年の正月には、三越デパートが新春ビッグ・プレゼントと称して「ピカソとルノアール、二点で五億円」という福袋を売り出すまでに至る。鑑識眼のない日本のにわか美術愛好家が、贋作シンジケートの餌食になったと囁かれた。組織がどのようにして日本の絵画市場や、絵画を媒体にした献金制度を熟知するようになったかは不明である。

美術品への投機熱は尾を引いた。平成二年には大昭和製紙の齊藤了英《さいとうりょうえい》名誉会長がゴッホの描いた最後の肖像画、『医師ガシェの肖像』を購入した。その作品は、一八九七年にパリの画商がゴッホの遺族から買い上げた時は三百フラン（現在の十万円ほど）だった。その後フランクフルトの美術商に二万フラン（六百万円ほど）で転売された。だがドイツでは過酷な運命に晒された。一九三三年に政権を掌握したヒトラーはゴッホ作品を認めない。退廃芸術と決め付け撲滅を図った。焼却処分をかろうじて免れた肖像画はユダヤ人画商の手に渡った。その画商が破産すると、絵は同じくユダヤ人の金融業者に引き継がれた。ナチによるユダヤ人迫害が激しくなると、彼はアメリカに亡命しその地で死亡した。没後、遺族によってニューヨークのオークションにかけられる。そのオークションに競り勝ったのが齊藤了英だった。価格は一挙に高騰し、八千二百五十万ドル（当事の為替レートで百二十五億円）に跳ね上がった。当時の史上最高価格であり、世界中のゴッホ・ファンを唖然とさせる。

日本のバブル・マネーの勢いは止まらず、齊藤は続けざまにルノアールの『ムーラン・ド・ラ・ギャレット』をも購入した。価格は百九億円だった。その他の名画にも手を伸ばしたが、多くは贋作だったと言う。日本のバブル・マネーを標的にして、多くの詐欺グループが暗躍した。

齊藤は絵を美術品専用倉庫にしまいこみ公開しようとしなかった。彼の死とともに『医師ガシェの肖像』の行方は知れなくなった。

日本は、美術犯罪者にとって天国なのだとルトゲスは言う。

「何故日本は天国なのか、分かるか？」

ルトゲスは日本人である私に問う。

「日本人のフランス印象派への偏愛？　騙されやすい？」

ルトゲスは首を振り、ヨーロッパ諸国と日本の民法の比較を話した。

日本の法律は、世界中で最も闇取引を優遇するものと言われている。盗まれた者よりも、盗んだ者のほうに手厚い。ヨーロッパ諸国では、美術品を盗まれた者は無条件に返還要求が可能であり、その期限は七十五年間である。

ところが日本の民法は大きく異なる。民法第百九十三条の定めにより、所有者はたった二年間で正当な所有権を失う。たとえ出自の怪しい絵画であっても、日本の蒐集家はバブル・マネーをはたいて購入する。二年間倉庫に眠らせておけば、完全な法的所有権を得る。誰からも返還せよと迫られる心配はない。だから日本は、怪しい美術品をひきつける集積場だと言われる。その結果、盗品、贋作の美術品が日本に押し寄せた。老対策官の解説は明快だった。

「バブル・マネーを狙って、人気の画家、画風を調べつくした上で贋作を製作するので外れない。日本のどこに金がうなっているかの調査も綿密だ」

ルトゲスの口ぶりから、フランドル・コネクションの標的になっているのは相変わらず日本人のようだ。ルトゲスは口惜しそうな口ぶりで肩をすくめて見せる。

「二十五年前のトランク・ミステリーも日本人がらみだった。いまの捜査に繋がっている」

「……？」

ルトゲスは、自身が捜査本部で指揮を取った事件に固執しているようだ。私には、相手の言っていることが理解できない。

「バラバラ事件で殺された被害者は、私の知り合いです」

ルトゲスの顔に、驚愕のあと緊張が走った。目で私の説明を要求した。

「サカシタを知っている？　どういう関係？」

私は正直に話した。

「大学時代のクラブの先輩です」

「何のクラブ？」

「西洋美術史研究会という絵画クラブ」

「絵画？　油彩画？」

ルトゲスは坂下五郎の学生時代を知りたがった。質問攻めだった。私は質問を途中で遮り、当時の不可解な想いを伝えた。

「でも殺されたのは坂下五郎ではなく、別人とする説もあります。被害者の身元を誤認させるために工作されたというのです」

　私は清張氏の替え玉説を紹介した。ルトゲスは私の言葉にぎょっとした表情を浮かべたあと、私の目を睨みつけた。

「あなたはその説を信じているのか？」

「ええ」

「……」

　ルトゲスは急に黙り込み、目を瞑り顎を上げ腕組みをした。大きな溜息をついた後、絞り出すように清張氏の替え玉説に同意する言葉を発した。

「そうだ。私もそう思う。あなたの先輩、サカシタは被害者ではない。死ななかった。バラバラ死体は別人だ」

　そんなことを言われても、私はすぐには納得できない。当時捜査本部長だったルトゲス自身が、被害者を坂下五郎と断定したではないか。

「死んだのが坂下でないなら、バラバラ死体は誰なのですか？」

「……」

　替え玉だというルトゲスの根拠を質した。それには答えず、メーヘレンの贋作団に話題を転じた。説明に澱みはない。長年反芻して推理を重ねてきたのだろう。

「メーヘレンには優秀な助手が傍らにいた。メーヘレンの死後、贋作団をその助手が継いだ」

ルトゲスの捜査はかなり進んでいるらしい。贋作団の内実に詳しかった。

「誰ですか？　その元助手で、シンジケートを継いでいるのは？」

「ペータ・ルーストメイヤーというユダヤ系オランダ人」

助手の編み出した制作方法はいまも使用されていると言う。贋作者が仕上げた作品を暖炉の前にかざして乾燥させ、わざとクモの巣状の亀裂を造る。更にキャンバスを丸め別角度の皺をつける。古色豊かな名作を完成させるための最後の仕上げは、画面全体に日本の墨汁を垂らしタオルでふき取る作業を繰り返すのだ。

そのあとでルトゲスは意外なことを口にした。前後の脈絡を無視し、思い切るような口ぶりに驚いた。

「マフィアに命を狙われて、サカシタは逃亡した」

「マフィア？　あの暴力組織のマフィア？」

何故突如マフィアの話が出てくるのか。他の事件と混同しているのではないか。ルトゲス対策官は、私の反応を質すように睨んでいる。鋭い視線で私の目の動きを追っている。思わず、問いを重ねた。

「坂下五郎がマフィアに狙われた？」

坂下先輩が、マフィアと敵対するような生き方をしたとは信じられない。だがルトゲスは、想像口調でも推理口調でもない。信念を抱いているようだ。私には信じられない話だ。坂下五郎がマフィアと接点を持つような人間とは考えられない。ユーロポールの対策官は、贋作シンジケートの情報を引き出すために私を動揺させようとしているのか。

フランドル・コネクションは日系企業をターゲットにしている、とルトゲスは警告した。支配人にも私にも、コネクションの一味が別々にアプローチしていると、自身の想像を明かした。

5

ルトゲスは最近の盗難事件に話を移す。ボストンで『合奏』を強奪した一派は、米国マフィア組織の中のはねっ返りだと説明し、私を試すように問う。

「ホワイティ・バルジャーの行方を知ってるか？　事件直後からバルジャーの手下が強奪犯と言われている。でも二人とも、もう消されてるって話だ。バルジャーはＦＢＩに追われて今も逃げている」

ルトゲスはボストンに君臨する大物マフィアの名を挙げた。

「知りません。でも、なぜマフィアが美術品を狙うのですか？」

バルジャーは屈指の美術品愛好家だという。それでも私には腑に落ちない。ルトゲスはマフィアの話題を終結させるように言った。

「麻薬取引の支払いは金とは限らない。武器密売に関わる戦争情報の価値は高い。株価を吊り上げる情報の場合もある。超一級の美術品は、情報や麻薬と交換できる。金の代わりの担保となる。強奪絵画はオークションに掛けられない。しかしマフィアにとっては、入手経路なんてどうでもいいからね」

フランドル・コネクションはマフィア相手に贋作を売りつけたのだろうか。贋作をつかまされたマフィアのボスが怒り、騙した相手の始末を命じたと考えられる。それが坂下五郎だったのだろうか。ルトゲスは二十五年前の坂下をまきこんだ「トランク・ミステリー」で、マフィアとのいざこざが遠因になっているのだろうと言い、私の反応を見る。

「マフィアに命を狙われて、サカシタは逃亡した」

ルトゲスは前言を繰り返す。坂下五郎がどのような経緯でフランドル・コネクションに関与するようになったのか、ルトゲスは知らないと言う。だが、断言した。

「二十五年前、サカシタは逃げた。替え玉説は正しい」

ルトゲスの説明から私は推理を働かせる。坂下五郎は、贋作に絡んでマフィアとのトラブルに巻き込まれ、やむを得ず替え玉を用意することでマフィアの追及をかわした。替え玉を使ってマフィアに殺害されたように見せかけ、坂下本人は逃げた。バラバラ死体は、警察の追及を逃れるためではなく、残忍な報復を好むマフィアを欺くために用意された。バラバラにされ運河に投棄された遺体は、殺害を命じたマフィアのボスを納得させるためだったのだろう。

私の推理は勇み足だろうか。坂下五郎に生きていてほしいと願うあまりの突飛な想像だろうか。しかし一方、絵画の延長線上に坂下五郎の人生があるとしたら、絵画がらみでマフィアとのトラブルに巻き込まれる事態はあり得る話だと思う。それでも、坂下に人を殺すようなことができるとは信じられない。

「替え玉にされて、殺されたのは誰なのですか？」

「さぁ……」

ルトゲスは口を閉ざした。急に慎重になった。めぼしは付いているのだろう。うっかりとは喋れない、と言う顔つきだ。

「分かっているのですか？」

「確証がない」

ルトゲスの無念そうな声が小さく耳に届いた。メーヘレンの贋作に当初から協力したペータ・ルーストメイヤーという助手が気にかかる。まだ存命なのだろうか。

「ペータという男が、いまのフランドル・コネクションの首領《ボス》なのですか？」

ルトゲス対策官は返答を躊躇したが、搾り出すように答えた。

「メーヘレンの死後、ペータが二代目を継いだ。だが今は子供がその跡を継いで三代目になっている」

「三代目？」

「ペータの娘がボスの地位を継いだ」

「娘？　女のボスなのですか？」

「アンジェリック・ルーストメイヤー」

ルトゲスからその名前が出たところで、私が何故尋問されているのか納得した。ようやく対策官の訪問の真意が分かった。平山や私の身辺調査のためではない。それもあるかもしれないが、本当の理由はアンジーの動静を探りに来たのだろう。ルトゲスはいまも、フランドル・コネクションの捜査を続けているようだ。次の質問は、私の予想通りだった。

「アンジェリックとあなたとの関係は？」

「病院の傾聴ボランティアというだけ。日本語が出来るので、私に付いてくれた」

対策官にとっては、ボランティア活動は何の興味も引かないようだ。隠れ蓑と思っているのだろう。

「何か美術品を売りつけられなかったか？」

「……」

対策官は探りを入れるように、私の顔を覗き込んだ。確かに私は、病棟地下でアンジーからキャンバスを受け取った。しかし、それは盗品ではない。まして贋作でもない。『模倣と涙』に美術品としての価値はない。フェルメールのデッサンについては、口をつぐんだ。余計なことに巻き込まれたくない。アンジーを窮地に追いやる供述もしたくなかった。何よりも坂下五郎の生死が気掛かりである。本当に坂下先輩は替え玉を使って生き延びたのだろうか。生きているなら今どこに居るのだろう。だが、ルトゲスは私の戸惑いなど斟酌せず質問を続ける。

「支配人にアプローチして来た連中とアンジェリックは連絡を取り合っているのか？」

私には、平山に贋作を売り込んでいる連中の知識がない。返答のしようがない。私の中に蟠《わだかま》っていた疑問を警部に投げた。

「アンジーに日本語を教えたのは誰なのですか？」

「……」

病棟の婦長から、アンジーのパートナーは日本人だと聞いている。私は自分の想像を口にした。それは期待でもある。

「坂下五郎は、いまも生きているのですか？」

ルトゲスは黙って下を向いた。

「二十五年前のバラバラ死体は誰だったのですか？」

ルトゲス対策官は溜息とともに呟く。

「分からない。でもサカシタではない」

バラバラ死体の正体は坂下先輩ではないとルトゲスは言う。替え玉として誰かが死んだ。本当に坂下五郎は生き延びたのだろうか。替え玉が誰ということよりも、せっかく生き延びた先輩と再会を果たしたい。焦燥感が募る。

清張氏が、事件直後の週刊誌のインタビューで替え玉説を唱えた。氏は取材のためにオランダに出向き、当事の捜査本部長だったルトゲスと面会している。氏の推理は、ルトゲスの持論に影響を受けた結果だったのかもしれない。

だが腑に落ちない。現にルトゲス自身の要請で、坂下の両親が遺体検分を済ませている。その結果、身元が確定したではないか。松本清張氏が替え玉説を捨て『アムステルダム運河殺人事件』で被害者を坂下五郎として発表したのも、実の両親の証言を覆すことに無理があると判断したからだろう。

ルトゲスの真意が分からない。探るような目つきで、私の顔を覗き込む。

「サカシタに会いたいか?」

私は焦るように頷いた。

「居所にめぼしが付いたら連絡する。そのかわり……」

ルトゲスは交換条件のように、平山がフランドル・コネクションと連絡を取っているか監視するよう言った。依頼というより命令のように感じた。最後にルトゲスは、アンジェリック・ルーストメイヤーから連絡があったら知らせるようにと言って立ち上がった。

「もう連絡はないと思うがね」

ルトゲス対策官は、ドアのところで振り返り禿頭を撫でながら退室した。

第七章　商社の策略

1

帰任の内示は突然だった。帰国命令に事前の打診はない。東京に戻ることになった。駐在前の本社物流部への出戻り異動である。結局駐在期間は四年間ということになる。ただ、駐在二年目の一年間は、闘病のため殆ど戦力にならなかった。給料泥棒といわれても仕方がない。ルトゲス対策官の予言どおり、アンジーからは何の連絡もなかった。ルトゲスとも現法の事務所で一度会ったきりだった。坂下五郎の居所を摑めないのだろう。坂下先輩と再会したい気持ちは募ったが、身動きとれないまま時間が過ぎた。

私がヨーロッパで四年間の駐在を経験している間に、日本の年号は昭和から平成に変わった。ベルリンの壁が破壊されたのも、ソ連が崩壊したのも、私の駐在中の出来事である。帰国直前の平成三年に、経済企画庁はまだバブルの余韻を引きずり「いざなぎ景気」の期間を超えたと発表した。ところが翌四年には、大蔵省が都市銀行の不良債権を十二兆円と明らかにした。一部の経済人にバブルの終焉を予感させたが、多くの人々の間ではバブル景気は永遠に続くものと信じられた。

オランダ人社員の解雇問題は尾を引き、労働組合と妥協点を見出せず平行線のままである。ずるずると法廷に持ち込まれた。ただ裁判沙汰になったことで、かえって私の負担は軽減された。ロンドンの顧問弁護士が全面的に引き受けたのだ。労働組合との団交でも、その顧問弁護士が会社側の交渉当事者の任に就いている。

私の帰国異動と同時に、アムステルダム支配人の平山は横滑りでロンドンに転出した。だれから見ても栄転だった。ロンドン支配人は欧州全体を統括する立場にあり、オランダやベルギーの現法を傘下に置く。呼称も単なる支配人ではなく、「統括支配人」とワンランク上がる。

山村産業では統括支配人が各大陸に配置されるが、その中でも北米と欧州のステイタスが高い。歴代のニューヨークとロンドンの統括支配人は、二年間ほどの任務のあと東京本社の執行役員の席に就いている。ただ、どちらもではない。役員に昇任できるのは一名だけである。二人の統括支配人の間で、生き残りを賭けた競争が展開される。

ここでも省庁の慣行が繰り返されるのだ。同期入省が次官に就任すると、「その他大勢」組はいっせいに省庁を去る。それと同じように、アムステルダム支配人のロンドンへの転出内示が発表されると、ベルギー支配人は転職し、イギリスとベルギーの合弁石油会社の東京支社長に決まった。在職中にバックアップとして準備していたのだろう。この種の情報は駐在員より現地社員のほうが早い。私の耳にはオランダ現法の社員から入った。

春は人事異動の季節である。海外勤務を終え日本に戻る社員も多い。海外駐在からの帰任社員は、先ず社内で帰国の挨拶回りを行う。それが山村産業のしきたりになっている。私にはそれが億劫だった。目立ちたくない。だが、上昇志向の強い商社マンは違う。この機会に自分を売り込もうとする。まるで選挙運動のようだ。

同じ時期に帰国した米国やオーストラリアからの帰任組に強引に誘われ、私も連れ立って経営企画室や人事部、総務部などの主要部室を回った。各部室の部長や室長のデスクに進み、帰任者が順に挨拶する。

「駐在中はいろいろとご支援頂きまして、有難うございました。新配属先でも頑張りますので、引き続き……」

人事部に出向いた折に健康保険組合を覗くと、嘱託医が在席だった。医師に出張の礼を述べた。駐在中に、人事部の社員とともにオランダの病院に来てくれた医師である。嘱託医は、私のことをすぐには思い出せない。アムステルダム運河の〝飾り窓〟の話をだして、やっと分かった。嘱託医に同行してオランダに来た人事部員を見つけたが、相手はすぐに目を逸らせた。懲罰委員会の活動を表沙汰にしたくないのだろう。

人事部の上のフロアーが最上階にあたる。役員室と秘書室が置かれている。帰任組は散らばって、それぞれが所属する部署の担当役員に帰国の挨拶を行う。私の所属するロジスティックス部門の担当役員は駐在前と変わらず進藤専務で、引き続き物流本部長を兼務している。担当秘書に来意を告げると待機室に通された。アポイントなしの突然の挨拶だから、秘書からの伝言で十分と思っていたので驚いた。

「お会いになります。出来るだけ手短かにお願いします」

秘書は小声で私に耳打ちした。役員のスケジュールを乱されるのを警戒している。進藤は電話中だった。私は入室を躊躇し、ドアの手前で電話が終わるのを待った。専務室の壁面には大きな抽象画が掛けられている。六十号はあるだろう。誰の作品か知らないが、盛り上がった厚いマチエールに威圧感がある。複製ではなく真筆の迫力が伝わってくる。進藤は電話を置き、椅子から立ち上がった。立ち話ですぐに退散しようとすると、進藤からソファを指された。

「大変だったなぁ。苦労かけたね」

「いいえ。いたりませんで……」

駐在先での組合問題への慰労だと解釈した。だが、私の勘違いだった。山村産業は中堅とはいえ世界中に事務所を持つ商社である。現地社員とのトラブルは日常茶飯事で取るに足りないことだ。進藤は私の罹患を言っている。

「大変な駐在だったね。ご苦労でした。体のチェックを怠らないようにな」

「はぁ……」

「駐在員の最大の任務は、なによりも無事に日本に帰国することだよ。元気そうな顔を見て安心した」

それだけ言うと、進藤は立ち上がった。あとの約束が立てこんでいるのだろう。仕事は話題に上らなかった。去り際に進藤は背後から声を掛けた。

「向こうで色々な美術館を廻ったようだね。落ち着いたら、いつか話を聞かせてくれ」

私も駐在前に進藤から与えられたミッションを忘れていない。進藤は会社の美術館建設を花道として引退を決意していると噂されている。社長の椅子よりも美術館構想に執着心が湧くのだろう。進藤はデスクに戻り目を天井に向け、美術品への情熱を懐かしげに語る。私は立ったまま耳を傾けた。

進藤世代の多感な頃には、美術品に接する機会は限定的だった。泰西絵画と呼ばれたヨーロッパ絵画を鑑賞するためには、倉敷まで出掛けるしかなかった。昭和五年設立の大原美術館は西洋絵画の聖地のような存在で、多くの美術愛好家が巡礼者として汽車で倉敷に通った。

明治二十二年に東京、京都、奈良に国立博物館が開設されていたが、政府の設立目的は廃仏毀釈への迫害と日本美術品を海外流出から守るためだった。昭和二十六年、鎌倉に神奈川県立美術館が開設されたのを皮切りに各地に美術館が建設されるようになり、現在では国立、公立、私立、大学付属の美術館は日本国内全体で九百館を超える。

だが高い理想を掲げながらも、頓挫した美術館構想は多い。悲惨な運命に翻弄された美術品もある。安田火災海上が購入する以前に、日本人が所有していたゴッホの『ひまわり』があった。

一八八八年制作の『ひまわり、五本』である。その絵は、武者小路実篤《むしゃのこうじさねあつ》が構想した「白樺美術館」に所蔵される予定だった。だが資金集めに難渋した。建設のために一口一円の寄付を募ったが一万円も集まらない。

金策に行き詰まり諦めかけた武者小路に救いの手を差し伸べたのが、芦屋在住の実業家、山本《やまもと》顧弥太《こやた》だった。大阪で綿織物の会社を起こし財を築いた実業家である。山本は実際に九州の「新しき村」に出向き、一万円を耕作地購入費用として寄付している。加えて、更に一万円を印刷所建設費用として拠出した。

山本の情熱は留まらない。美術愛好家でもあった山本はパリに出向き、大正九年、「白樺美術館」用にゴッホ作『ひまわり、五本』を購入した。当時の金額で七万フラン（約二万円）だったと言う。それが日本に最初に運ばれたゴッホ作品である。山本は作品を銀行の地下金庫に保管しようとしたが、湿度管理が難しく銀行に断られた。やむを得ず芦屋の自宅に置いた。

『ひまわり、五本』はゴッホがアルル時代に描いた十二作のうちのひとつである。画布上に五本のひまわりが描かれているが、そのうち二本は枯れて花瓶から外されテーブル上に横たえられている。生きている花瓶内の三本と生気を失った二本のコントラストが、画布に緊張感をもたらす作品だった。

作品は大正十年二月号の雑誌「白樺」にカラーで掲載され、同年の第一回白樺美術展に出品された。しかし、大正十二年の関東大震災を機に「白樺」は終刊となり、それと同時に美術館構想は立ち消えとなった。山本顧弥太所有の『ひまわり、五本』は、太平洋戦争末期のB29による空襲で焼失した。芦屋の邸宅の壁に埋め込まれていたために運び出せなかった。

武者小路が一口一円の募金による資金力に限界を感じていた頃、豊富な財源をバックに西洋絵画を買い集めていた実業家がいた。川崎造船所の初代社長に就任した松方幸次郎《まつかたこうじろう》である。幸次郎は明治の宰相松方正義《まさよし》の三男だった。松方の購入資金は三千万円と類推され、現在の貨幣価値に換算すると三千億円程度となる。第一次世界大戦に起因する船舶需要の高まりが川崎造船所に大きな利益をもたらした結果である。

松方がロンドン、パリ、ベルリンで購入した西洋絵画は二千点を超える。購入の様も豪快で、名画の飾られた壁をステッキで区切る「ステッキ買い」はヨーロッパの画商の度肝をぬいた。

松方は買い集めた美術品の器として「共楽美術館」を構想した。南麻布に千坪を超える敷地が用意され模型までも準備されたが、建設に着手されることなく青写真だけが残った。昭和二年の金融恐慌を機に、川崎造船所は経営に行き詰まり美術館建設構想は頓挫した。

松方のコレクションは殆どがヨーロッパに保管されたままだったが、ロンドンのものは火事で焼失し、パリに保管されていた絵画はナチによる略奪を免れたものの、戦後フランス政府に押収された。

戦後のサンフランシスコ講和会議で、吉田茂《よしだしげる》はフランス外務省と折衝の末、日本への返還に合意した。その結果、フランス政府により三百七十点の作品が「寄贈返還」された。返還条件として美術館での公開展示を義務付けられたため、昭和三十四年に国立西洋美術館が建設された。だが松方の全てのコレクションが戻ったわけではない。ゴッホの『アルルの寝室』、セザンヌの『サント・ヴィクトワール山』は返還されず、現在はパリ、オルセー美術館に展示されている。

進藤は自身に、山本顧弥太や松方幸次郎の役目を課しているのかもしれない。進藤の美術館構想への執念を思いながら専務室の反対側のドアから退室し秘書室に出ると、咲子の姿が目に入った。異動にならず秘書室に在籍している。駐在中は一度も顔を合わせていない。相手は私に気付かないようだ。声をかけずに通り過ぎた。

2

日本の通勤ラッシュは駐在前と変わらない。すし詰めのラッシュアワーに慣れた頃、咲子から社内の内線電話があった。

「お帰りなさい。駐在、ご苦労様でした。帰国祝いをやりましょう」

「……」

駐在中に咲子の方にどんな変化があったのか想像できない。私は駐在前の関係を再開することに不安を覚えた。何の契機も無く、のんべんだらりと継続する関係に躊躇した。咲子は、私の迷いを無視した。

「同じ部屋よ。引っ越してない」

その夜、日吉駅に近い咲子のマンションに出向いた。乾杯用のワインが用意されていた。関係再開を確認し合う乾杯になった。

「また美術講義を聞かせて」

私の駐在中も、横浜の絵画教室に通っていたようだ。別離の淋しさも再会の高揚も感じない。相手が気晴らしにちょっと散歩に出掛けた、そんな気分だった。咲子の方も同じ感覚だったろう。付き合い始めた時に三十歳だった咲子も、今では三十九歳になっている。


関係のきっかけは十年前に京都で開催されたハーグ美術展である。戦後の混乱期を経済一辺倒で疾走してきた日本人が、文化に目を向けはじめた時期だった。貧困を乗り越えたあとに、ふと精神の飢餓に気付かされる。ヨーロッパ絵画が受け入れられる下地があった。

戦後の日本産業界は、商社を斬り込み隊長として海外マーケットに飛躍した。山村産業もその一翼を担った。ソーゴーショーシャは英語にもなり、インスタントラーメンからロケットまで取り扱うと言われた。

順調に成長軌道を歩んできた戦後の日本経済に転機が訪れたのは、昭和四十八年十月に始まった第四次中東戦争に起因する石油危機によってである。タイミングが最悪だった。前年からの列島改造ブームにより地価の急激な高騰が起きているときに、中東から冷や水を浴びせられた。慌てふためく日本人に狂乱物価が襲い掛かり、誰もが平常心を失った。翌年の日本経済は戦後初のマイナス成長を記録し、右肩上がりの成長神話が終焉した。浮かれ気分が一段落した時期にオランダ絵画の名作が来日した。

その美術展では、ハーグのマウリッツハイス美術館所蔵の作品が展示されていた。フェルメールの代表作『真珠の耳飾りの少女』と『ディアナとニンフたち』が大きな話題を呼んだ。フェルメール作品に加えレンブラントの『自画像』やデルフト派の大御所ファブリティウスの『ごしきひわ』も来日した。フェルメールのライバル、デ・ホーホの『デルフトの中庭』も展示された。

マウリッツハイス美術館が改装のため閉鎖される期間を利用して、世界中を巡回したのである。日本に先立ち、米国、カナダで展示された。オランダ語で「マウリッツ邸」を意味する美術館は、オランダ総督オラニエ公の傍系ヨーハン・マウリッツがハーグに建設し、オラニエ家歴代のコレクションが展示され、「絵画の宝石箱」とも呼ばれる。

東京で開催されるとすぐに、私は国立西洋美術館に出向いた。デルフト派の画家たちの作品はどれもよく似ている。同時代に同じ場所で過ごしたのだから当然だろう。特にフェルメールもデ・ホーホも風俗画なので区別が付きにくい。

フェルメール作品の前に立つと、自然と坂下五郎のことが頭に浮かぶ。天才の描く絵画には人生の歓喜と悲哀の両方が備わっていると、坂下先輩は言った。西洋美術史研究会の部会での先輩のフェルメールへの傾倒ぶりが蘇る。理路整然とした解説を忘れていない。明瞭な記憶に自分でも驚く。

　その展覧会は先ず上野の国立西洋美術館で二ヶ月間開催され、その後会場を京都に移した。私はどうしてももう一度見たくなり、居ても立ってもいられなくなった。土日を利用して発作的に一泊予定で訪ねた京都美術館で、私は思いがけず咲子の姿を見つけた。彼女と業務以外で話を交わしたのは、その時が最初である。

　咲子は、嘗て進藤と不倫関係にあったために社内の有名人である。京都の美術館で、私はすぐに彼女に気付いたが、親しく声をかける間柄でもない。顔見知りという程度だった。

　美術館で咲子を見かけたとき、とっさに隠れようとした。自分の絵画芸術への思い入れを社内の誰にも秘密にしている。わざわざ東京から京都まで泊りがけで追っかけるほどに、絵画芸術に取り憑かれていることを知られたくない。だがあまりにも突然で、準備する間もなく相手に見つけられた。

「あら、意外なところでお目にかかりますね。驚いた」

　咲子は東京で見逃した美術展が京都で開催されることを美術雑誌で知り、日帰りの予定で新幹線を利用して午前中に入館したと言う。お互いに連れがいない。会場の近所のレストランで遅い昼食をとることになった。

　お互いに仕事の話は避けた。共通の話題は絵画である。咲子は、長年美術雑誌の読者だと自らすすんで話した。私は現場を押さえられた犯人のような心境だった。問われるままに、学生時代に美術クラブに所属していたことを打ち明けた。見てきたばかりのフェルメールのせいで、気分が高揚していたのかも知れない。

世界の美術評論家はフェルメールの最高傑作として『デルフト眺望』を推すが、日本人の間で最も馴染み深いのはそれではない。北方のモナ・リザとも称される、広い額に青いターバンを巻いた『真珠の耳飾りの少女』だろう。咲子との昼食のテーブルでも、自ずとこの作品に話題が集中した。

話してみると、絵画に関する知識は私のほうが上回っていた。フェルメールの生きた十七世紀のオランダの時代背景を説明するうちに、自然と美術史の講義をしている風になった。殆どが坂下先輩の受け売りである。フェルメールの謎めいた人生や、顕微鏡の発明者レーウェンフックとの交流、ヒトラーが自殺直前まで秘匿した作品『絵画芸術』、メーヘレンによるフェルメール贋作事件などに咲子は興味津々の様子だった。

「講義料をわたくしが払います」

食後のコーヒーを飲み終えると、咲子は伝票を手に取り、私の分も払うと言う。私は固辞しなかった。東京で次の食事の機会があるだろうと思った。

学生時代の絵画への憧憬を吐露したために、私の中で咲子は特別な存在になった。ひた隠しの秘密を知った唯一の女性ということになる。東京に戻ってから、時々食事を共にするようになった。私が誘うこともあれば、咲子の方から社内の内線でかけてくることもある。二人とも若くない。付き合い始めたとき、私は四十一歳で、咲子は三十歳である。社内の口の悪い連中は、咲子のことを不倫の元祖のオールドミスと呼んだ。そのことを本人は知っている。会って話を重ねるうちに、私は自分との共通項を感知するようになった。相手も人生に欠落感を抱いているらしい。

会社の噂話になるのは億劫だ。とりわけ咲子の方は、過去に進藤との関係があるので社員の興味を引きやすい。外でなく咲子のマンションで会うように彼女が提案し、私が応じた。燃え上がるような感情が出発点ではなかったことから、月に一度の逢瀬で十分である。毎月の第三金曜日に、日吉にある彼女のマンションを訪ねるのが私の定例行事のようになった。

帰国祝いの食事のあと、咲子はベッドの中では貪欲だった。久しぶりの再会だからだけでなく、土産代わりに与えたドラッグを吸引したせいでもあろう。大声を張り上げた。私がオランダ駐在中に入手したものである。オランダでは、ソフトドラッグはアルコールやニコチンと同じ扱いでコーヒーショップで売っている。アムステルダム市民なら誰でも買える。駐在員も、外事警察が発行する在留許可証を提示するだけで購入できた。

私は駐在中からソフトドラッグを睡眠導入剤として使っていた。ドラッグそのものは睡眠を促進しない。むしろ逆で、精神を研ぎ澄まさせる。ただ一ミリグラムにも満たない微量なので、ふーっと一息つける気分にさせる。一瞬自意識から解放され、もう一人の自分を客観視できる。スモーカーがニコチンを吸うことで一服するようなものだ。タバコと違って依存性はない。

「自分も、まんざらではない」

そんな感想を抱かせる。そうすると、安らかに眠れるのだった。ソフトドラッグは興奮剤ではなく、精神安定剤に近い。

ベッド上の咲子は全身から噴き出した汗をシーツの端で拭い、荒くなった息を整えながら余韻が収まるのを待つ。大きく溜息をつき、下から私の顔を覗き込み美術講義をねだるのだった。照れ隠しに昔のラジオ講座の開始音楽を口ずさみ私を急き立てる。

「受験生の皆さん、こんばんは。勉強はすすんでいますか。今日は美術の時間です。講師は……」

咲子は京都で観たバロック美術の印象が強く残り、この時代の画家のことを知りたがった。その夜、私はフェルメールの消失点について話した。西洋美術史研究会で仕入れた知識である。

フェルメールは風俗画家で、室内描写を得意とした。タイル張りの床面が描かれている作品が多い。幾何学模様が消失線の役割を果たし、透視図法が駆使されている。だが咲子には、咄嗟に理解できない。

「ショウシツテン?」

「遠近法だよ。遠くのものは実物より小さく、そしてぼやけて見えるだろう。完全に平行な線路が先のほうでは狭まって見え、遂には交わってしまう。それが消失点」

「ふうん。目の錯覚ね」

咲子には自虐的なところがあって、私の前では自ら過去の傷に触れたがる。「私は不倫の元祖よ」「もう未練の欠片《かけら》もないわ」と、何の脈絡もなく、進藤との関係を口にした。昔の不倫から完全に立ち直っていることを示したいらしい。

咲子は秘書室勤務が長い。入社当初に配属された経理部から配置転換され、室内では最も古い存在になっている。彼女はその主任マネージャーという役職に就いているのだが、上司は使いにくそうだ。仕事が出来ないとか、わがままな言動があるからではない。むしろ性格的には素直で、めったに反論することもなく諸々と上司に従うタイプである。

ところが咲子の過去が周囲には気になる。進藤の不倫相手だったというレッテルが常に付きまとう。進藤が専務として実力を発揮すると、それに付随して過去の不倫関係が社内の話題になった。面と向かって咲子に進藤との過去を尋ねる社員はいないようだ。やはり、本人が忘れようと努めている過去を暴くようで気が引けるのだろう。

「進藤さんと結婚しようなんて考えたこともないわ。相手だってそんな気は全然なかった」

「……」

私と二人でいる深夜、咲子自らタブーを破って自嘲的に呟くことがあった。私は無反応を装った。

マンションを出てタクシーを拾うために綱島街道まで出る。痩身だった咲子にもやっとふっくらと中年特有の肉付きが始まった。四年の間の体形の変化は新鮮に思えた。手の平の記憶を辿りながら、ひと気の途絶えた道を街道まで歩いた。

3

帰任後一ヶ月ほど経った午後、秘書経由で進藤から呼び出しがかかった。役員秘書室からの電話を取り次いだ同僚が、怪訝そうな顔つきで私を見る。席を立って役員室フロアーに上がろうとすると、窓際の物流部長から呼び止められた。

「何かあったのか？」

「さぁ、わかりません」

用件の目星はつくが、とぼけて見せた。上昇するエレベーターのなかでも、進藤への回答を考え続けた。専務室で進藤はじれったそうに待っていた。大きく手招きして私を招じ入れたあと、後ろ手でドアを閉めた。何の前置きもなく、進藤は歩みながら焦ったように切り出した。

「駐在中にいい案件は見つかったかね？」

やはり美術品の話だった。進藤の顔に苛立ちが浮かんでいる。

「ムンクはどうでしょう？」

私は用意しておいた答えを述べた。タイムリーな話題でもあった。ノルウェー国立美術館はリレハンメル冬季オリンピックの開催に合わせて、世界中に散らばったムンク作品を一堂に集めるムンク展の計画を発表した。進藤はその報道を知っていた。ソファに深く腰を下ろし、じっくり聴く姿勢を見せた。

進藤の意図を汲み、私は『叫び』を目玉に据えて、会社付属の美術館を発足させることを提案した。『叫び』なら損保会社の『ひまわり』に引けをとらないだろう。新設される美術館の主要作品になれる。ムンクは日本で名の知れた画家である。現に大原美術館には、数点のムンク作品が展示してある。ドライポイントの『病める子』、リトグラフの『吸血鬼』、同じくリトグラフの『マドンナ』を所蔵する。ムンクは憑かれたように同じモチーフを何度も繰り返す。『病める子』は死を前にした十五歳の姉の姿を描いたもので、さりげない悲壮感は見る者の心を撃つ。ムンクにとって姉の死は衝撃的モチーフで、六点の油彩画、二点の版画で繰り返し描いた。その他、ムンク作品は日本中に散らばっている。

だが日本に『叫び』はない。油彩画でもリトグラフでも、日本の美術館は持っていない。『叫び』の絵柄は無限に複製されグッズ化もされている。その結果、巨大な象徴的価値が世界中で認知されるに至った。ムンク真筆の『叫び』の点数は多い。世界中に散らばった作品は、リトグラフを含めると十点を超えるだろう。美術館所蔵の作品は動かない。ねらい目は、個人所有の『叫び』だ。所有者も代替わりし、二代目、三代目になっている。金の威力で奪取できる可能性がある。ルトゲス対策官から学んだ３Ｄのチャンスが来る。

駐在中にオスロまで足を伸ばし、ノルウェー国立美術館を訪ねた。『叫び』の印象は強烈だった。フィヨルドを背景に、橋上の瞬間の風景が描かれている。骸骨のような顔をした男が両手で力なく頰を挟み大きな口を開けていた。表情を失くした顔に、生彩を欠く目が単なる穴のように置かれている。

ムンクは病魔との闘いを生き延びた画家だった。病と闘いながらも八十歳の長寿を全うした。『叫び』は精神の動揺がピークに達していた三十歳に描かれた。その後、『叫び』を凌駕する作品を残せなかった。別世界からの叫び声は瞬時に現れ瞬時に終わり、二度と現れることはなかった。

ムンクの幸運は、瞬時の声を逃さず厚紙の上に残したことである。芸術性の高い絵を残す意図はない。メモ書きのつもりで、蠟燭の蠟と共に残した。画家は『叫び』を描き終えると同時に、作品に蠟を吹き付けた。わざと絵を汚すことで「ヘステキュール（荒療治）」を施した。ムンクは後年、ヘステキュールが絵に命を吹き込むと述懐している。

彼のその後の人生は、そのときの厚紙上のメモを繰り返しなぞることに費やされた。絵筆の力で別世界からの叫び声を蘇らせようとした。リトグラフの形でもなぞった。画家が生涯に残した自らの筆による模倣画『叫び』の点数は多い。

画家が、瞬時の高揚した感情を忘れないためにメモ書きのように厚紙上に残した試作品が『叫び』である。ムンクは完成と同時に「狂人だけがこの絵を描き得る」と絵の隅に書き込んだ。

確かに彼の家系には精神を病んだ者が多い。ムンク自身を含めて五人兄弟だったが、誰一人まともな人生を送っていない。父親同様に医者となった弟のアンドレーアスだけがかろうじて結婚したのだが、挙式後八ヶ月で死亡した。『メランコリー・ウララ』として描かれた妹のウラは、収容された精神病院で何度も発作的な自殺を試みている。ムンク自身も幻覚症状に苦しみ、コペンハーゲンの精神病院で温泉浴、食事療法に加えて、頭部への電気ショック療法を経験した。また、恋人とのトラブルで発砲事件を起こし、指を失くしている。ピストルを撃ったのが二人のうちどちらなのか、真相は不明である。ムンクは、その後生涯独身を通した。

ムンクは、ナチによって退廃芸術家の烙印を押され迫害された。ヒトラーはアーリア民族至上主義を掲げ、古典、古代の伝統的芸術を唯一の崇高なものと位置づける。ナチによって排撃されたのはムンクだけではない。ゴッホ作品も押収され焼却処分の対象とされた。クレー、シャガール、カンディンスキーなどの印象派、表現主義、ダダイズムの画家たちはナチによって悉く攻撃された。ヒトラーは十九世紀半ば以降の、人間の内面を表現しようとする近代絵画を評価せず、それらを狂気、堕落、病気と嫌悪し、著書『我が闘争』で非難している。

伝統的な正当芸術の範囲から逸脱する絵画は、宣伝相ゲッベルスによって退廃芸術として一堂に集められ、「退廃芸術展」の場でさらしものにされた。ナチが政権を掌握して四年後のことである。オープン前に来場したヒトラーは、一瞥を投げただけで帰途についた。政権寄りの新聞は、「退廃芸術展」の開催と各地巡回が邪な画家の掃討の始まりと述べ、「殺意のように研ぎ澄まされた狂気の絵筆は、恐怖心を抱かせるものだ」とのヒトラーの見解を掲載した。

「見せたいものがある」

進藤はデスクの背後に回り、金庫から小さなガラス容器を取り出した。応接セットのテーブルに載せ、無言で私の顔を覗き込む。私はその容器に見覚えがあった。中身も想像が付いた。進藤が蓋を開け取り出したのは、黄ばんだドローイング・パッドだった。私の想像は間違っていない。パッドの端に、ほつれがある。

「フェルメールの素描だよ」

進藤はうっすらと笑みを浮かべている。紙上には木炭筆による曲線が見える。絵画服のひだに、はっきりと見覚えがある。フェルメールの『絵画芸術』を想起させる曲線列だ。アムステルダム駐在中に平山支配人が進藤に贈ったに違いない。出所も想像が付く。フランドル・コネクションだろう。

無言の私の顔を、進藤が再度覗き込んだ。私の反応を試そうとするようだ。進藤の魂胆は予測できる。フェルメールなら、ゴッホに対抗できる。ひけを取らない。フェルメールの名前は、日本人の間に浸透している。人気も高い。進藤は、社員の後ろめたさをフェルメール作品の蒐集で払拭できると踏んでいるのだろう。

だがそれは、大それた計画である。フェルメール作品は、数が少ない上に動かない。もうすでに世界中の美術館に収まっている。動く可能性は、略奪された『合奏』ぐらいのものだ。だが一目瞭然で盗品と分かるものを展示する訳にはいかない。それとも、進藤はテーブル上の素描だけを美術館の目玉にするつもりだろうか。私には進藤の真意が諮りかねた。確かにフェルメールなら、完成した油彩画でなくとも、一片の素描で名声を勝ち取れる。素描でもゴッホの『ひまわり』以上に話題を呼ぶ。

個人所有の美術品は三つのDを契機にして動くと、ルトゲス対策官に教えられた。死亡《デス》、借金《デット》、離婚《ディボース》に直面したとき、所有者本人または遺族が売ろうとする。いち早く情報をキャッチした美術商が大金をちらつかせ誘惑する。売り手も買い手も、取引の実態を明かさない。従って、名作の出所は誰にも分からない。

「ニセモノだよ。フェルメールの」

進藤は眼前に置かれた素描を説明した。進藤は元のアムステルダム支配人の名前を上げた。舞い上がっている平山を諭し、進藤はT大学工学研究所に鑑定を依頼した、と言う。AMS法による炭素年代測定の結果、贋作と判明した。進藤は贋作による詐欺を警戒している。日本のバブル・マネーが巧妙な贋作シンジケートの餌食になっているという情報は、進藤の耳に届いているようだ。

進藤は美術館運営計画を開陳した。計画はフェルメール作品を蒐集することではない。特定の画家に絞るのではなく、過去の天才画家たちの素描を一堂に集め、「素描美術館」を創設すると、意気込みを語った。文化貿易局が作成したＲＦＰ（入札依頼書）に、大手広告代理店が提出した提案書から採用した計画案だと言う。

「デッサンでも客は来るよ」

「いい案だと思います」

別にムンクの提案が退けられても、意に介することはない。多くの有名画家はデッサンを残している。油彩画作品そのものよりも入手が容易であろう。その上画家の名前に便乗して評判を呼べる。箔がつく、と進藤の語り口が熱くなった。

確かに、そう言う切り口もあるだろう。大金をはたいて有名大家の油彩作品を蒐集するだけが美術館ではあるまい。東京西部に版画に特化した版画美術館が開館している。内外の版画作品の展示だけでなく、版画に関する講演会や版画教室の開催で話題を呼んでいる。同様に素描に特化した美術館があってもおかしくない。巨匠画家が残した素描に美術ファンは興味をかき立てられるだろう。大作の出発点となった素描は、大河の水源を辿るような楽しみがあるだろう。

高評価の定着した油彩作品に比べれば、木炭で描かれた素描は蒐集コストも低い。山村産業の怪しい出自を払拭するという大義名分はあっても、進藤に無尽蔵の費用が許される訳ではあるまい。

本格的な推進の前に、私への宿題の答えを質しておきたかったのだろう。ただ、進藤の性急な運びが腑に落ちない。何故焦るように進捗させる必要があるのだろう。私は不思議に思いながら専務室を退室した。

物流部に戻り、気掛かりな様子の部長のデスクに進んで報告した。他の部員たちが聞き耳を立てているのが分かる。

「駐在時代の解雇問題を聞かれました」

物流部長は急に興味を失くした。自分の職責とは関係のない話に安堵したのだろう。何の質問も投げなかった。聞き耳を立てていた部員たちも机上の業務に戻った。

第八章　再会

1

バブル崩壊の後遺症は長引いた。平成六年に入ると、経済企画庁は戦後最長の不況と報告した。それでも慌しい毎日が続いた。私は月に一度の割で海外出張をこなし多忙に変わりはなかったが、通産省の貿易統計や運輸省の発表する輸出入物流量に、微妙な翳りを感じ始めていた。

輸出入の貿易商品を輸送する船舶や航空機のスペースにタイト感が失せた。景気が悪化すると、〝荷抜き〟が横行し始める。〝荷抜き〟は、いわば万引きである。日本からの輸出品は原材料でなく完成製品が多い。有名ブランドのロゴマークの入ったダンボール入り電化製品や音響機器はターゲットになりやすい。小型軽量なうえに値段が高いので処分が容易なためである。

一挙に大量であれば保険金で補填されるが、一連の〝荷抜き〟は免責範囲内の損害に留まっていた。まるで犯人は保険の免責範囲を熟知しているように思われた。会社の付保している保険内容が漏れているようだ。プロの窃盗団は計算高い。損保会社の調査員が手ごわいことを知っている。調査員が派遣される直前の量で寸止めする。会社も翌年の保険料を考慮し、免責範囲にとどまる損害に安堵した。ただ度重なると、物流部に対する社内外からの風当たりはきつくなる。

〝荷抜き〟の損害は輸送を請け負った商社が賠償せざるを得ない。加えて欠品対応を迫られる。窃盗件数が多くなると徐々にボディブローのように効いてくる。〝荷抜き〟事故は、日本ではなく海外の港や空港で発生することが多い。海外で旅行客の預かり手荷物が頻繁に被害に遭うのと同様だ。被害調査のための、生産性の低い出張が物流部の部員に増えた。

世界の貿易物流の九十九パーセントは船舶を利用して輸送される。大量に運べるからである。所要日数はかかるものの、輸送コストは安価だった。納期に余裕のある商品価値の低いものは、船舶輸送に依存する。逆に少量でも高価値商品で緊急を要する場合は、航空機が利用される。航空機の胴体は塔乗客用座席だけで占められない。客室の床下の僅かなスペースに高価格製品が密度高く詰め込まれる。

米国西海岸で〝荷抜き〟が頻発した。物流の拠点はロサンジェルスだが、被害はロス空港に留まらない。周辺空港でも発生した。山村産業は様々な航空会社のスペースを利用するが、〝荷抜き〟の発生する航空会社に偏りはない。

ただ、山村産業が扱った商品が頻度高く〝荷抜き〟の被害にあった。荷主である半導体メーカーや電機メーカーからのクレームが後を絶たない。他の商社では発生しないのに何故山村産業だけで多発するのか、と詰め寄られた。

荷受人からミッシング（紛失）やショーティジ（個数不足）の情報が入れば、最初に輸入国の空港での〝荷抜き〟を疑う。航空機から下ろされた航空貨物は、即座に引き渡される訳ではなく、一旦保税上屋に搬入され、税関からの輸入許可を待つ。その待ち時間が危ない。搬入を終えたあとの保税上屋は人影もまばらになる。上屋内の作業者は航空会社の社員ではない。貨物の積み付けや、仕分け作業は力仕事の肉体労働である。孫受け、ひ孫受けの下請業者が低賃金の移民労働者を使う。従事者の中には不法滞在の者も多い。

商社のロジスティックス部門は普段は何ら目立たないが、商品輸送に支障を来たすと一挙に社内の注目が集まる。とうとう役員会の議題に上ってしまった。ロジスティックス担当の進藤専務は釈明に追われる羽目になった。

頻発する〝荷抜き〟に対処するため、メーカー名の入った梱包は避けられた。外装からは中身が分からないようにし、中身の入っていない化粧ケースは別便で輸送され、目的地の倉庫で先着の製品が収納される段取りである。それでも〝荷抜き〟事故は収まらない。損害保険契約だけでなく、輸送情報が筒抜けになっている。社内の輸送リストや積荷目録を把握している社員の関与が疑わしい。

度重なる被害に、懲罰委員会も腰を上げた。物流部だけの調査では埒があかないと判断されたのだろう。一連の〝荷抜き〟事故の背後に社員の手引きが疑われたためである。懲罰委員会から打診を受けた物流部長は、〝荷抜き〟調査の担当として私の名を挙げた。私の物流部での本来の業務に支障を来たしても、大勢に影響ないと判断したのだろう。

懲罰委員会の事務局長は人事部長が兼務している。人事部長の席に出向くと、別室で早速調査指示を受けた。米国での〝荷抜き〟に関与している不正社員の調査で、損害保険会社との合同調査に当たるようにとの指示だった。

保険会社の見立ては、社内の流通事情に詳しい者による犯行というものである。日本製有名ブランドに的を絞った計画的犯行で、米国の下請け業者による場当たり的なものとは見ていない。損保会社の事故担当者は既にブラックリストを用意していた。山村産業の社員だけでなく、空港の上屋会社の作業員、米国税関の職員の名前が挙がっている。その中には競合商社のサンフランシスコ駐在員も含まれていた。

損保社員に熱意は見られない。ロサンジェルスのコンサルタント会社に調査を依頼中で、間もなくリスト上の人物がふるいに掛けられ絞り込みが行われると言った。調査を丸投げし、主体的に自らが活動する気配は無い。調査費用は一旦損保会社が負担するが、最終的には管理コストを上乗せされて商社側に請求書が回される。

米国コンサルタント会社はメキシコ人をリクルートし、ロサンジェルス空港の上屋会社に送り込んだ。その上屋で、金のためなら何でもやる男を演じさせた。おとり捜査で網を張ったのである。届いた調査報告書で犯人像が明らかになった。やはり自社員の関与があった。

黒幕は山村産業の元社員だった。以前サンフランシスコ事務所に駐在していた日本人社員が、会社のテレックスを利用して窃盗シンジケートに積荷情報を流していることが判明した。

私にその元社員との面識はない。人事部に出向き人事部長に事情を打ち明けると、すぐに個人情報ファイルの閲覧を許された。二十年勤続の後、五年前にサンフランシスコで退職している。在籍二十年のうちに、二度米国での駐在経験を持っていた。

米国は、山村産業の駐在員にとって特別で不思議な国である。駐在当初はそっくりそのまま日本を携えた生活がスタートするが、現地の生活に慣れるにつれて生活様式が変形する。とりわけ米国では現地様式の侵食が大きい。日本の要素が毛嫌いされるまでに駆逐される。英語に慣れるにつれ日本のＤＶＤを卒業し、家族ぐるみで現地のテレビ番組のファンになる。

米国駐在員は無意識のうちに米国の魔術に幻惑される。移民の寄り合い所帯から国が出発しているので、駐在員自身も自分が外国人という意識が薄れる。言葉、文化の異なる人たちの集合体なので曖昧さを嫌う。イエス・ノーがはっきりしている。外国人には明確に理解しやすい。

米国以外の駐在員は例外なく帰任命令に従うが、そのようなわけで、米国駐在員の中には帰任を拒否する社員が多い。しかし拒否は会社に認められない。結局は退職することになる。だから駐在中に意志を固め準備を怠らない。現地での転職先候補を調べ、永住権、すなわちグリーンカードも準備し、会社の帰任命令を米国永住の転機とするのである。ただ永住の決意を固めても、帰任命令が出るまでは転職しない。発令後即座にコネを付けておいた米国企業に転職する。

私はコンサルタント会社の調査内容を基に元社員の関与についての報告書を作成し、即座に懲罰委員会に提出した。委員会の反応は早かった。懲罰委員会が出した結論は億劫なものである。私に新たなミッションが加わった。元社員に盗難物品を返却させることと、再発防止を確実なものにすることが任務となった。

会社を去った社員に対し、懲罰委員会の威光は届かない。いまさら懲罰を下すことはできない。米国で訴えても会社の得るところは少ない。米マスコミに格好のニュース材料を提供するだけである。日本人の会社への忠誠心を皮肉っぽく報道するだろう。

盗難物品がまだ元社員の手元にあるとは考えられない。とっくの昔に処分済みだろう。取り返すことなど所詮無理な話である。懲罰委員会の期待は、二度とやらせないことにあるだろうと踏んだ。告訴のカードをちらつかせ警告を発することで再発を防げるだろうと考え、私はサンフランシスコに飛んだ。コンサルタント会社のレポートで、元社員はサンフランシスコ在住と報告されていた。

2

元社員の朝倉剛《あさくらつよし》とは三度面談した。一度目は、米国コンサルタント会社の社員と三人でサンフランシスコ空港に隣接するホテルで会った。コンサルタント会社がスィートルームを手配した。朝倉はダークな背広を着用し真面目なサラリーマン風に見えた。明かされた〝荷抜き〟の手口はシンプルなものである。山村産業のサンフランシスコ事務所に在籍する子飼いの現地社員から、受診したテレックスのコピーを受け取る。社員への報酬は一回分のディナーとデザートでＯＫだと言う。デザートを説明するために自分の小指を立てて見せた。その現地社員はもう会社を辞めたので、以後〝荷抜き〟は発生しない筈だと言った。悪びれた様子はない。

朝倉の主張は、自分は単に情報ブローカーであり〝荷抜き〟行為そのものは与り知らぬというものである。山村産業はウイルス侵入を警戒してインターネット回線を使わない。日本からのテレックスには、搭載便名と貨物個数、重量およびシッパー（荷送り人）が打電される。日本の電機メーカー名がシッパー欄に掲載されたテレックスは高く売れる、と言った。〝荷抜き〟は、横流しした情報を使った窃盗団の仕業だと繰り返した。窃盗商品の所在は知らない、と言う。テレックスを使った〝荷抜き〟の加担は、もうやっていないと繰り返した。

「日本人のための、よろず相談窓口ですよ」

自己のビジネスをそう紹介した。日本人相手に相談を引き受け、その内容に応じて米国の組織を紹介する。合法な組織もあれば非合法なものもある。そして双方からコミッションを取る。米国に住んでいると、人間がせっかちになるらしい。せっかくの米国に住む幸運を最大限享受したいと考える。一時《いっとき》も時間を無駄にしたくない。すぐに結果を求めたがる。せっかちの代償は金だ。すばやい情報の伝達は金になる。朝倉は淡々と語る。

二度目は、二人だけでダウンタウンの日本人が経営するカラオケ・バーで会った。店主は白人女性だったが、日本語が堪能である。客の殆どは日本人で、米国人らしい客もいるが、その連れは必ず日本人だった。マイクを手に熱唱する姿は日本のスナックと変わらない。東京の夜をそっくり切り取って持ってきたようだ。

ただ、二階は様子が違う。ホテルの客室のように廊下を挟んで小部屋が並び、ドアにルームナンバーが振られている。キングサイズのベッドが部屋の殆どを占めていた。普通は男女密会の場所として供されるが、秘密の会合にも使われると言う。朝倉は、階下のバーから持参したバーボンのボトルをベッド脇のテーブルに置いて私に勧めた。自分は別のポケット瓶をラッパのみした。

ビジネスの大半は、日本人へのグリーンカード斡旋だと言った。それだけ永住権を望む日本人は多い。米国に駐在した社員は、漏れなく連邦政府が実施する抽選に応募する。商社員とは限らない。どの企業の駐在員も手を挙げる。会社は禁止しているのだが社員は無視して応募する。グリーンカードは邪魔にならない。むしろ将来の選択の余地を広げてくれる。

「アメリカはオポチュニティの国です」

朝倉はそこだけ英語で言った。それは日本でもヒットした映画の台詞と同じ英文だった。オポチュニティ（機会）を与えられた主人公がボクシングの世界チャンピオンに上り詰めるサクセス・ストーリーである。だが、幸運は一部の人にしか降りてこない。どうしても永住権の欲しい日本人は諦めきれない。次の手段を求めて朝倉のオフィスに電話を掛けてくる。

「云わば結婚斡旋所ですよ」

朝倉は笑顔を浮かべ、不審がる私に説明を続けた。

「簡単に永住権は取れます。米国籍の配偶者を得ればよいのです。報酬は安いものです。一緒に暮らす必要はありません。書類上だけの夫婦です。二年間我慢して、その後に離婚してしまえば米国籍の独身者が出来上がります。コストはすぐに取り戻せます。今度は自分が外国人の結婚相手となってやればいいのです」

ポケット瓶が空になっているのに顔色が変わらない。青くなる質《たち》のようだ。

「結婚は結婚でも、偽装結婚ですけどね」

朝倉は交換条件を出してきた。私が他の社員と同様に永住権を欲しがっているものと誤解していた。

「告訴を諦めてくれるならグリーンカードを差し上げますよ。面倒な手続きなしで」

「欲しくないよ。そんなもの」

私は即座に拒絶した。朝倉はそれでも諦めない。米国での日本人社会は狭い。告訴されれば噂は瞬く間に伝わり、その結果大勢の日本人顧客を失うことになる。告訴を避けたい朝倉は、執拗に私を誘惑する。私の経歴も調査済みのようだ。テーブルに置かれたバーボンを煽ったあと、次の一手を投げてきた。

「オランダ駐在中にたくさんの名画を鑑賞したでしょう？」

私は自分の経歴を言われて怯んだ。ソフトドラッグの常用を悟られているかもしれないという危惧を抱いた。オランダでは合法だったが日本では違法扱いになる。帰国後も手放せない。会社のカンパニー・マテリアルに潜ませてオランダから取り寄せている。私のひるんだ様子を目にして、朝倉はたたみ掛けてきた。

「東京に、フェルメールをお土産に持って帰りますか？　進藤さんが喜びますよ」

「はっ？」

「今はもう誰も目にすることの出来ない作品です」

彼が言っているフェルメールは『合奏』だろう。行方不明のまま犯人はまだ捕まっていない。大物マフィアのボスの関与が取り沙汰されている。しかし朝倉の斡旋する『合奏』が本物である筈がない。朝倉は贋作を斡旋しようとしているのだろう。会社の重鎮にも詳しい。進藤が美術品に目が無いことを知っている。彼に名画を進呈して、その見返りに地位を得るコースを私に奨励する。私は無関心を装い拒絶した。

「会社はいかがわしい代物には手を出さない。懲罰委員会の目が光っている」

朝倉は懐かしい組織名を耳にしたという身振りのあと、第三の取引材料を口にした。執拗な誘惑である。相手も必死なのだ。次の取引は私の個人的な話だった。

「実は、あなたの素行調査を依頼されています。あなたに興味を持つ人がこの国にいるのですよ。告訴と引き換えに、相手のことをこっそり明かしてもいいですよ」

「……」

依頼人の守秘義務など問題にしていない。朝倉は焦っている。

「あなたのスポンサーになってもいいと当人は言っています」

この場合のスポンサーの意味は、自身の米国籍を利用して偽装結婚の相手にグリーンカードを取得させることである。偽装であれ結婚の相手というからには、依頼人は女性ということだ。

会社はもともと告訴の意思はない。朝倉は誤解している。会社はむしろ自社の名が傷つくことを恐れている。告訴という手段を避けたいのが、懲罰委員会の意向だ。まして私に、山村産業への忠誠心などない。私は交換条件を飲んだ。告訴をしない代わりに、私の動静を探っている相手を明かしてもらう。ただ、スポンサーは不要だ。告げられた名前に心当たりがない。

「ミズ・アンダーセン？」

「本名かどうか分かりません。でもあなたの知っている人ですよ。会えばすぐに分かります」

会うのではなく、遠くから見るようにしたい。面倒に巻き込まれたくない。私の好奇心さえ満たされれば、それでよい。私は頷いて了承を示した。即座に朝倉は二つのグラスに乾杯用のバーボンを注ぎ、自分だけ杯を目の高さまで挙げた。

「オーケー。先方は画家です。ただし贋作のね」

「画家？　贋作者？」

朝倉はにんまりと笑顔で付け加えた。

「ミズ・アンダーセンも、すねに傷を持ちながらこの国で暮らしているのです」

翌日、朝倉とはホテルのロビーで待ち合わせた。ミズ・アンダーセンはサンフランシスコのダウンタウンのホテルにいた。ホテルの展示場で開催されている米国アート・フェスティバルで、アシスタント・キュレーターとして美術商や愛好家に説明を行っていた。展示場に併設されたバー・カウンターは、一段高くなっている。朝倉と隣同士に腰かけ、背後を振り向くと会場の全体が一望できる。

朝倉が顎で示す方向に相手はいた。ブロンドの髪は豊富で、歩くたびに揺れる。ぎょっとして、口に含んでいた氷を思わず噛み砕いてしまった。

一目でM子だと分かった。遠目であっても瞬時に記憶は蘇る。硬直する私の肩を、隣から朝倉がたたく。

「美術品の何でも屋ですよ。日系米国人です」

顔を寄せ私の耳元で呟くように言った。私の驚愕に大満足の口調だ。朝倉の視線を避けるように私は立ち上がり、展示された抽象画を見学するふりをして学芸員の背後から近づいてみると、髪を染めているのが分かる。生え際に白髪交じりの黒髪が見える。放心してバーカウンターに戻った私を、朝倉は待ち構え誘惑する。

「ボスに頼めばフェルメールの『合奏』でも手に入りますよ」

「ボス？　ボスがいるの？」

「日本のバブル・マネーで随分儲けたという話です。ボスはユダヤ系だそうです。私は会ったことはありません。誰も顔を知りません」

「連絡先は？」

私は展示場の学芸員を指差して訪ねた。朝倉は肩を窄《すく》めて首を振った。守秘義務からではあるまい。余計なおしゃべりを依頼主に知られることを危惧したのだろう。M子が私の動静を探る理由は想像できない。M子に声を掛けることなく、私と朝倉は、連れ立ってホテルを出た。それ以来、朝倉とは会っていない。

3

帰国の前日、M子はアポイントなしに私のホテルに訪ねてきた。彼女はまるで大学のキャンパスまで時間を巻き戻そうとするような姿でロビーに現れた。清楚なワンピース姿で、染めていたブロンドを黒髪に戻し背中にたらしている。よく梳いた黒髪が学生時代と同じように波打って光った。M子の格好に私は警戒心を起こした。何らかの誘惑の意図が透けて見える。

私の滞在先を、日本人相談所の朝倉から聞いて分かったと言う。キャンパス上の嘗ての少女は、大人の女を通り越し熟女に変身していた。私と同年齢のはずだから当然である。目元の小皺を化粧で誤魔化そうとしているが、かえって痛々しい。髪も不自然なまでに漆黒だ。交じり始めた白髪を染めて隠しているのだろう。

ロビー内のティー・コーナーは全面ガラス張りでサンフランシスコ湾に臨む。夏の日差しが海面を照らし、微風に揺れる波が目を刺すように反射する。美しい景色のお陰で、互いに相手を直視しないで済む。

「気楽なものよ」

M子は、朝倉に米国人前夫を紹介されたが離婚し、いまは独りで暮らしていると言った。

「書類上だけの夫婦だったので会ったこともないの」

M子の投げやりな口調に、清楚な人形の残響はない。アンダーセンは、前夫の姓でもなく偽名だと言う。アメリカででも本名を明かせない事情を抱えて生きているのだろう。それでも女がひとりで過去のしがらみを避けて生きるには、アメリカは好都合な場所なのだ。

ロビーのティー・コーナーは、夕方からバー・ラウンジになる。どちらも夕食に出かけようと誘わない。ウエイターの薦めに応じて、飲み物がコーヒーからスコッチに変わった。窓外に穏やかな海が拡がっている。微風を帆に受けたヨットが夕陽に向かって海面を滑るように動く。ゆっくりと水平線の向こうに消えた。お互いに相手の風貌が変わらないと言った。私は嘘をついた。

「学生時代とちっとも変わらないね。清潔そうな感じがそのままだ」

生活のすさみが表情に浮き、化粧と白髪染めで懸命に糊塗しようとしている熟女に、本当のことは言いにくい。清潔さなどない。清楚な服装と黒髪は、私を学生時代に連れ戻そうという演出だろう。その姿を目にして、私は当時の嫉妬心を悟られていたのが分かった。結局、学生時代の迫真の演技は徒労だったのだ。坂下五郎だけでなく、肝心のM子にも見透かされていたということになる。

「さすがに、もう革命を夢見る年頃じゃないわ」

M子は一杯のオン・ザ・ロックを啜るように時間を掛けて飲んだ。

「坂下先輩の方はどうしたんだろうねぇ？　ずっと昔にアムステルダムの運河で殺されたって聞いたけど」

「残酷な殺され方だった。可哀そうに」

私は『模倣と涙』の話題を持ち出した。その絵のモデルや真珠の涙を語りたかった。

「先輩の絵をオランダで手に入れた」

私の言葉にM子は驚かなかった。一瞬私を睨むように見たあと、関心なさそうに呟いた。

「最後までフェルメールが好きだった」

坂下の思い出話に引き戻そうとするようだ。坂下五郎はヨーロッパ絵画に詳しかった。とりわけフェルメールに関する部会での研究発表は精緻な理論で構成され、私たち後輩を魅了した。私は一言一句漏らさず発表をノートに取った。M子は同棲相手として更に詳しい。坂下はフェルメールだけでなく、同時代に活躍した他のデルフト画家にも通じていて画家間の共通点、相違点をM子に披露したと明かす。

「デ・ホーホにも詳しかった。フェルメールとホーホは良きライバルだったのね。二人とも精神病で死んでるんですって。でもフェルメールは一生デルフトで過ごしてるんだけど、ホーホは火薬庫の爆発事故のあとアムステルダムに行っちゃったのよね」

絵画史に興味を示さない私の表情から、M子は話題を坂下五郎に戻す。

「事件の前にパリで会った」

「……」

M子は独り言のように呟いた。眼前の私を無視している。

「モスクワから逃げだしてパリでウロウロしている時、彼が仕事でブリュッセルから来てた」

「何でまた、パリくんだりまで？……」

「モスクワから逃げ出したのよ。クレムリンは酷《ひど》いところだった。内務省の役人との会議はまるで尋問だった。同志として扱うどころか、スパイに疑われた。結局越境罪とスパイ罪でKGBに逮捕」

共に地下に潜ったロシア語学科の白井義輝の行方は知らないと言う。モスクワで別れたあとの消息は耳にしないと言った。

「裁判で自由剝奪十年の刑が下ってモスクワから逃げた。ラーゲリ（強制収用所）に送られるために地下に潜ったんじゃないわ」

M子の口ぶりは淡々としたものである。モスクワでの苦労話に進展することはなかった。話が一向に弾まない。

「せめてアルジェリア闘争に参加しようと思ってフランスに行ったの。でもパリに着いた時にはもう戦争は終結してた」

M子は自嘲的に言い、目を伏せた。

「そのあとすぐ私はベルギーに移った。坂下さんも同じベルギーに駐在していたから、そこで一緒に絵を描いてた」

「絵画？　油彩画を描いてたの？」

「当時坂下さんは、女優の美人画を描いてたわ。映画のポスターを見ながら、グレタ・ガルボやイングリッド・バーグマンを油絵で描いてた。ブリュッセルの部屋に映画のポスターが並んでた。ハリウッドから引退したあともガルボやバーグマンの人気は根強かった。裕福なユダヤ人が欲しがるんだって」

「……それから？」

「勧められて贋作を描いたわ。何の特技もないんだもの。有名画家の模写を描いたらそれをユダヤ人が買い上げてくれたの。思わぬところで西洋美術史研究会の成果があったわ」

懐かしい学生時代のクラブ名が挙げられた。M子と坂下五郎とは、ヨーロッパで再び接点を持ったのだ。私に、嫉妬心は湧かない。

4

二人は贋作シンジケートで繋がっていたのだろう。M子は革命への夢を通して、少女から大人になった。通り過ぎて、また絵画の世界に戻った。坂下五郎の方は卒業後しばらく繊維会社に属し東京やブリュッセルでサラリーマンを演じた。ヨーロッパ駐在中に、駐在員の身分を隠れ蓑にして贋作制作に転じた。坂下もM子も、絵筆の誘惑に勝てなかったのだろう。その結果、無理やりに自分の人生に絵画を重ねた。

「ユダヤ人はバブルに浮かれる日本人に売りつけた。そのうち絵の腕ではなくて日本の事情を説明するだけで重宝がられた」

結局は、二人ともブーメランのように絵画の世界に戻ったのだ。当人たちに贋作詐欺の意図は乏しかっただろう。単に絵筆の世界とつながっていたいという心情だったに違いない。坂下五郎もM子も、青春時代の情熱にその後の人生を縛られた。憑きものを振り払うことが出来なかったのだ。

ユダヤ系の贋作団は、坂下やM子を水先案内に使って高度成長期のジャパン・マネーを仕留めた。坂下は全学連の闘士として政治運動に深く関わった。M子も地下に潜りモスクワに赴くほど革命に憧れを持った。二人とも政治舞台の裏事情に通じていた筈だ。日本のどこにマネーがうなっているかを感知し、高名な印象派画家の作品なら政治家への賄賂や土地代金の肩代わりになることを知ったのだろう。

当時、日本の政界に最も食い込みたかったのはクレムリンである。日本の政治家が持っている外交情報を必要とした。冷戦の真っ只中である。日本の政治家経由で、米軍の情報を摑もうとしたのは容易に想像できる。英国でミス・キーラーを使って西独のミサイル情報を入手しようとしたのと同様だ。米空軍の最新ミサイル・システムは、どんな手を使っても得たい情報だった。

ＫＧＢの息のかかった企業が、有力政治家に多額の献金を申し出て情報を取ろうとする。ところが大物政治家は、特定企業からの献金額が目立つのを嫌う。そこで、やり手の美術商が贋作を抱えて間に入る。絵画に賄賂を肩代わりさせる手法が多用された。

まず企業が政治家に絵画を贈呈する。次に事情を全て心得た美術商が、政治家から高額で買い取る。美術商が損を蒙ることはない。もともとその絵画は、献金したいＫＧＢ配下の企業がその美術商から買い上げたものである。結局金は政治家の手元に残り、絵画は美術商のもとに戻る。

美術商は手数料を稼ぐ上に、商売上その贋作を売りやすい。元の所有者が大物政治家であれば、その絵画来歴に箔がつき容易に真筆と看做されるからである。坂下やＭ子が日本の献金事情を贋作シンジケートに伝授したのだろう。後年同様の手法がアートブームに沸く中国に伝播した。中国の地方官僚が美術品の収賄で逮捕される事件が相次いでいると報じられた。

私の記憶の中のＭ子は、女子学生のままで止まっている。時間の経過は、残酷なまでに記憶と現実の落差を際立たせる。学生時代に、坂下先輩と二人で寄り添う後姿を目にして醜い嫉妬心に駆られたことを思い出す。昔話のあと、話は途絶えた。

「油彩画をもう一度はじめてみない？」

M子の誘いは唐突だった。ヨットの行方を追っていた視線をM子に向けた。私の絵画への執着を試すような目で私を見ている。私の視線を受けて、M子はサンフランシスコ湾に目を戻した。横顔は僅かなスコッチで頬が赤く染まっている。耳まで赤い。桜色の耳朶に真珠のイアリングが映えた。

「模写から再開すれば、すぐに勘は取り戻せる。模写は儲かるわよ」

私は無言でM子の誘いを無視した。贋作製作の片棒を担がせたいのだろう。私の答えははっきりしている。やる気はない。犯罪じみたことに手を染めるのが嫌だというのではない。そんな正義感、潔癖症からではない。

私の方は、もう焦っていない。絵筆を持たない生活に慣れた。学生時代に抱いた、絵画こそ人生の全てだという幻想は、いつの間にか身から剝がれた。M子は執拗ではない。私の無言の拒否にさっさと諦めたようだ。重い沈黙を糊塗するように、私はグラスをするのとテーブルに置く動作を繰り返した。

M子は染井霊園の話題の時だけ急に饒舌になった。学生会館の屋上から見た桜並木の美しさが忘れられない、と言った。サンフランシスコ湾に広がる水平線の向こうに、その桜を探すような目つきだ。そのときだけM子の目は少女に逆戻りしたように見える。その視線の強さに私はたじろいだ。

M子は一杯のオン・ザ・ロックで顔を真っ赤に染め、最後に炭酸水を飲んで立ち上がった。私もソファから立ち上がり握手した。互いの連絡先を確かめることもない。二人とも、もう会うことはないと分かっている。ハンドバッグから車のキイを取り出すM子を制した。

「大丈夫？　タクシーを呼ぼう」

「大丈夫。酔っ払い運転は得意よ」

外はもうすっかり暮れていた。私はホテルの駐車場まで同道し、外から運転席のドアを閉めた。立ち去る車を見送ったあと、もう一度バー・ラウンジに戻った。私はスコッチを追加で注文した。あとは部屋に戻って眠るだけだ。深酒も厭わない。翌日は昼前に空港に出向けば良い。連れもいないので気楽なものだ。ソファに深く腰掛け、一人で飲むスコッチは私の緊張を解いてくれる。やはりM子を前にして、私の気持ちは張っていたのだろう。

M子が口にしていたグラスに目を遣った。まだ氷が溶け切っていない。縁に紫がかった紅がべっとりと残っている。先ほどまで眼前にあったM子の唇を思い出せない。逆にキャンパス上の、大人の女に変身しようとする少女の唇の方は簡単に蘇る。恐る恐る試すように載せ始めた口紅は、ソメイヨシノの花びらのように淡いピンクだった。

米国出張から東京に戻ってすぐに懲罰委員会に出頭した。事務局長を兼ねる人事部長に、口頭で簡単に出張報告を行った。書面を求められることもない。人事部長は、元社員、朝倉への警告で再発は防止できると信じた。現役の社員が関与していなかったことに安堵した様子だった。懲罰を下す必要がない。すぐに委員長に報告する、と言った。〝荷抜き〟事件に関すること以外は何も口にしなかった。

朝倉の発言どおり米国での〝荷抜き〟事故は収まり、役員会で話題になることもなくなった。進藤専務も、後顧の憂いなく美術館建設計画に邁進できるだろう。秘書室の咲子とは大きな起伏もなく関係が続いた。相変わらず月に一度彼女のマンションを訪ねる。いつものように食事を済ませたあと、珍しく咲子が相談を持ちかけた。

「転勤希望を出そうと思うの。どこがいいかしら」

山村産業の社員は年末に人事希望調査票を提出する。調査票には、異動希望の欄がある。会社の全職種が網羅され課単位に記号化されている。海外駐在の可否とか、人事異動に配慮してもらいたい事情とかの設問に答える。

年が明けると、調査票をもとに全社で上司、部下間で人事面接が行われ、調査票に上司のコメントが加えられ人事部に回される。ただ、必ずしも希望通りにはならない。実際の人事異動では、参考程度にしか考慮されていないのだろう。

咲子の真意がすぐには量りかねた。確かに秘書室勤務は長い。もう飽きたこともあり得る。役員である進藤から距離をとりたいと思っているのだろうか。

「バブルの後始末で営業系はどこも厳しい。でも何故秘書室を出たいの？」

「……」

私は、咲子の異動希望に賛成も反対もしなかった。咲子が人事希望調査票に何を記入したのか知らない。

第九章　替え玉

1

平成七年秋、私は「青紙」を受け取った。青色の人事通報は、午後一番に女子社員の手で配布された。全員に、ではない。課単位に配置されたデスクの一団を島と呼ぶ。全く配布されない島もあれば、二通配布される島もある。事務服姿の庶務担当の女子社員は、物流部の島ごとに立ち止まって配布リストを確認し対象者のデスクに通報を置いていった。通常の周知文書と区別するために、青色の紙に印刷されている。この通報は、山村産業の社員間で「青紙」と呼ばれている。戦時中の召集令状の赤紙に擬してのことである。

十一月の連休が明けた最初の出勤日なので、午前中はどの課員もスタートダッシュに失敗したような物憂げな目をしていた。海外旅行から帰国したばかりの女子社員は、時差ぼけに苦しんでいる。ところが午後から空気が一変し、社員の背筋がピンと伸びた。配布された通報のせいである。女子社員が誰のデスクに通報を置くか、注視している。通報の色から、社員たちにはその内容が分かっている。

「青紙」を受け取ったのは、来年度中に五十五歳に達する一部の社員である。私の島では、私ともう一人のデスクにその通報が置かれた。会社は六十歳を定年と定めているが、大部分の社員は五十五歳の段階でそれ以降の進路選択を迫られる。この選択を免れるのは、ごく少数の将来を嘱望される役員候補生のみである。「青紙」は戦力外通告を意味している。

私は駐在から帰国後も物流部の課長補佐の職位に滞留し、周囲からは万年課補と呼ばれている。課長補佐の人事考課は物流部長が行う。これまでに三人の部長に仕えたが、私の評価は全員から「標準」と下された。標準評価が続くかぎり昇格はない。もっと高い評価を得た社員が上位職へと昇格する。標準は現状維持を示唆するランクである。毎年同じような勤務評定がフィードバックされた。

「コツコツと努力するタイプであるが、覇気に欠ける」

「チャレンジング・スピリットの涵養が望まれる」

「堅実な仕事振りなれど、指導力、統率力に乏しい」

五十五歳での進路選択制度は、私のような滞留社員を淘汰するためにも用意されたものだろう。会社は新陳代謝を必要としている。私は通報にざっと目を通した。青色の紙の左肩に太字で重要・社外厳秘の文字が四角の枠で囲われている。

進路の選択肢は多くない。大別すれば、早期退職か残留かの区分だった。早期退職に応じた場合は、その見返りとして割り増しの退職金が支給される。逆に残留を選ぶと、身分は降格され賃金は減る。

同じ島のやはり来年五十五歳になる男に目をやると、席を立つところだった。机に「青紙」が裏向けて置かれている。トイレではあるまい。タバコを吸うために喫煙室に行くのだろう。他の課員が目でその男の背中を追った。私はオランダ駐在中に病気で入院して以来、禁煙を守っている。だが「青紙」通報を受け取った者が、タバコを吸いたくなる気持ちはよく分かる。

物流部の定例部会が定刻の三時から始まった。部門の在籍者全員が一堂に会する定例報告会である。担当役員から受領した経営幹部会資料がコピーされ、部長が簡単な補足説明を加える。事前に資料のマル秘部分は黒く塗りつぶされている。部長の説明が終わると、各課員から活動状況の報告がある。儀式的な報告会であり、活発な議論などとは程遠い。私はとりわけその日は冷めていた。

「特に報告事項はありません」

会議参加者のなかで、青色の通報を受け取ったのは私だけだった。もう一人の課員は喫煙室に行ったあと外出してしまった。参加者の好奇の目が自分に注がれている気がする。会議を終えて席に戻ると、終業時刻が近い。雑務を片付けて、いつもより早めに退社した。帰宅後人事通報を再度読み返した。

定年を間近に控えた五十五歳というひとつの区切りの時期において、ライフプランの多様化に対応し、本人の意志により将来の進路を選択できる道を開くとともに、人事・組織面における活性化を図るものとする。選択肢は以下のとおり。

（一）早期退職（二十五ヶ月分の賃金相当額を退職割増金として支給）

（二）社内残留（人事部付管理職三等級とし、月例賃金は現行比七割に減額）

（三）地域限定社員への移行（会社の認めた特定地域を労働場所とし、月例賃金は現行比六割に減額。職位は人事部付管理職三等級）

山村産業の社員寮は東京郊外にあり、会社から一時間少しの距離にある。私の年齢で入寮している社員は少ないが、皆無ではない。家族を地方に置いた東京勤務の単身赴任者たちも寮に入っている。住居費の安さと食事が提供されるからである。しかし入居者の大部分は、新入社員をはじめとする二十歳代の若者で占められる。翌年に五十五歳を迎える結婚経験のない私の存在は、若い社員の目には奇異なものとして映っていることだろう。

最大手の商社も含めて産業界全体が不況に喘いでいる。財閥系の総合商社も例外ではない。土地神話が崩壊し、バブル期の不動産への放漫融資が表面化した。大蔵省は住専（住宅金融専門会社）の不良債権を八兆四千億円と発表した。バブル崩壊の余波で山村産業の財政状況は苦しい。直近のボーナスは、夏、冬とも一ヶ月に満たなかった。バブルの隆盛時には年間十ヶ月も支給されたことを思うと、遠い絵空ごとの感じがする。当時は目立たないよう、年間三回に分けて支給された。

バブル時代の「多角化経営によるビジネスチャンスの拡大」は悉く躓き、そのつけを払うのに山村産業は悪戦苦闘を強いられた。米系コンサルタント会社が経営陣に答申した再生計画は、二本柱で構成されている。一つは得意分野への特化を掲げた「事業の選択と集中」であり、もう一つの柱は、大胆なリストラによる「人件費の抑制と変動費化」だった。

二つの柱を会社の方針に据え、エネルギッシュに推進役を果たしているのは進藤専務である。社員の間で人望があり、「あへン商社」を総合商社化した立役者だ。それだけではない。一流半の中堅商社を一流に格上げしようと、美術館構想を展開しようとしている。

現に私は駐在前に進藤から指令を受けた。ヨーロッパ駐在中に、美術館の目玉作品を探すようミッションが課せられた。進藤は、美術館建設を再生計画の完了シンボルとしようとしている、と社員は噂した。文化貿易局の設立は進藤専務の意向を受けたもので、新設部署が美術館建設の準備中と信じられていた。

早期退職に応じる社員は少なくあるまい。割増金が同業他社に比べて異例に厚遇だからだ。当初の噂では、割増金は二十ヶ月と言われていた。ところが、専務の一声で五ヶ月分が上乗せされ二十五ヶ月になったらしい。長年の苦労を共にした社員への慰労の意を五ヶ月分に込めたい、と進藤が主張したのだと聞いた。彼の評判はさらに高まった。

「進藤さんが旗を振ってるから、リストラへの反発が少ないんだろうな」

大方の社員の見方は、そのようなものだった。彼が生え抜きの役員であることも人気を高めた。取締役の半数は社外からの天下りである。通産省やメインバンクの出身者が多い。進藤は、創業者、山村銀次郎に重宝がられ、使い走りの役目を担った。その結果、会社の隅々まで顔を出し、各部署での情報に富み主要な業務に精通している。創業者の信任を得、戦後の闇商売も任せられた。阿片取引を実務で差配したのは進藤と言われている。労働組合の執行委員長も経験した。それも強みだった。他の役員が、彼の組合とのパイプを頼みにするところもあるようだ。

一部の社員の間では、進藤の関心は会社の経営にはなく美術館構想に情熱を傾注していると噂された。ただメインバンクを説得するのは至難の業だろう。不良債権の処理費用やリストラ費用に加えて美術館建設費用が嵩《かさ》むからである。

社員寮は流し付きのワンルームタイプで、小さいながらも部屋に風呂がついている。シャワーを浴びベッドに腰掛け、缶ビールを飲みながら再度青色の通報に目を通した。金に困っている状態ではない。むしろ、余裕のあるほうだろう。会社を辞めても困らない。結婚もせず、独身で過ごしてきた身には少しの貯蓄もある。バブルの始まる直前に、税金対策として薦められて地方にマンションを二戸持った。九州と関西にあるそれぞれを賃貸マンションにして、月々定期的に家賃収入がある。ローンの返済も終わっている。贅沢さえしなければ何とかなる。

私は会社の仕事に情熱を抱いていない。もう飽きた。未練もない。会社から期待されていないことも分かっている。早期退職を阻む理由は見当たらない。しかし同時に、会社に残留することにも抵抗感はなかった。降格され後輩の部下となり手取りの給料が減っても、今まで同様の生活を続けるだけのことである。どちらを選択するにも、決め手となる要因が見つからない。「青紙」は机の引き出しにしまったまま、決断がつかない。

バブル崩壊の後始末はなかなか進捗しない。平成八年になってやっと債権焦げ付きに対処するため住専処理法案が可決され、六千八百五十億円の財政支出が決定した。どの企業も、財政基盤の安定化に注力した。金融業界の対応は素早い。東京銀行と三菱銀行が合併を発表した。

会社の「青紙」への意思表示の期限は、年度末の三月である。締め切りが迫るにつれて、同じ環境に身をおく連中が酒席に集うようになった。五十五年生きている間には、一つや二つの事情があるものだ。愚痴と諦めが交錯する。個別の人生を垣間見ることで、自分の選択のヒントにしようとする。

「会社は冷たいよな。もうお払い箱だとよ」

吐息のような言葉は空しく、誰の共感も呼ばない。

「オレは会社に残ることにしたよ。給料は減っても、この歳で他に行き先なんて見つからないからな。これからは贅沢できない」

晩婚のせいで子供がまだ幼い非鉄金属課長は自嘲気味に言い、一気に焼酎を胃袋に流し込んだ。社内残留の場合には、給料が七割に減る。

「別にプライドなんてある訳じゃないけど、悶々として毎日働き続けるのは耐えられないねえ」

私と同じ島の物流開発課課長代理は、取引業者とのコネを利用して倉庫会社に転職が決まっている。皆を羨ましがらせるように付け加えた。

「割増金で家内と海外旅行でもしてから、やり直しだよ」

将来に希望を抱いている口調ではない。むしろ投げやり気味に聞こえる。転職先での待遇を誰も尋ねない。他人の進路には興味があるが、注意を払い深入りするのは避けている。

有楽町のガード下の狭い居酒屋で酒臭い息を吹きかけ合いながら、だれも帰ると言い出さない。

「進藤さんがピンチらしいな。知ってるか?」

総務部勤務の長い男が話題を変えた。

「上層部で揉めてる様子だ。専務のスキャンダルが原因らしい」

何人かが噂を耳にしていた。だが、誰も詳しい事情を知らない。

「進藤さんはスキャンダルに弱いからな」

「また、進藤さんの悪い癖がでたか」

一同は昔の不倫話を思い浮かべたようだ。情報が乏しいため、スキャンダルの件はそれ以上進展しなかった。

酒席で私一人浮いていた。私の進路に探りを入れて来る酔狂な社員はいない。独身の私の進路はだれの関心も呼ばない。家族を顧みる境遇を気の毒に思うが、同時に羨望の気持ちも湧く。一足先に店を出て帰途に就いた。

会社の寮に着いたときには午前二時を過ぎていた。隣室に音が漏れるのを気にしながらシャワーを浴び、ベッドに腰をかけて缶ビールを開けた。淋しさとは少し違う。充実感を味わえない。自分の人生に物足りなさを感じてしまうのだ。坂下五郎やM子の気持ちを忖度した。彼らを贋作の世界に引き込んだのは、この物足りなさだったのではないか。二人とも空虚感を埋める手段として絵筆を持ったのだろう。絵画の力はそれほど大きいものらしい。

冷蔵庫から次の缶ビールを出した。咲子と一緒になろうと決めた。彼女も拒否しないだろう。過去を打っちゃって、人生の転機を求めているのは咲子も同じだ。戸籍や苗字にこだわらない。共同生活で充分だ。お互いにパートナーであればそれでよい。会社の寮を出て、都心のどこかにマンションを購入しよう。咲子の通勤に便利なところが望ましい。物件の選択は咲子に任せればよい。引き出しの中から青色の通報を取り出し、早期退職に丸をして封をした。

2

早期退職を届けてから一週間後、「総務部付け」の異動辞令を受けた。退職の意思を固めた社員には、仕事への熱意も意欲も期待できない。退職予備軍は揃って総務部の一角に集められ無為な勤務時間をやり過ごす。ダンボール箱に詰めた書類を焼却炉に持って行くほかに、何もすることとがない。仕事上の書類も、私物も確認することなくばっさりと捨てた。社員寮の部屋も明け渡さねばならない。クローゼットに、オランダの病院でボランティアのアンジーから受け取った『模倣と涙』が残っている。さすがに捨てるには忍びない。

坂下五郎の両親の消息を知りたかった。存命なら、先輩の手になる油彩画を手渡しておきたい。私に、もうトロフィーは不要だ。父親はかって教員だったと聞いていたので、鹿児島県の教育委員会に問い合わせた。だが個人情報は教えられない規則だと拒否された。更に粘ると、名簿の中から同僚だった教員仲間の同意を取ってくれた。即座に教えられた番号に電話を入れた。

同僚教員は、電話口で饒舌だった。鹿児島効外の田舎暮らしで悠々自適の元教員は、暇つぶしの話し相手ができたと喜んだようだ。同僚は詳しく教えてくれた。電話口から彼ら夫婦への厚情が伝わってくる。夫婦は慕われていたのだろう。

一人息子が外国で不幸な亡くなり方をした翌年に定年を待たずに引退し、周囲に告げることなく夫婦揃って甑島《こしきじま》に引っ越した、と話してくれた。父親は以前その島の中学校で校長をしていたことがあり、土地に馴染みがあったのだろうと説明を加える。だが、当時は周囲の誰も彼らの居場所を知らなかったと言う。世間との繋がりを極力避けたいという意向が働いていたのかもしれない、と嘗ての同僚は夫婦の気持ちを想像して述べる。

「ご夫婦がその離島に暮らしとおのが分かったのは、校長先生が脳血栓で倒れ鹿児島市の病院に入院した時じゃっど。甑島には十分な医療機関がなかったんやろう。一命は取り留めたんじゃが、重い後遺症が残り半身不随になったとです。退院後は再び島でのひっそりした目立たない生活に戻ったですが、二度目の発作に見舞われ鹿児島本土に運んだときには間に合わんかった。最後はやせ細って、厳格な校長先生の面影はありゃせんでした」

電話口で、同僚の声が小さくなった。辺鄙な離島での葬儀ということもあり、会葬者もまばらだったと付け加えた。

「やっぱり、息子さんを亡くしたのがこたえたっちゃろうねぇ」

教員仲間は、当時を思い出ししんみりとした口調になった。母親の方は、今も甑島で恩給暮らしの筈だと聞いた。連絡先を教えてもらい、私は長電話を詫び丁寧に礼を述べて電話を切った。

直後に甑島に電話を入れた。坂下五郎さんの後輩だと名乗ると、電話の向こうで緊張が走るのが分かった。

「どんなご用件でしょうか？」

本能的に何らかの警戒心が働くのだろう。

「息子は、ずっと昔に亡くなりました」

とりつく島もない。自分は大学時代に世話になった者で、突然のことで恐縮だが当時のお礼をお伝えしたいのでそちらに伺いたいと言っても、

「今は辺鄙なところに住んでいますので……」

どうあっても関わりを持ちたくない、という強い決意のようなものを感じる。

「つい最近までオランダに駐在していまして、そちらで一枚の絵を入手しました。その絵を持参しますので、ご覧頂けないでしょうか？」

しばらくの間沈黙が続いた。思案しているのだろう。結局は、しぶしぶではあるものの承諾の返事を得た。

飛行機と列車を乗り継ぎ、さらに串木野から一時間近くフェリーに乗船する。生憎その日は天候がすぐれず、東シナ海の波は荒れ随分と揺れた。多数の遣唐船が甑島に漂着したという記録が「続日本紀」に残っている。昔から波の荒い海域だったのだろう。フェリーに揺られ教えられた下甑島の手打という船着場に着くと、老母が立っていた。そこで降りたのは私一人だった。

私の自己紹介に、相手は目礼だけ返した。彼女の自宅まで波打ち際を歩いて十分ほどだが、その間落ち着かない様子だった。なぜ今ごろ突然こんな訪問者があるのか不安なのだろう。海岸沿いの道路から海面に付き出たような岩柱が見える。荒々しい波に浸食された絶壁の断崖が、海面からそそり立っている。先を歩く母君は、美しい光景を一切説明しようとしない。ただ俯き加減に思案げに歩を進めるだけだ。

家は何度も台風の被害にあったことが分かるほどに傷んでいる。平屋の一室だけを使って寝起きしていて、他の部屋は荒れ放題になっていると言い訳のように話した。その口ぶりから、最低限のことしか話さないという決意のようなものが感じられる。

「不思議なことですが、三十年前にアムステルダムの運河で殺されたのは、坂下先輩ではなく、別人だったという話があります」

私が単刀直入にそう切り出すと、相手が大きく深呼吸したのが分かった。気持ちを落ち着けようとしているのだろう。別人説の根拠を質そうとしない。深入りするのを避けているようだ。

「息子は二十八歳のときに亡くなっています」

毅然と覚悟のある表情に見える。オランダの警察に出向きルトゲス捜査本部長の前で、胴体部を息子ですと断言したときの顔つきはこれだったのだろうと想像した。

「先輩から連絡が来たことはありましたか？」

当然のことながら、返答は変わらない。

「息子は二十八歳のときに亡くなりました」

オランダで絵を預かったと述べ、『模倣と涙』の包装を解いて渡した。途端に彼女の表情が変わり、息を呑んで絵を食い入るように凝視した。一目で、絵の描き手を了解したのだ。

「この絵の作者は今も健在で、オランダに住んでいます」

私に確証はないが、そう言わざるを得なかった。駐在中に出会ったルトゲス元本部長からの伝聞、バラバラ遺体は替え玉で坂下五郎は生き延びた、という言葉を信じたい。先輩の死に同意することは残酷すぎる。私の眼前で老母は必死で涙を堪えている。

やはり三十年前にバラバラにされた胴体は息子ではない、と彼女には分かっているのだ。遺体は替え玉であると事前に了解していたのは明らかだ。ただその後の消息は不明だったのだろう。

言葉で確認するに及ばない。

息子の手になる油彩画を眼前にして、過去を懐かしむ表情ではない。絵画と私の言葉で、無事を知った安堵の涙を目元に溜めている。キャンバスを持つ手が小刻みに震えだした。思い切るように顔を上げ、私から視線をずらした。私は自分の嘘言に満足だった。

「この絵は私には不要ですので、こちらに置いてまいります」

放心状態の老母には、私の言葉が耳に入らない。窓外に視線を向けたままだった。私の辞去の挨拶も届かなかったと思う。息子の生存確認が母親を呆然とさせている。視線の先に、埋没していた三十年を見ているのだろう。

3

私は一人で、来た道の逆を辿ってフェリー乗り場まで歩いた。串木野行きの次便を待っていると、母君が走って来るのが見えた。せっかく遠路をはるばる来てもらったのに、息子の仏前に案内しなかったので、もう一度戻ってほしいと言う。冷静さを取り戻したのだろう。私はその誘いのまま先ほどの道を引き返すと、母君は早速『模倣と涙』を前に置いた。

「この桜には見覚えがある」

絵のなかの背景を指差した。一段落すると、今度は別の部屋に案内された。荒れ放題と言っていた部屋は、整然と片付けられた小綺麗な六畳間だった。床の間の隣の襖を開けると仏壇が置いてあり、坂下先輩と父君の写真が飾られている。その横にビニールの袋に入った下着や商品見本が見えた。アムステルダムの捜査本部で、本部長から預かった遺留品だと教えられた。

「新聞社や雑誌社が訪ねてきて大変でした」

彼女は往時を振り返り、被害者の親になったことの大騒動を語った。地元紙の南日本新報が特に執拗だったと、懐かしむ口調である。

「でも、一番しつこかったのは作家さんだったですよ」

「作家？　作家が来たのですか？　何という作家ですか」

「名前は知りません。新聞社や雑誌社がやっと引き上げたころにやってきて、取材さしてくれとしつこかったんですよ。主人が相手をしましたが、随分と閉口してました。取材のあとは疲れ切って何度もため息をついてました」

「推理作家ですか？　事件を小説化するための取材だったのですか？」

「さぁ、わかりません。もう昔のことです」

清張氏だと思った。完璧主義の清張氏なら、当然坂下五郎の両親にも取材しただろう。三田文学に『或る「小倉日記」伝』を掲載するにあたって、主人公に代わり小倉に残る鷗外ゆかりの場所や知己を求めて、這いずりまわった作家である。「調査を苦労と感じたことはない。むしろ楽しみだった。小倉時代の鷗外を直に知っている人と会うと心躍った」と、後日ＮＨＫラジオのインタユーに答えている。

元来探究心が旺盛な上に、几帳面な性格だ。何ごとにも完璧を期す性分から、現地ヨーロッパでの調査に飽き足らず、わざわざ鹿児島まで出向き坂下五郎の両親にも面会した。身元を断定する最終的根拠となった証言を重要視したのだろう。ご両親に執拗に取材した作家は、松本清張氏に違いない。根掘り葉掘り、現地アムステルダムでの遺体検分の様子を質しただろう。

清張氏は完璧な調査を踏まえて『アムステルダム運河殺人事件』で、被害者の身元を坂下五郎としたのだ。当初の「替え玉説」を撤回した理由は明らかだ。遺体の最終確認者である両親の証言の裏を取って納得した結果だろう。

母君は話を遮るように私を仏前に誘った。強いられた演技のように焼香を済ませた私は、次の間に案内された。やはり六畳間で、ちゃぶ台ひとつ置かれていない。それなのに、部屋中ピンと張り詰めた緊張感が流れている雰囲気にたじろいだ。

「この絵を見ていただきたいのです」

母君は欄間の上に掲げられた絵を指差した。その絵に描かれた光景は、私に馴染みのあるものだった。東京巣鴨の染井霊園の風景で、霊園を包み込むように桜が描かれている。ソメイヨシノが雨のように降り注ぎ、その向こうに霊園が見える。

咲き誇る桜の花が、墓に納められた数々の魂を俯瞰しているようだった。さらにその桜の上方に画家が控えているのだろう。どんどん絵の中に吸い込まれてしまいそうになる。染井霊園の桜には人一倍愛着が強いはずだが、この高い角度からの霊園は嘗て見たことがない。

今度は私の方が、絵を前にして呆然とする番だった。思いがけず涙ぐんでしまった。母君はそんな私の横で俯いたまま沈黙を守っている。しばらくして囁くような声が聞こえた。

「息子が東京で、学生時代に描いたものです」

彼女が大慌てで上京した時に、坂下五郎から渡されたのだと話してくれた。先輩が校舎の屋上から足を踏み外し重傷を負ったから、と当時を懐かしむように事情を説明した。消え入りそうな小声で呟くように話す。

「あれは事故ではなく、自殺とか殺されかかったという噂がありました。迷惑な話です」

私は『模倣と涙』に目を戻し、モデルを指差し尋ねた。

「M子さんから、連絡はありますか？」

私のこの唐突な質問は、母君を試す結果となった。

「ありません」

相手は即座に否定した。彼女はM子の名前を知っていて、それが誰であるかはっきりと分かっている。今は没交渉かもしれないが、過去に何らかの繋がりがあったのだ。

「バラバラ死体」が発見された当時、現地アムステルダムに両親を呼んで胴体部の実地検分を主張したのは、ルトゲス本部長だった。その意向は新聞社のインタビューによって明らかにされ、記事となって報道された。その記事を読んで、坂下五郎の両親に接触した人間がいた筈だ。それはM子以外に考えられない。当時の彼女は、ヨーロッパで坂下五郎と接点を持っていた。もう清楚な人形のような少女ではない。サンフランシスコで会ったやり手の熟女を思い浮かべた。同棲経験のあるM子なら両親への接触も容易だっただろう。バラバラになった死体は坂下五郎のものではない、替え玉なのだと両親に教え、命を救うために息子だと偽証するようにM子が誘導した。そして両親はM子の忠告に従い、ルトゲス本部長の前で遺体を息子と証言した。母君のキッパリとした「ありません」との否定の言は、私の推理を肯定している。

新聞記者からの第一報で息子が殺害されたと聞き、驚愕し悲嘆に暮れ、その後警察からの連絡で殺害されたものと諦めていたところに、M子から連絡が入った。偽証によって息子が生き延びられると聞けば、両親に迷いは起こらなかっただろう。

両親は、ルトゲス本部長の前で迫真の演技を見せた。その偽証から捜査本部は、バラバラ死体の身元をサカシタ・ゴロウと断定した。M子は、マフィアの手が両親に及ぶことを危惧し親子の没交渉を命じた。息子の延命が掛かっているとなれば、両親はM子の指示を厳格に守っただろう。

M子の画策によってサカシタの両親が偽証したのだと知れば、ルトゲスは何というだろう。長年の疑問が解けて喜ぶだろうか、それとも捜査を迷宮入りにさせた偽証に恨みを抱くだろうか。私にはルトゲスの反応が諮りかねる。ただ、事実は事実として伝えるのが私の義務であるように思えた。

第十章　画家の深謀

1

前年から持ち越した有給休暇と併せて四十日の休暇が未消化のまま残っている。通常、連続休暇には制限が加えられる。所属部署によって差はあるが、山村産業では一週間を上限とする部課が多い。ところが早期退職を目前にした私には制限がない。私が勤務につかないからといって、滞る仕事はない。

春休みのピークシーズン前で旅行する学生が少ない季節なので、ヨーロッパ行きの飛行機はガラガラだった。オランダのスキポール空港からデン・ハーグ中央駅まではオランダ鉄道で直行できる。

ユーロポールは国会議事堂の裏手にひっそりとあった。驚くほどにこぢんまりとした目立たない建物で、前庭には青地に黄星の大きなＥＵ旗が見える。ナチによる占領時代はゲシュタポの支部として使用された、と玄関前の掲示板に記されている。受付でルトゲス対策官との面談要望を告げると、係官は怪訝そうに私の顔を見返した。出発前にユーロポールに電話を入れてアポイントを取ろうとしたが、要領を得なかった。見切り発車で成田空港を出発したのだった。

「所属部署は？」

「以前は確か……、国際組織犯罪の対策官……」

三十分以上待たされた。会議中かもしれない。外出しているのなら出直してもよい。この時間を利用してマウリッツハイス美術館を覗こうかと思案していると、先ほどとは別の年配の係官に呼び出された。

「わざわざトウキョウから？　でもルトゲス氏は、いない」

「外出中ですか？」

「ルトゲスという名前の対策官はユーロポールには在籍していない。在籍したこともない」

「はっ？……。三十年前に中央警察でトランク・ミステリーの捜査本部長を務めたことのある……、その後ユーロポールに移った……」

私は知っている限りの知識を披露した。ようやく係員には、私が面会したい相手が分かったようだ。

「あぁー、中央警察のヨハン・ルトゲス？　彼なら警察を辞めて引退している」

「……」

年配の係官は、東洋の端から足を運んだ日本人に同情したのだろう。

「中央警察に問い合わせてみよう」

再度待たされた。ルトゲスはユーロポールを辞めたのだろうか。彼の連絡先を確認しなかったことを悔いた。戻ってきた係官の言葉に同情がこもっている。

「お気の毒です。退職者であっても、部外者に住所や電話番号は教えられないと言っている」

「……」

「ライツェプレインまで出向けば、中央警察がルトゲスを呼び出してくれるかも知れない。中央警察でならば、会える可能性はある」

私に選択肢はない。アムステルダムに列車で向かい、ライツェプレインにある中央警察に赴いた。中央警察の係官は、ハーグのユーロポールから連絡を受けていたので話は早かった。その係官自らが目の前でルトゲス元警部の自宅に電話を入れ、面会の諾否を確かめてくれた。会話の中身はオランダ語なので分からない。

「明日、自宅に訪ねるように言っている」

電話を置いて、私に英語のメモ書きを手渡した。日時と住所が書いてあった。中央警察の係官に礼を述べて警察を出た。その夜はフォンデル・パーク横のホテルに一泊した。観光シーズンを外れているので空いている。コンシェルジュに頼んで市街地図を貰い、メモ上の住所と照合した。

翌日の午後、市街地図を手にして指定の住所を訪ねた。ナチの爆撃を免れたアムステルダム旧市街に、その旧いアパートはあった。ところが出てきた老人は別人だった。頭は禿げ上がっているが、腰は曲がっていない。口ひげを丁寧に揃えていて、老紳士風に見える。中央警察の係官は、ルトゲスという名の別人を紹介してくれたようだ。人違いを謝罪し、立ち去ろうとすると呼び止められた。奥から古い新聞の記事を持参し、手で顔写真を示した。

「この男か?」

その写真はルトゲス対策官に似ている。頷いたものの、私にオランダ語の記事は読解できない。それを察した老紳士は、説明しようと手で私を中に招じ入れた。

「あなたは中央警察に在籍していたミスター・ルトゲスに間違いありませんか?」

私の質問に耳を貸さず、紳士はさっさと中に入る。私はへっぴり腰で後に付いて入室した。狭いが小ぎれいに整頓されたリビングに通された。夫人は出かけていて留守だと言う。自らコーヒーサイフォンからダッチ・コーヒーを注いで私に勧めた。会話は全て英語だった。ソファを勧められたが、着席する前に私は再度確かめた。

「あなたは昔、トランク・ミステリーを担当したミスター・ルトゲスですか?」

「ヤー・ヤー」

「事件の捜査本部長だった……?」

「イエス」

相手は、面倒そうながらも肯定する。私は混乱した。目の前の老紳士が本物のルトゲス元捜査本部長なら、私が会おうとしていた男は一体誰なのだろう。

「随分昔のことですが、ルトゲス氏の名前は日本で有名になりました。松本清張という推理作家が、オランダで起きたバラバラ死体事件の捜査本部長として紹介したからです」

目の前の老人は捜査本部長という言葉を、片手を挙げて制した。顔に照れ笑いを浮かべている。

「本部長に任命されると同時に警視に昇格した。ところが、事件が迷宮入りになって本部が解散になると警部に降格になった」

老紳士は親指を下に向けて苦笑してみせた。老人は立ち上がり、奥の部屋からかなりくたびれた薄い本を持ってきた。『アムステルダム運河殺人事件』のオランダ語訳だった。

「この作者のことはよく覚えている。なにしろ細かいことまで執拗に質された。一緒に来た通訳がうんざりするほどだった。最初は彼のことを作家ではなく、日本警察の捜査官だと思った」

一緒に来た通訳とは、当時「週刊朝日」の副編集長だった森本哲郎《もりもとてつろう》氏のことだろう。出版社が清張氏に同行させたのだ。国民的社会派推理作家の巨匠に対するマスコミの期待の大きさが分かる。

ルトゲスは本を手にしたまま、懐かしいものを見るように天井を見上げた。そして本にはさんであった一枚の葉書を私に示した。それは日本の大手出版社の社名入りの絵葉書で、驚いたことに清張氏がルトゲス警部に宛てた礼状だった。すっかりインクが色あせ、文字がかすれている。訪問時に時間を割いてもらったことへの感謝の意がしたためてあった。僅か二行だけの英文の文面である。

清張氏を担当した元編集者が、氏は九州の新聞社勤務の時代に独学で熱心に英語を勉強していたと述懐している。それでも、清張氏は英語で文章を綴ることは得意でなかったのだろう。自身の名前も含めて少したどたどしいアルファベットが葉書に躍っていた。

清張氏の葉書で、眼前の老紳士の正体が知れた。ルトゲス元本部長に間違いない。疑問の余地はない。私は手のひらの葉書を返した。

「この作者は一九九二年に八十二歳で亡くなりました」

ルトゲスは溜息のような小さな叫び声を発した。私は新聞の顔写真を指差して疑問をぶつけてみた。

「これは誰なのですか？　てっきりユーロポールのルトゲス対策官と思っていました」

「それはペータ・ルーストメイヤーというユダヤ人。贋作詐欺師。メーヘレンの助手で、彼の獄中死のあと組織を引き継いだ」

その名前に聞き覚えがある。ルトゲスは溜息まじりに続けた。

「この男は、私になりすましてルトゲスを名乗っていたことがある。私の替え玉だ。昨年、絵画の盗難事件に連座して逮捕された。今は刑務所で服役中だ」

顔写真入りの新聞記事は、一九九四年（平成六年）二月にオスロで発生した絵画盗難事件の犯人逮捕を報じる記事だと教えられた。顔写真に並んで、取り戻されたムンクの『叫び』が掲載されている。

ノルウェーのリレハンメル冬季オリンピックの開会式当日、オスロ国立美術館の二階に掛けた梯子を昇り窓ガラスを割って壁から『叫び』をひき剝がし強奪した事件である。日本でも大きく報道された。犯行は一分にも満たなかった。管制センターにつながったセンサーは作動したが、犯人はパトカーが到着する前に逃走した。

「犯行を計画した黒幕として逮捕された。だが、ペータは今も否認している。誤認逮捕を訴えている。実行犯はまだ逃亡中と書かれている」

ルトゲスは犯人を擁護するように言い加えた。

「わたしも、疑わしいと思う。犯行に知性がない。ペータにしては暴力的だ」

国立美術館の二階の窓を叩き割って強奪するやり方は、ペータには馴染まない、と老紳士は見解を述べた。名画を橇《そり》のように梯子の上を滑らせる運び方は、ペータらしくないと首を左右に振った。

「何か矛盾している。荒々しい手口で強奪されたのに、戻った絵は無傷だった」

ルトゲスは、自らに疑問を投げかけているようだ。強奪した絵画の扱いがとても丁寧だったことが腑に落ちないらしい。

「『叫び』は油彩顔料だけを使用して描かれたのではない。水彩絵具やチョークまでも使われている。適温、適湿による管理が不可欠な作品だ。犯人はそのことに十分留意して絵画を保存した。単なる暴力犯には思えない」

ルトゲスは納得を得られない無念さを、大きな溜息をついて表した。

2

本物のルトゲス元本部長は嘗ての「バラバラ事件」をどう見ているのだろう。私は清張氏の蘭語訳『アムステルダム運河殺人事件』を指して尋ねた。

「あなたの感想は？　この作家の推理をどう思いますか？」

「面白い作品だ……。手首切断の謎は読み応えがある。背広姿での肉体の露出部分に着目したのはさすがだ……。でも腑に落ちない。納得できない。あの作家の作品とは思えない。別人が書いたのではないかと思った」

ルトゲスの言葉に徐々に力が入る。何かに怒りをぶつけているように聞こえる。大きな溜息のあと、独りごとのように呟いた。

「既に迷宮入りした事件の真相など誰にも分からない。だが、この本は明らかに間違えている。誤謬を犯している。何の前科もない一介のベルギー人工場主が、僅かな金目当てに死体をバラバラにしてブリュッセルからアムステルダムまで運ぶなどという芸当が可能だろうか？　ギャングじゃあるまいし」

「……」

「私も、作品も、出だしのところで間違いを犯していた。あの死体は本当にサカシタという日本人なのだろうか？　別人の可能性はないのか？　替え玉ということはないのか？」

「捜査本部長であるあなたが、坂下の両親を呼んで確認させたんですよね？」

「両親に付き添って来た日本人の新聞記者から、武士道の精神を教えられた。日本人の習性として人前では感情をむきだしにしないのだと伝えられて、そのときは納得した気分だった」

私は黙って聴いていたが、目で先を促した。ルトゲスはテーブル上に置かれた葉書を手に取った。

「捜査本部が解散になったあと、日本から推理作家が調査に来た。もともと両親の態度に疑問を呈したのは、作家の方だった。被害者の身元が疑わしいと言う」

事件発生当初に、清張氏が週刊誌のインタビューに答えて替え玉説を唱えたことを思い出す。ルトゲスは眼前の私を無視して続ける。声が上ずってきた。

「わたしは、作家から指摘を受け同調した。あのときの両親の姿は頭にこびりついたままだ。捜査本部が解散になったあとも、事件を思い出すたびに真っ先に頭に浮かぶのは、あの場面での日本人老夫婦の余りにも毅然とした態度だった」

ルトゲスは悔しそうな表情を浮かべ、説明を続けた。

「わざわざ日本から死体確認にやってきた両親の態度が忘れられない。胴体だけの肉塊を見て、即座に息子だと言明したのは不思議な光景だった。確かにそれは気味の悪いものだが、息子かもしれないのだったら、もっと丁寧に見て息子との相違点を必死で探すのではないか。自分たちの子供でないことを祈る気持ちからその胴体にすがる様を予測していたのに、両親の態度は余りにも淡白だった。まるで胴体を検分する前から、息子だと肯定する頑なな決意のようなものが感じられた。肝心のヘルニアの傷痕にも注目している様子はなかった」

ルトゲスは眼前の私を無視して、自分に向けて長年の執念を語っているように見える。私は口を挟まず耳を傾けた。ルトゲスはひたすら続ける。熱に浮かされたように、早口の英語で語る。

清張氏の替え玉説は、ルトゲスを同調させるほどに説得力を持っていたのだ。当時の捜査本部長だったルトゲスを前に、力説する推理作家の姿が目に浮かぶ。

「替え玉を唱える作家の手助けになるかもしれないと思って、フランドル・コネクションという贋作シンジケートの存在を教えた」

「日本では、フランドル・コネクションは知られていませんからね」

ルトゲスは首を振って同意を示した。

「でも、作家に驚いた様子はなかった。贋作シンジケートのことは調査済みのようだった」

ルトゲスはテーブル上の『アムステルダム運河殺人事件』を指差して、呟くような小声で言った。

「作者の意図が分からない。自説の替え玉を主張せず、被害者をサカシタと断定している。調査済みのフランドル・コネクションにも触れていない。どうしたんだろう……。腑に落ちない。納得できない」

ルトゲスは、お手上げの感情を示すように両手を上げた。私は反射的に打ち明けた。

「ご両親は、M子に促されて偽証したのです。事前に死体が替え玉であることを知っていたのです」

ルトゲスは納得顔で頷いた。驚いた表情はない。「そんなことは分かっている」とでも言いたげな顔つきである。M子の名前も初耳ではないようだ。

「サカシタの両親は替え玉を息子だと嘘の証言をするために、わざわざ日本からやって来た。いくら自己抑制力の強い日本人でも、実の息子をバラバラ死体にされて平然としていられる訳がない。M子の存在は、あとから知った。彼女もフランドル・コネクションの一員だ」

ルトゲスは長年警察組織に在籍して、豊富な捜査経験を積んでいる。若いときから、フランドル・コネクションを追ってきた、と言う。さすがにそのシンジケートの内情に詳しい。調査の成果を私に話した。

「当初ハン・ファン・メーヘレンが主導して贋作団を発足させたときは、一枚岩の組織だった。絵画芸術に取り付かれた美術学校出身者が集まって、著名画家の模写を贋作として売りさばくようになった。メーヘレン自身はフェルメールの〝新作〟を描いた。ナチからの圧迫を受けた者たちが贋作集団に吸い寄せられた。メーヘレンのもとには単なる画学生だけでなく、ナチに一矢報いようとする若者が集まった。メーヘレンの助手に、ユダヤ系が多いのはそういう背景からだ」

ルトゲスの説明に淀みがない。自分の捜査成果をなぞるように語る。多くのユダヤ人がフランドル地方に流入した歴史は、私も知っている。中世ヨーロッパにおける交易の中心地はアントウェルペン港だった。宗教改革前後にスペインやポルトガルで迫害を受けたユダヤ人がオランダに移住してきている。金融手腕に優れた者や学問、芸術、絵画に秀でたユダヤ人が移住した。その子孫たちがナチから迫害を受けた。

「助手の筆頭格はユダヤ系オランダ人のペータ・ルーストメイヤーで、父親がデルフト工科大学の建築学の教授であったこともあり、化学知識が豊富だった。様々な実験に労を厭わない。十七世紀の画家たちが顔料の溶剤として花の油を使用したと推理したペータは、試行錯誤の末それがライラックの花であることを突き止めた。メーヘレンの贋作が十七世紀のものと断定された理由の一つは、顔料の成分分析をクリアーできたことにある。助手はそのほかにも絵の具の溶解度、鉛白の含有率、X線透視への対処方法をメーヘレンに進言した」

3

私に、ペータの正体がおぼろげながら分かってきた。

「メーヘレンはオランダ警察に逮捕されても、贋作団の内情も助手の存在も口をつぐんだ。ただ組織はメーヘレンの没後、求心力を失い米国のユダヤ系マフィアが介入する隙ができてしまった」

「マフィア?……」

「ランスキーを知っているか?」

ルトゲスは私の知識を試すように尋ねる。そのマフィアの大物の名前を私は知っている。老獪で自己抑制心の強いユダヤ系米人マフィアのモデルとして、コッポラ監督のハリウッド映画に登場した。

ラッキー・ルチアーノのパートナーだったマイヤー・ランスキーは、ポーランド系ユダヤ人の両親の間に生まれ一九一一年にアメリカに移住した。もともと腕力に依存するタイプではなく、むしろ頭脳プレイヤーだった。移住後少年時代を過ごしたニューヨークで秀才ぶりを発揮する。貪欲に知識を吸収し、特に数学にかけては神童と呼ばれるほどに聡明だった。

一九三三年に禁酒法が終焉すると、他のファミリーが麻薬や売春に走るのを尻目に賭博に活路を見出そうとし、FBIの手が届かないキューバでカジノを始めている。上がった利益の出処をごまかすためにマネー・ロンダリングの手法を多用した。合法な資産に転換した上で米国に還流させ、米国で資産を売却しクリーンなUSドルに換える。ランスキーは手元に常に経済学の研究書を置き、愛読していたと伝えられる。

「ランスキーは生涯、麻薬と売春に手を染めなかった。麻薬、売春はルチアーノが取り仕切った。ルチアーノが麻薬の本拠地をマルセイユに置いてフレンチ・コネクションを確立したあと、麻薬以外の分野で次の拠点を求めていたランスキーの目にメーヘレンの贋作団が留まった。美術品ビジネスに注目した。麻薬ビジネスがルチアーノ主導で行われたのに対し、美術品ビジネスを軌道に乗せたのはランスキーだ」

ルトゲスは冷静さを取り戻し、その説明はよく準備された講義のようだった。風貌だけでなく語り口も、引退した大学教授を思わせる。

「ランスキーは、南米の麻薬王やマイアミのゴッドファーザー、そしてアルバニアの武器密輸業者が美術品を買い漁るのを見ていた。食欲や性欲が満たされたあと人間の欲望がどこに向かうかを、ランスキーは察知した。また盗難絵画に対しては、必ず保険会社が買取りを交渉してくる、絵画そのものが手元になくとも、情報だけで金が動くことを知識として持っていた」

ランスキーはキューバのカジノで独占的に大金を稼いだが、キューバ革命でフィデル・カストロが政権の座に就くとカジノが閉鎖され大損を蒙った。その様子は映画にも描かれた。第二次世界大戦後には、イスラエル建国のために奮闘するユダヤ人地下組織に多数の武器を送り支援した。建国後も中東での紛争は絶えない。敵を上回る武器を送り続ける必要に迫られた。

「ランスキーが武器調達の資金源として照準をあてたのが、ジャパン・マネーだ。アメリカと経済摩擦を生じるほど加熱した日本の経済発展に注目した。トウキョウには金がうなっていた」

ルトゲスの言葉は、単なる推理ではなく確信に響く。

「高度経済成長に沸く日本で、ランスキーが美術品を餌として蒔いてみるとカジノ同様の収益があがった」

私はとっさに、世界中の美術愛好家が血眼になって探している『タヴォラ・ドリア』（「ドリア家に伝来した板絵」の意）を想起した。イタリア、トスカーナ地方の名門貴族、ドリア家が破綻すると、この絵は競売にかけられた。その結果、絵はイタリア中部に移ったと言われている。一時は東京の宗教団体系美術館に所蔵されていたが、その後行方がしれなくなり日本のどこかに隠されたと言われた。実は『タヴォラ・ドリア』自体の美術的価値は高くない。十六世紀のトスカーナ地方に住む無名の画家の手になる、単なる模写である。だがその模写の対象がいわく付きの作品であるため希少価値が出た。

それは、ダ・ヴィンチの手になる幻の壁画『アンギアリの戦い』を模写したものである。ダ・ヴィンチが教皇ユリウス二世に命じられてフィレンツェのヴェッキオ宮の五百人広間の壁に描いたものの、途中で顔料が流れ出し放棄した絵である。その後怒ったユリウス二世は別の画家に命じてその上から壁画を描かせたためにダ・ヴィンチの筆痕は永久に隠された。だがダ・ヴィンチが壁に向かって制作中に、その背後でイーゼルを立て壁に描かれると即座に模写した画家がいたのである。その模写が『タヴォラ・ドリア』だ。のちにルーベンスも『タヴォラ・ドリア』をもとに『アンギアリの戦い』の模写を残している。

存命中からダ・ヴィンチの名声は高く、多くの画家が制作中の作品を模写した。ラファエロ・サンティもダ・ヴィンチの憧憬者で、『レダと白鳥』、『モナ・リザ』のドローイングを残している。

ダ・ヴィンチの『アンギアリの戦い』は宮殿の壁に残らなかったが、キャンバスに油彩で模写された『タヴォラ・ドリア』は後世に伝わった。

だが、その運命は過酷だった。一九四〇年にナポリでナチにより略奪されたが、終戦後はアメリカに渡りカジノ経営者の管理下に置かれたことまでは分かっている。ところが、その後の来歴はぷっつりと途絶え、行方が知れなくなった。日米間で経済的結びつきが強まる中、高度経済成長下の日本で東京都西部の美術館で展示されていたが、突如展示場から消えた。元の所有者との間で真贋論争が生じたためと言われている。絵が模写ではなくダ・ヴィンチ自身の手になる下絵という説も浮上した。『タヴォラ・ドリア』自体はアメリカに戻されず、麻薬を介在させた日本の地下組織が銀行の地下金庫に隠し持っていると噂されていた。紆余曲折を経て、現在はイタリアに戻されイタリア文化省の管理下に置かれている。

ルトゲスの話に淀みはない。

「贋作供給元として、格好の組織がオランダに存在した。自分の同族が優秀な贋作を製作している。すでにナチを騙すほどの実績もある。メーヘレンが死んだあとも組織は助手を中心に活動している。加えて組織の中に日本の美術マーケットに詳しい日本人さえ抱えている。サカシタやMの子だ。正確で緻密な情報が入手できる。ランスキーの目には、ペータの贋作団はまさにおあつらえ向きに映っただろう」

私にもようやくマフィアの関与が分かってきた。メーヘレンの流れを汲む贋作団は、元来マフィアとは無縁だった筈だ。それが徐々にマフィアに侵食されていった様子がうかがえる。ルトゲスは組織の内部事情にも詳しい。

「メーヘレン発祥の贋作団と、ランスキー配下のマフィアが手を握った。両者の共通項は、どちらもユダヤ系ということだけで、それ以外に共通するものはない。マフィアが贋作団に合流後、組織は〝フランドル・コネクション〟と呼ばれるようになり、分業体制が出来上がった。メーヘレンの流れを汲む元々の贋作団が商品である贋作を製作し、金持ちの購入者を見つけ商品を売りさばくのはマフィア出身者という棲み分けだ。購入者との間で揉め事が生じると、マフィア幹部が乗り出して金を取り立てた」

ルトゲスは地下組織の取引事情に話題を移した。

「巨匠画家の贋作は大金を稼げるが、それだけ処分が難しい。マフィアはその裏社会でのネットワークを生かし、高い処分能力を誇る。麻薬や武器の密売に、現金代わりの担保として贋作絵画や強奪絵画を利用した」

ルトゲスの説明に私は聞き入り、せっかくのダッチ・コーヒーに手をつけるのも忘れてしまった。ルトゲスは、私を無視して説明を続ける。

「贋作団がいくら優れた贋作を製作しても、売却できなければ元がとれない。作品が大物画家のものほど高く売れるが、それだけ処分も難しい。裏社会では、武器や麻薬取引の支払い手段として大物画家の作品が使われる。高名な絵画を、金の代わりの担保として使う。絵画が盗難画であっても、裏社会のボスは意に介しない。いざとなれば、元の所有者に身代金を要求できる。保険会社や美術館から懸賞金を得ることも可能だ」

ルトゲスは、話をフランドル・コネクションに戻す。

「だがコネクション内部で、両勢力の並立は難しい。ランスキーは一九八三年に肺ガンで死んだ。彼の死後、重石を失くしたフランドル・コネクションの中で内紛が繰り返された。絵画をあくまでも美術作品として尊重する一派と、それを金儲けの手段と割り切る一派に分かれた。言わば内ゲバのような小競り合いを、いまでも繰り返している。どちらの派閥も一枚岩ではない。手っ取り早く大金を手に出来る、マフィア方式に同調する贋作製作者の裏切りも発生するようになり泥沼化した。いまの首領《ボス》にシンジケート全体を統率する力量はない」

「ボス？　ボスは誰なのですか？」

「メーヘレンが獄中死したあと、助手だったペータ・ルーストメイヤーが跡を継ぎ贋作団を率いた。彼自身がユダヤ系だったこともあり、多くのユダヤ人がコネクションに集うようになった。その中にユダヤ・マフィアもいた。ランスキーが死んだあとも、アメリカからオランダに移り住んだ配下も多い」

私はマフィアについて詳細な知識はないが、その結束力の強さは知っている。決して裏切りを許さない。コーザ・ノストラの結束は、厳しい掟に依拠している。マフィアはどの地域にあっても、「服従の掟」と「沈黙の掟」で組織の結束力を保ってきた。

仲間を警察や他のファミリーに売った場合は、死体の口に石を詰めて「沈黙の掟」を思い知らせる。仲間の妻や恋人を寝取った掟破りには、殺害したあと性器を切り取り、その性器を死体の口に突っ込み街路に投げ出す。組織を維持するために「掟」は厳格に適用された。マフィアは発足以来厳しい掟で、ファミリーの結束を守ってきた歴史を持っている。

私の最も気がかりなことは、坂下先輩の動静である。

「サカシタ・ゴロウは……？」

「組織内のイザコザが原因で、マフィアに命を狙われたサカシタは替え玉を作って行方をくらませた。替え玉の手首を切り落としたのは、マフィアのメッセージに見せかけるためだ。〝服従の掟〟に従って、絵筆を持つ手を切断したと示唆したものだ。指紋を隠すためではない。塗料が手に付いいたからでもない」

両方の手首が切り落とされていたのも、納得がいく。ルトゲスにも分かっているようだ。顔の前で両方の手をぶらぶらと振って見せる。

「サカシタは器用で、右でも左でも絵を描けた」

だが疑問は残っている。

「替え玉になったのは誰なのですか？」

私の質問にルトゲスは肩をすくめ首を振った。

「分からない。ただ、同じ日本人であることは確かだ。もともと不思議な死体だった。ライツェプレインでは、犯人の意図がよく分からなかった。被害者の身元を隠すために死体をバラバラにしているのに、国籍を示唆する日本語の記された下着を着用させ、所有者を特定しやすい特徴のあるジュラルミン・トランクに入れている。身元割り出しのヒントを多く残し、まるで捜査を誘導しているようだった」

「……」

「現に捜査本部はヘルニアの手術痕のある日本人ということとジュラルミン・トランクを手がかりに被害者の身元捜索を行った。その結果到達したのがブリュッセルに駐在中のサカシタ・ゴロウだった」

ルトゲスは、無念そうに溜め息を一息ついて続ける。

「いまだに不明なこともある」

ルトゲスは全ての疑問を解決した訳ではない、と口惜しそうに未解決の疑問を並べた。

「替え玉になった日本人の身元は割れていない。凶器は何だったのか。そもそも犯人は何故死体を運河に投げ込んだのだろう。運河でなくとも、工事現場とか山中や海に投棄してもよかった筈だ。その方が普通だろう。死体の投棄場所も問題だった。何故アムステルダムだったのか。住居のあるベルギーで発見される方が自然な筈だ。いまだに謎だらけだ」

ルトゲスは自嘲的に付け加えた。

「作家は何故、自説を撤回してしまったのだろう？」

「清張氏は亡くなりました。確かめようがありません」

ルトゲスは胸の前で十字を切った。

私は最後に、ペータ・ルーストメイヤーの居場所を教えてもらった。テーブル上に顔写真入りの新聞が置かれている。ペータが服役中の刑務所は、オランダ極北部の北海上の離島にある。アパートを辞去するとき、外はすっかり暮れていた。アパートの玄関先まで見送ってくれたルトゲスに、握手のあと尋ねた。

「ペータは何故、駐在中のわたしを訪ねて来たのでしょう？」

「サカシタに言われて、あなたの動きを探りに来たのだろう。眼鏡にかなえば、組織に引きずり込むつもりだったのかもしれない」

背中に悪寒が走った。サンフランシスコでM子から模写を再開するよう勧められた記憶がよぎる。ルトゲス元警部に重々礼を述べて、再度握手して別れた。

4

オランダ北部の北海上に弧を描くように島が点々と並んでいる。その中の一つ、アメラント島には、フリースラント州からフェリーが週に一本だけ運航されている。島に空港はない。さすがに観光客もここまでは来ない。私も駐在中に来たことはない。住民は刑務所関係者と囚人だけである。

ネス港でフェリーから下船すると、島にはまだ冬の名残りがあった。裂木したままの街路樹が無残に見える。北緯六十度に近い島の立木は、真冬にはじけるように割れる。樹木の幹に溜まった水分が、夜間に凍結することで体積が増える。維管束内で凍った水分が内から木を切り裂いた結果なのだ。裂木現象が無残な姿で残っている。まるで雷の直撃を受けあとのようだ。

刑務所の面会室に、サンダル履きで現れたペータ・ルーストメイヤーは禿げ上がった頭をしきりに撫でる。そのしぐさは、まさにユーロポールの対策官のものだった。私の顔を見ても驚いた様子はない。照れのような薄ら笑いさえ浮かべている。

「いつか、来るだろうと思ったよ」

アクリル板を挟んで面と向かっても、とりたてて迫力を感じることはない。刑務所でなければ、単なる好々爺と思うだろう。とてもフランドル・コネクションのボスには見えない。私がアムステルダムで本物のルトゲス元警部に会った事情を話している間、じっと目を瞑って聴いていた。囁くような小声で、思い出すように口を開く。以前と同様、低い声のゆっくりとした英語だった。

「私たちは、あなたを疑っていた。マフィアの息のかかった連中があなたを使って復讐を企んでいると警戒した。替え玉で騙されたことを根に持って仕返しを意図しているのではないか、それを懸念した。なにしろマフィアの連中は名誉を重んじるから執念深い。彼らに時効はないから」

「なぜ坂下五郎は、マフィアから命を狙われることになったのですか？」

「サカシタの腕は確かだった。彼の描いた肖像画がマフィアの目に触れた。グレタ・ガルボのトーキー映画のポスターを模写したものだった。フェルメール・タッチで描かれていたから、見たものは瞠目する。サカシタの美人画を見たマフィアはフェルメールの聖書画をサカシタに描かせようとした。けれどもサカシタは頑強に抵抗した。サカシタはフェルメールに傾倒していたから、フェルメールの聖書画は存在しないと頑として譲らなかった」

西洋美術史研究会での坂下先輩の精緻な研究発表が記憶に残っている。部室での理路整然とした静かなロジックに、私たち部員は酔ったように聴き入った。ペータは坂下五郎の研究成果を披露した。

「サカシタは凝り性な上に、フェルメールに関しては偏執的なまでに研究熱心だった。彼は新教会の古文書を逐一調査し、破門者リストの中に鐘楼から飛び降り自殺を図った男の記録を発見した。名前は記録されていないが、職業名に画家組合の聖ルカが記載されていることからこれをフェルメールと考えた」

フェルメールの晩年は不明である。生存の手掛かりがない。何の痕跡も見当たらない。自身の手で制作年を書き入れたのは油彩画『地理学者』が最後で、作品右肩部に１６６９を表すオランダ文字が見える。そのとき三十七歳だった。遺族の証言記録によって没年は四十三歳となっている。その間の六年間が後世の誰にも把握できず謎のまま残った。最後の六年間は「フェルメールの空白期間」と呼ばれている。最後の六年間をどこでどのように生きたか、研究者の間に定説はない。

『地理学者』を完成させたあとのフェルメールの不安定ぶりが、妻のカテリーナの陳述記録からうかがえる。「ある日は元気かと思えば、ある日はふさぎ込んでいるという具合でした」と未亡人となったあと、裁判所で述べている。その陳述記録を基に、坂下は画家と教会の対立を想像した、とペータは明かす。断言口調は、ペータも坂下の説に納得しているからだろう。

「フェルメールが神経を侵された原因は借金苦だけではない。長年の教会との確執が遠因になっているものと想像される。画家は結婚を期に、新教から旧教に改宗している。そこから新教会との確執が始まった。改宗は画家組合の中でも波紋を呼んだ。風俗画の名手、ピーテル・デ・ホーホは、フェルメールを敵視するようになった。熱心な新教徒、ホーホは、改宗したフェルメールを裏切り者と罵った」

自殺は教会にとって許しがたい行為だ。人間の命は神から預けられたものであり、自ら寿命を縮める行為は神への冒瀆にあたる。生と死を司《つかさど》るのは神のみの権限と定められる。まして神聖な鐘楼を汚す者は大罪を犯した罪びととなる。十七世紀には、うつ病は病気と見なされなかっただろう。坂下先輩の推理は真実をついているかもしれない。ペータは更に坂下五郎の説を続ける。懐かしい昔話を語る口ぶりだった。興奮のそぶりは見えない。

「新教会の鐘楼から飛び降り自殺を図ったことで、フェルメールは罪びとになった。だからサカシタはフェルメールの聖書画はあり得ないと言って描こうとしなかった。新教会はフェルメールを破門にしただけでなく、伝記作者のハウブラーケンにも圧力をかけ、『画家列伝』の中からフェルメールの名を落とさせた。ここからフェルメールの忘却神話が始まる」

ありうる話だと思った。ハウブラーケンは敬虔なメノー派教徒だったことが分かっている。メノー派は原理主義的なプロテスタントの一宗派である。自殺者に対する教会の断罪は厳しい。ゴッホは父親が牧師であり自身も生前聖職者の地位にあったにも拘らず、教会に埋葬されていない。自殺を敢行した罪びととして、教会の拒否にあった。フェルメールに対しても、厳しい処置が下されただろう。

5

ぼんやりと、フランドル・コネクション内部で坂下五郎が孤立した理由が分かってきた。マフィアにとって、フェルメールの聖書画は闇のマーケットで高値で取引されるし、是非在庫として確保しておきたいと考えるだろう。ビッグ・ビジネスの担保としての価値も大きい。美人画の実績を積んだ坂下に描かせようと命じた。これに坂下は従わなかった。だが私の疑念は払拭されない。フランドル・コネクションは、坂下以外にも多くの贋作画家を抱えている筈だ。坂下以外の構成員に描かせればよいではないか。

「坂下五郎は、フェルメールの贋作を製作しなかったので命を狙われたのですか？」

ペータは私の不審げな表情を読み取ったのだろう。

「マフィア連中がサカシタを排除しようとしたのは、それだけが理由じゃない」

ペータの小さな溜息が聞こえる。ペータが沈黙してしまう前に、私は慌てて質した。サンフランシスコで、M子の話を聞いたときから温めてきた私の類推を確かめたかった。

「フェルメールとホーホは同一人物なのですか？」

「私はそう思う。二人の年齢差はたった三歳で、どちらもカレル・ファブリティウスを敬愛する風俗画家だ。ライバル心が強く、双方ともファブリティウスの後継画家を自認した。二人の競争心を煽ったのは、パトロンのライフェンだろう。風俗画で競わせた。私の考えを、サカシタに話すと面白がった。逆にサカシタから二人の共通点を教えられた。作品にピン痕がある。消失線が歪んでいる。どちらも精神を病んだ末に死んでいる」

「……」

同一人物説は、坂下五郎ではなくペータの考えなのだ。M子は坂下経由で伝聞の形で聞いたということらしい。

「その説にマフィア連中は面白くなかった。フェルメールの神秘性を消してしまうからだ。デ・ホーホのマーケット価値はフェルメールほど高くない。デ・ホーホの再発見神話など誰も見向きもしないだろう」

マフィアの坂下五郎への憎悪が分かる。贋作を描かない上に、フェルメール神話の神秘性を壊すような研究の論陣を張っている。マフィアは、同一人物説は坂下五郎が唱えていると誤解した。外部に発表される前に消してしまおう、と計画しても不思議ではない。ペータは自身の独自説を早口で明かす。

「フェルメールは『地理学者』を描いたあと、デルフトから新興のアムステルダムに移った。そこでホーホを名乗り、思う存分風俗画を描き借金返済に充てた。だが結局は無理が祟って一六八四年に精神病院で息を引き取った」

「えっ？　史実では、フェルメールは一六七五年に四十三歳で死んだことになっています」

「間違いだ。四十三歳はフェルメールが投身自殺を図った年だ」

「信じられません。その説を坂下に話しましたか？」

「サカシタは否定しなかったよ。フェルメールは狂言の投身自殺を図った。犠牲になったのはフェルメールのライバル、デ・ホーホだろう。競争心が高じて抹殺の動機になった」

「……」

「サカシタには気の毒なことをした。マフィア連中は、私の説をサカシタの主張と誤解した」

組織の中で坂下五郎が追い詰められていく過程が想像できる。ペータはアクリル板越しに、私の顔色を窺いながら声を掛ける。

「デルフトの鐘楼に上ったことがあるか？」

ペータの静かな問いに、私は首を振った。ペータは数えられないぐらい何度も上ったと言う。

「いつもサカシタと同行した」

新教会にはウィレム一世の霊廟があり、高さ一〇八メートルの鐘楼からはデルフトの街が一望できるとペータは説明した。

「フェルメールは鐘楼に立って、爆発事故で疲弊した街を見下ろし『デルフト眺望』を構想したとサカシタは言っていた。だがフェルメールにはもっと別の企みがあった。聖人君子じゃない。策士だ。ライバルだったホーホを替え玉にして鐘楼から狂言自殺を演じた。発見された投身遺体はホーホだったが、フェルメールが精神を病んでいたという妻の証言からフェルメールの投身自殺と信じられた。カテリーナ夫人は意図的に噂を流し協力した。

フェルメールの狙いは、風俗画のライバル、デ・ホーホを抹殺することで画壇に君臨し、同時に借金から解放されることだった。だが予定外の邪魔が入って、デルフトに居られなくなった。教会がフェルメールの計画を壊した。自殺者として教会からは罪びと扱いを受けた。やむを得ずデルフトを去りアムステルダムに逃れ、そこでデ・ホーホと名乗った。逃亡を助けたのは、パトロンのライフェンだろう」

坂下五郎だけでなく、ペータのフェルメールへの想いが察せられる。低い声で続ける。

「火薬庫に火を付けたのはフェルメールだと思う。ライバルのデ・ホーホを爆死させようと計画したのに、敬愛するファブリティウスが落命した。皮肉なことだ」

「フェルメールが爆発の犯人？」

「サカシタはあり得ない話ではないと、否定しなかったよ。サカシタはフェルメールの風俗画への執念をよく知っていた。デ・ホーホへの敵対心も凄まじいものだ。デ・ホーホの側も、改宗者のフェルメールを憎んでいたから、お互いに憎悪を燃やしていた」

「結局坂下五郎はフェルメールの贋作を描かなかったのですか？」

「サカシタの研究によれば、生存中フェルメールは教会と対立したので聖書画はあり得ないことなのだ」

ペータの口ぶりに、坂下への同情が滲む。

「マフィアの命令に背いたサカシタを守るために、元々の贋作団仲間が替え玉を用意してサカシタを逃がした」

ペータは十七世紀のフェルメールの替え玉説をなぞる様に、坂下五郎を替え玉を使って逃したのだ。ペータの画策によって坂下は逃げ延びた。坂下五郎は殺されていない、生きていると私は確信した。フェルメールはホーホを替え玉にした。ペータは誰を坂下の替え玉に使ったのだろうか。

「坂下の替え玉にされたのは誰ですか？」

ペータは首を振った。搾り出すような声が更に小さくなった。

「知らない。M子が日本人の男を用意した」

「その男の手首を切り落としたのはあなたですね？」

Ｍ子自らが、替え玉の首や脚を切り落とす作業をやったとは思えない。私の問いに答えず、ペータは逆に質問を投げた。

「Ｍ子は、今どこにいる？」

「アメリカのサンフランシスコで会った。学芸員をやっている」

「隠れ蓑だろう。相変わらず闇の日本マーケットで稼いでいるのだろう。入所している間は世間の情勢に疎くなる。でもきっと日本は依然として格好の美術品市場だろう」

日本民法の盲点を言っている。正規の美術品ビジネスを上回る額が、闇のマーケットで動くのだろう。

国際的な違法商売で最も大金が動くのは、麻薬取引といわれる。禁酒法時代の酒のように、中毒患者はどんな大金をはたいても入手するまで欲望が途切れない。麻薬取引に次いで武器売買が大きなシェアを占める。世界中で紛争が絶えない。戦争をけしかける武器輸出業者はあとを絶たない。水面下の取引で、麻薬、武器に次いで三番めに大金が動くのは、美術品取引である。一年間に四十億ドルから六十億ドルのダーティ・マネーが動く。麻薬や武器と同じで、一旦取り憑かれると欲望は留まるところを知らない。人間を狂気に追い込む力が美術品にあるからだろう。

ペータは話頭を転じ、私に質問した。

「今も、絵を描いているのか？」

「そろそろ再開しようかと……。一足先に退職して……」

それは本当だった。私は早期退職後の生活を、手慰みの絵画制作で過ごそうと目論んでいた。咲子と二人でイーゼルを並べ、退屈を紛らわす日常を思い浮かべる。だがペータには私の真意が分からない。

「いい絵を描いてくれよ。せっかく生き延びたんだから……。私たちは、あなたをマフィアの回し者と考えていたから抹殺するつもりだった。そんなに難しいことじゃないよ」

「……」

当事の私は、無防備に美術館を廻って進藤からの宿題を果たそうとしていた。思えばぞっとする。

「何故殺さなかったのですか？」

「アンジーが止めた。だからあなたは生き延びた」

「アンジェリックが？……」

アンジーは、坂下五郎に言われてペータの計画を止めさせたのだろうか。

ペータの刑期は五年である。出所後は娘のアンジーと気楽に過ごしたいだろうと想像する。

「アンジーは面会に来る？」

「いや。まだアメリカにいる。アンジーにコネクションのボスの地位は荷が重い。もう次の世代にバトンタッチしたほうがいいだろう」

出所後は、もう完全に引退することを考えているようだ。考えてみれば、ペータも八十歳になろうとしている。気力も萎えるだろう。娘のアンジェリックを呼び戻して、二人で余生を送りたいと計画しているのかもしれない。

アムステルダム駐在中にペータがユーロポールの対策官に扮して訪ねてきた理由は、平山支配人の動静を確認するためではない。私に贋作の片棒を担がせるためでもあるまい。娘のアンジーの身を案じてのことだろう。駐在員の日本人がマフィアの命《めい》を受けて、昔の事件を穿り出して復讐を計画していると危惧したのだろう。アンジーの身に危険が及ばないように、先手を打って私を始末しようと探りを入れに来たのだ。

フリースラントへの帰途のフェリー上で、依然解けない疑問を反芻した。坂下先輩が替え玉を使って逃亡したことは分かった。マフィアの仕業と誤認させるために、ペータが死体から手首を切り落とした。替え玉になった日本人を殺したのもペータだろうか。それとも手首を切断しただけだったのか。

そもそも替え玉になったのは誰で、そして誰に殺されたのかは、不明のままである。

本物のルトゲス元警部の呈した疑問も解けない。何故遺体はブリュッセルでなく、アムステルダムの運河で発見されたのだろう。何よりも、いま坂下先輩は生きているのだろうか。どこにいるのだろう。

第十一章　凶器

1

東京に戻って十日ぶりに出社しても、机上にはメモの一枚も載っていない。退職予備軍に用のある社員はいない。どうでもいいような回覧書類と業界紙に目を通すだけの毎日が再開した。

土日は咲子と共にマンション探しで時間が潰れる。平日も会社で、目立たないようにマンションのパンフレットを見て過ごす。咲子は通勤に便利な場所を探して、閑静な白金台あたりが気に入っているようだ。一等地のため分譲価格はとびきり高い。

M子からの国際電話は、退屈をまぎらわせるのに十分だった。カリフォルニアは晴天続きだと報告したあと、不気味な言葉を口にした。

「アメラント島はまだ寒かったでしょう?」

ペータと連絡を取り合ったようだ。私の行動の逐一を把握している。マフィアの回し者かという私への疑惑は解消されているはずなのに、私の行動を監視しているのは不可解だった。

「久しぶりに日本に帰るの。時間とれる?」

M子は、私の都合のよい日時を了承した。ただ、場所はM子が指定した。間もなく私たちの大学が府中の米軍跡地に移転する。その前に見ておきたい、と言った。電話を切る前にM子は尋ねた。

「絵を描いてる?」

「……」

私の沈黙に、何の反応も示さず「いつか、見せてね」と言って国際電話は切れた。


山手線の駅のホームは長い。電車の起こす風に肩を撫でられ、最後尾から大塚駅の改札口を出た。駅の周辺は随分と変わった。消費者金融と英会話学校の看板が目立つ。大通りの純喫茶や雀荘が姿を消し、コンビニエンス・ストアに取って代わった。ガード下の都電の停留所で荒川車庫行きの都電に乗車した。早稲田と三ノ輪橋を結ぶ荒川線は、廃線にならず運行を続けている。

卒業以来初めての再訪である。都電停留所からの道路は、そのまま大学正門に続く。停留所からは昔どおり女子高が見え、その向こうにあるはずの霊園は校舎に遮られている。道路を挟んで反対側には、背の高い学生会館がそびえている。

単科大学のためキャンパスは広くない。土曜日の午後というせいもあって学生の姿はまばらだった。さすがにもう木造校舎は取り壊され、その場所は花壇になっていた。西洋美術史研究会の使っていた部室は残っていない。

M子は花壇横のベンチに座り、春の陽光を浴びて待っていた。連れはいない。期待した坂下五郎の姿はない。

「退職したあとは、どうするの？」

「……」

私の早期退職は周知のようだ。咲子と二人で暮らす計画を明かす訳にはいかない。

「油彩画をもう一度始めてみたら？」

M子は誘惑するように言う。言われるまでもなく、そのつもりだ。だが、もうコンクールに応募する気はない。気が向いたときに時間つぶしの趣味として、単に描きたいように描く生活を送ろうと思っている。

「ペータが、あなたの情熱が衰えていないと感心してたわ」

M子もアメラント島に出向いて、ペータと面会したのだろう。ペータは私の言葉を誤解してM子に伝えたようだ。

「坂下さんの後釜が欲しいのよ」

M子は私を直視して切り出した。私も相手の目を見返す。

「坂下さんは、今どこにいるの？」

「死んだわ。せっかくマフィアを欺いて生き延びたのに、ガンで助からなかった」

「いつ?」

「あなたのオランダ駐在中」

「えっ?　なぜ声を掛けてくれなかった」

「ペータが止めた。警戒してたの。マフィアの手先かもしれないと思って」

M子は目を逸らせ俯いた。私の落胆は大きい。アムステルダムのガン特設病院で闘病していたアンジーの日本人パートナーとは坂下五郎だったのだ。同じ病院に関わりを持ったことに運命めいたものを感じる。だが偶然はそこまでで、時期を重ねる巡り合わせに至らず再会は叶わなかった。私は先輩の母君に嘘をついたことになる。ぼんやりする私にM子が再度声をかける。

「坂下さんの後釜を探してるの」

どういう役回りか分からないが、フランドル・コネクションは日本マーケットで甘い汁を吸おうとしているのだろう。私はM子の誘いをうっちゃって、坂下五郎の両親との関係を質した。M子に隠し立てする様子はない。

「ご両親はまだ息子が死んだことを知らないでしょう。ご両親とは一度しか会ってないから、最近の様子は知らない」

私は甑島で『模倣と涙』を母君に手渡したことを告げた。

「いいことをしたわね」

M子はしんみりとした口調になった。

「両親とも必死だった。アムステルダムでも見事に偽証してくれた。でも帰国後清張さんから取材を受けて、遺体検分の様子を根掘り葉掘り訊かれて不安がった。息子の無事を願う気持ちを切々と電話で訴えてきたわ。でも私は決して連絡をとらないよう言い渡したの。マフィアの連中が動きを見張ってるから危険だと言って。替え玉を見破られたら命がないと脅した。ご両親は、息子と一生会えなくても、生き続ける方を選んだのよ」

「……」

「でも、清張さんの『アムステルダム運河殺人事件』が出てホッとしたわ。ご両親からの手紙も来なくなった」

「どうして？」

「清張さんは、作品の中で替え玉もフランドル・コネクションのことも描かず、被害者を坂下さんと断定したからよ」

「清張は確証がなかったんだろうか？　完璧な調査ができなかったから自説の出版に躊躇したんだろうね。鹿児島まで出向いてご両親に取材したのに、作家としては無念だったろうねぇ」

「ご両親は清張作品を大歓迎だったでしょうね。現に蘭語訳が出て、オランダ捜査本部の捜査は停滞した。坂下さんは、ニンマリしたでしょうね」

M子に懐旧の表情はない。まだ当時を引き摺っているのだろう。

「どうして贋作団なんかに関わるようになったの？」

「私より先に坂下さんが組織に加わっていたの。たとえ贋作でも絵筆を持つ生き方をしたかったのね。ブリュッセル駐在になってすぐ、コネクションに引きずり込まれたって言ってたわ」

「私はパリまで逃げてきたとき、坂下さんに連れられてコネクションに匿ってもらったの。一緒にベルギーに逃げたわ」

そのことは、サンフランシスコで聞いた。だが、再度焦るように確かめた。

「モスクワから逃げてきたの？　ＫＧＢに追われて？　なぜ？」

「一緒に地下に潜ったロシア科の白井のせいよ。彼は自分が助かりたいために、自白調書で私をスパイとして売ったのよ。日本の特務機関の工作員とでっち上げた。結局は自分もスパイとして追われる身になったんだけど」

そろそろ夕暮れが迫っている。Ｍ子は学生会館を指差して、屋上に誘った。花壇をすり抜け学生会館の前に立つと、一階の舞台で男子学生が一人で台詞の練習をしているのが目に入った。演劇部の部員なのだろう。観客席には誰の姿も無い。

2

初めて学生会館の中に足を踏み入れた。中は暗い。エレベーターの場所が分からない。Ｍ子も入館するのは初めてと言う。らせん状に作られた階段をゆっくりと上り、最上部の扉を押すと扉は開いた。屋上に出た。意外と風が強い。身に着けた衣服が音を立てて体にへばりつく。息を切らせ上気した頬には風が心地よい。

M子は両手で髪の毛を抑えた。周囲に巡らされた金網に沿って一周してみた。M子は背後からついて来る。金網の背は高い。従来の低い金網に追加の工事が施された結果のようだ。竣工当時は簡単に乗り越えられたのだろう。

近隣一帯は住宅街なので高いビルはない。遠くに後楽園や池袋の高層ホテルが小さく望める。女子高側に立つと、雲海のような桜が目に飛び込んできた。女子高の校舎は低層なので学生会館屋上からの視界を遮らない。キャンパスからは望めなかった染井霊園が眼下にある。

満開の桜が一糸乱れず、整然と風に揺れる。その様子は海底の海草の動きのようにゆっくりとしている。上空のどこかに指揮者が潜んでいて、指揮棒に合わせて体をうねらせているようだ。

金網の前に立ったままM子は、坂下五郎の天才画家への傾倒ぶりを懐かしむように話す。隣りに立つ私を無視している。自身に向かって話している。

「ペータは、坂下さんの絵画の腕を見込んで引っ張ったんじゃない。フェルメール研究の成果で注目したのよ。神話めいた美談でなく教会との醜い確執を説く坂下さんを、ペータは同志のように思ったのよ。マフィアの連中には気に入られなかったけれど」

坂下を逃がすための画策を指揮したのはペータだ。しかし、彼自身も替え玉が誰であるか知らなかった。M子が用意したと言ったのを覚えている。私には替え玉にされた日本人の目星はついている。思い切ってM子に問いを投げた。

「坂下先輩の替え玉は、一緒に地下に潜ってモスクワまで行った白井義輝？」

「……最初は殺すつもりはなかった。ペータに相談してアムステルダムに呼んだの。粛清の追っ手から逃れ先を探してた白井はすぐに誘いに乗った。殺す意図はなかった。懲らしめるだけのつもりで、ペインティング・ナイフを踏ませて足に傷をつける程度と思ってた。ところが、モスクワからロシア女が白井の後を追いかけてきた。その女と暮らすために私を党に売ったと分かって、許せなくなった。傷口にたっぷりと運河の水を摺りこんでやった。アムステルダムの運河の水には破傷風菌が一杯だから確実に侵されるわ」

破傷風菌の歴史は古い。地中に埋まって錆び付いた釘や、水中の腐敗物に付着して生きながらえる。酸素に極端に弱く、酸素に触れると即座に死滅する。ただ、体内に入った場合の繁殖力は旺盛で、人間を死に至らしめる。

「白井は二日ほどいつもどおりの生活をしていたけれど、三日目から首筋が突っ張る、ものを噛むとひどく疲れると訴えるようになったわ。この症状を見てペータが運河の水で傷口を洗うのをやめさせた。破傷風に罹病したことが確信できたから。白井義輝の体は一週間で全身性の硬直痙攣が頻発するようになった。さらにその一週間後には破傷風特有の呼吸困難な状態に陥って死んでいったわ。最後はまるで息が詰まるようだった」

破傷風の末期症状は、窒息状態になることが大きな特徴である。替え玉の体内には運河の底に寄生していた破傷風菌が充満している。菌を死体もろとも運河に戻すことは、ペータの考えだろう。

死体の処理はペータが行ったに違いない。死体が誰であるかは問題ではない。サカンタの替え玉の日本人死体さえあればよかったのだ。遺体をバラバラにするための彫刻用の鋸《のこぎり》や鉈《なた》はペータの身の回りにあった。死体となった胴体には破傷風菌が溢れているから、アムステルダムの運河に戻すほかなかったのだ。だから遺体は、ブリュッセルでなくアムステルダムで発見されたのだ。

坂下五郎は、アムステルダム中央駅でわざと目立つように旅行社への道を尋ね目撃者を作った。その後すぐに行方をくらませた。それもペータの指示だろう。殺害と逃亡の計画実行は、ペータ、坂下五郎、M子三人の合作なのだ。アンジェリックの役回りは何だったのだろう。

「坂下さんは、アンジーと南米のスリナムに逃げた。スリナムへの到着が確認されたあと、ペータの指示で女の子がヤコブ・ファン・レネップ運河でバラバラ死体入りのトランクを見つけ、近所の第三者に引き揚げさせた」

南米スリナムがオランダから独立したのは一九七五年（昭和五十年）のことで、坂下やアンジェリックが逃亡した時はまだオランダ領だった。

「ペータに言われて、坂下さんとアンジーは偽装夫婦でスリナムに逃げた」

オランダのパスポートを持つアンジェリックとそのパートナーは、在留許可を得るまでもない。スリナム行きは、ペータの入れ知恵だろう。ナチ政権下多くのユダヤ人が、ユダヤ狩りを逃れるために南米のキュラソー島に移住した。ペータは、若い二人に難民の軌跡をなぞらせた。南米スリナムも対岸のカリブ海上のキュラソー島もオランダ領西インド植民地の一部だった。

「アンジーはとんぼ返りでオランダに戻る計画だったけど、ペータの指示を守らずに坂下さんとスリナムに住みついた。子供はできなかったけど、ずっといい夫婦を演じ続けた。偽装夫婦でなくなったのかも知れないわねぇ」

M子の声が小さくなった。風の音で聞き取りにくい。

「十年後にオランダに戻っても、スリナムでの苦労が祟ってガンで助からなかった。アンジーがガン特設病院で懸命に看病したんだけど……。もう私の出番はなかったわ」

M子は金網の前で俯いた。屋上を吹き抜ける風が勢いを増す。霊園の桜は動きを止めない。風に促されて揺れながら後方にしなる。園内の大通りが、学生会館と垂直の向きで直線に走る。メインストリートのように霊園を左右に隔てる。

通りに沿って左右から無数の桜がアーチを形作っている。鉄道のように真っ直ぐに延びる二本の桜の線路が風に揺れて、俯瞰する者の眼を先へ先へと誘惑する。桜の線路は地平線の先まで続いているように映る。遂には視界の限界で桜の線路が交わる。桜並木の終結は消失点で隠される。

既視感を覚える光景だった。坂下先輩が絵画『模倣と涙』の背景に残したのは、この桜のうねりなのだ。モデルのM子の背景に載せられた桜並木は、染井霊園の風に揺れる桜だと分かる。坂下先輩が『模倣と涙』で描きたかったのは、背景に配した桜並木が交差する様だったのではないか。

M子は先輩の様子を慈しむように語る。彼女は、坂下先輩の代替を革命に求めた。大人になりきらない少女が懸命に求め突き進んだ結果、自分を消し地下に潜る生き方しか残されていなかった。目じりに小皺の目立つ嘗ての少女は、革命が代替になれなかったことを知っている。嘗ての同棲相手への想いは、いくら時間を経ようが生死に関わらず不変なのだ。M子の一途さにたじろぐ想いだった。

「白井が坂下さんを突き落としたのよ。止める間もなかったわ」

M子はいまだに不思議だと言わんばかりに肩を竦めた。長年の米国暮らしで、所作が米国流になっている。学生時代、坂下先輩が学生会館の屋上から投身を図った事情を言い始めた。その場にM子はいたのだ。

「革命運動から足を洗った坂下さんを、白井は裏切り者の日和見主義者として恨んでた。坂下さんは何の抵抗もしなかった。あっという間に突き落とされた。まるで自分から身を投げるみたいに」

M子は独り言のように言う。眼前の私の存在を無視し、目が彼方の宙に浮いた。坂下五郎の投身は、当時噂された失恋や三角関係の縺《もつ》れなどではなかったのだ。

「坂下さんは屋上から俯瞰する桜並木に愛着を持ってたわ。消失点を探してるんだって。長時間じっと睨みつけるように霊園を見ていたのよ」

M子の目は宙に浮いたままだ。サンフランシスコ湾を見遣る視線と同じだった。坂下先輩への想いの深さが分かる。嫉妬心は湧かない。坂下先輩の学生会館屋上からの凝視は、M子にとってもたまらなく不可解なことなのだ。

西洋美術史研究会で先輩の卒業をコンパで祝った。追い出しコンパの席での坂下先輩の様子を思い浮かべた。真っ暗な池袋の夜をじっと見つめていた先輩の目が忘れられない。M子が屋上で目撃した視線と同じものだろう。

第十二章　作家の詭計《トリック》

1

平成八年の山村産業の株主総会は波乱が予想された。例年株総前は社内全般が慌しい。総会での株主からの質問に備えて、各部室が想定問答集を作成する。とりわけその年は、総務部への客の出入りが激しかった。一見して総会屋と分かる風体の男の来社頻度が高い。総務部が対処を迫られている問題を、総務部付けの社員は誰もが知っていた。緘口令《かんこうれい》が敷かれても、噂は一瞬にして部内に浸透する。厳秘が強調されると、反作用のように噂は拡大する。

進藤専務のスキャンダル情報を入手した総会屋が、総会の場で暴露すると通知してきたのだ。進藤のスキャンダルは社員の間で有名である。社内の女子社員との不倫を振り出しに、社内外の女性との関係は一つや二つではなかった。会社には男女間の問題に甘い風土がある。厳格な懲罰委員会は社員の金銭横領や薬物使用には厳罰を以って臨むが、異性間の問題には口出ししない。

だが総会屋にとっては、下半身のネタは格好の攻撃材料だ。

総会屋が摑んだ情報は、嘗て進藤が関係を持った元愛人のクラブ経営者に関するものである。その経営者は、銀座で最も美しい女として雑誌で騒がれたこともある。大物政治家との関係を取り沙汰された経歴を持っていた。進藤との間に子供を設けた愛人は、山村産業の役員室フロアーのトイレで手首を切った。進藤へ嫡出子の認知を求める示威行為である。救急車に続いて週刊誌記者が現場に現れた。

会社の広報部が画策して、広告出稿と引き換えに記事は差し止めになった。ところがフリーの記者は、進藤の不倫情報を血だらけのトイレの写真とともに親しくしていた総会屋に売った。

進藤のスキャンダルも絡み、その年の株主総会は社員の注目の的になった。噂話は瞬く間に社内を駆け抜ける。株主総会が荒れるときは暴露合戦になる。総務部は与党総会屋から情報を仕入れ、その総会屋の過去の怪しい行状を暴く作戦を立てた。だが、進藤に止められた。彼は自身の取締役再任が否決された場合に備えて、代替取締役候補者の略歴を準備させた。欧州統括支配人の地位にある前アムステルダム支配人、私の駐在時の元上司にあたる平山である。人事関連の情報は、突風のように社員間に広まる。平山の昇格には進藤の強い推挽があった、と噂された。

二人の親密な関係がどのような経緯で出来上がったのか、他の社員には分かるまい。私には想像がつく。美術品であろう。進藤は絵画愛好家として知られている。それが高じて会社付属の美術館を建設しようとしている。

前アムステルダム支配人の平山は、オランダ駐在中に会社の交際費を流用して入手した美術品を手土産として進藤に贈ったのだ。それぐらいのことは平気でやる。官々接待の流儀だ。アムステルダム事務所の交際費不正使用は、懲罰委員会の目に留まり隠密裏に調査が行われた。

私がアムステルダムの病院に入院中に、懲罰委員会の事務局の人事課員が平山支配人の行状を調べに来たことがある。結局委員会の調査はうやむやのうちに終わった。通産省やメインバンクの天下り役員が多い中で、生え抜きの役員である進藤に対する人望は厚い。進藤と親密な平山への調査は腰砕けに終わった。懲罰委員会の調査もなおざりにされたようだ。金銭横領や違法な薬物使用とは種類が違う。調査の矛先が鈍ったのだろう。結局何のお咎めもなかった。

総務部長が総会屋と面談を重ねたが埒が明かない。総会を一週間後に控えた日、総務部を訪ねてきた総会屋に進藤本人が直談判した。その結果、総会屋は昼食代と車代を受け取って帰った。私と同じ時期に途中入社した総務部員がその場に同席した。万一に備えての警察への連絡要員である。

総会屋は増額を要求したが、進藤の拒絶に遭い引き下がった。領収書を切った事実から、総会での追及を諦めたことは明らかだ。進藤に心酔する総務部の社員は、自分の自慢話のように進藤の対処振りを社内で吹聴した。

「認知します。もともとそのつもりだった。相手が不要と言っていたから、しなかっただけのことです」

「あなたの言動は社会的に問題だ。一株主として許せない」

「どうぞ総会でご発言下さい。構いません。取締役から降ります」

結局その年の株主総会は、暴露合戦に至らず例年通りシャンシャン総会で終わった。三十分で終了し、進藤は取締役として再任された。総会屋騒動の結果、欧州統括支配人の平山が次期役員候補であるとのコンセンサスが社内で共有されることとなった。

ところが株主総会を無事に乗り切ったかに見えた進藤は、別のスキャンダルで躓いた。


株主総会の翌月、咲子のマンションを訪ねた。

「進藤さんが大変だ。とうとう会社から身を引くらしいよ」

私の仕入れた情報を咲子に伝えた。同期入社の男からの電話では、進藤の揉め事は不倫ではなく金銭の絡む話だった。フィリピンの海運会社から不明朗な資金を会社に入金させた、という疑惑である。落札の見返りに賄賂まがいの金が動いた。社内の会計監査では露呈しなかったが、国税庁の税務調査で不正な内部留保が発覚した。顧問税理士の立会いが許されず、厳格な査察調査だった。早期退職者への上乗せ割増金を捻出するために無理を強いられたようだ。それだけではあるまい。進藤には、美術館の建設費用も懸念材料だっただろう。自力で算段しようと焦燥があったのかもしれない。

ただ、個人で着服した訳ではない。そういう人柄でもない。しかし、たとえ動機が会社のためとはいえ、収賄に類する金銭の授受は見逃されない。現役の役員が懲罰委員会にかけられるのは、異常な事態である。だが進藤自身がそれを望み、自ら解雇の処分を下すよう進言した、と同期入社の男は言った。

騒動の渦中に、私は進藤に呼ばれた。私物を整理するためにダンボール箱が部屋中に散乱している。進藤が小さな包みを私に差し出した。

「迷惑をかけたね。もう私には不要だ」

それは私には見覚えがあった。贋作のフェルメール素描だ。中身を確かめるまでもない。進藤は私に美術館構想を引き継ぎたいとの想いだろうか。進藤は会社の美術館構想の頓挫を危惧している。処分が下れば、進藤は関連会社への転出も不可能となる。退職金も慰労金も出ない。

進藤の窮状を伝えても、ソファに腰掛けた咲子に驚きの様子はない。咲子は既に知っていた。私より詳細に事情に通じている様子だ。

「進藤さんはこれで完全に失脚ね。不倫騒動と、今度の収賄問題のダブルパンチじゃ助からないわ」

咲子は、冷静な第三者的感想を述べた。話題の終結を告げるように私に背を向けた。天井の間接照明が咲子の首筋を照らしている。背中が小さく上下に揺れ始めた。咲子の中で進藤は残像のように残っているのだ。それは実像の方と表裏一体で、進藤が窮地に立つと残像が際立つのだろう。あれだけの大きな騒動となった不倫の後も咲子は退社しなかった。その理由が私には腑に落ちた。

嗚咽が治まらない。波立つ背中を伸ばし、思い切るように顔を上げた。背中を向けているので、私からは表情は見えない。私の存在など完全に無視している。進藤の窮状に動転して、感情を抑えられないのだろう。再度嗚咽が始まった。背中の動きはまだしばらく止まりそうにない。

私は気付かれないように、無言のまま日吉のマンションを出た。もう東横線の終電は出てしまっている。綱島街道まで歩きタクシーを拾った。バブル時代と違って流しの空車がすぐにつかまった。


私は平成八年七月に、五十五歳で三十年弱在籍した山村産業を早期退職した。会社の寮にはいられない。退職後、京急沿線の横浜から八つめの駅に六畳一間のアパートを借りた。

白金台のマンション購入のために用意した金は、そっくり咲子に持ち逃げされた。

会社の後ろ盾を失くしたサラリーマンに、銀行は冷淡だった。ローンが組めず、キャッシュを用意する必要に迫られた。賃貸に出していた九州と関西のマンションを売却し、二十五ヶ月分の退職割増金を前払いで受け取り、購入費用に充当した。

咲子は当初、今のままでいいと私との同居に乗り気ではなかった。私の早期退職の決意を知って、やっと同意した。マンション購入費用の半分を自分が負担すると言った。白金台の物件は、咲子が見付け不動産屋との交渉も彼女が窓口となった。購入手続きを咲子に一任し、私の小切手と印鑑を預けた。その後連絡がつかなくなった。私の全財産は咲子とともに消えた。彼女は辞職届を会社に郵送し退職した。進藤が解雇になった直後である。会社で残務整理をしている私に咲子から電話が入った。私が質す前に「ゴメンナサイ」を連発した。裏切ったことを謝罪し、金はいつか返すと言う。探さないでほしいと電話口で懇願した。

「進藤さんと暮らすの？」

「……」

進藤のいなくなった会社に未練はないということだろうか。咲子は沈黙のあと、返事の代わりに「ゴメンナサイ」と答えた。

進藤は現役の役員でありながら、懲罰委員会にかけられ懲戒解雇の処分を受けた。これまでの功績と、私服を肥やした訳ではない事情を考慮され、刑事告訴はしないことで決着がついた。収賄金額と同額が会社からフィリピンの海運会社に弁済され、同時にその会社との契約は打ち切られた。不正な内部留保の画策に加わった経理部の部員にお咎めはなかった。進藤一人が罪を背負うことに懲罰委員会が同意した。

咲子は、私から奪った金を元手に進藤と逃避行するつもりなのか。それとも、退職金のない進藤に相当額を持たせてやりたいと考えたのだろうか。咲子に質しても答えないだろう。「ゴメンナサイ」と言うだけだろう。咲子の思惑は外れるに決まっている。進藤は家庭を捨てる男ではない。同情されて理由のない金を受け取ることもあるまい。

咲子は進藤の人となりをよく知っている筈だ。覚悟の上なのだろうか。単なる不倫相手の立場で満足と言うことか。ひょっとして私から持ち逃げした金は、進藤への見せ金かもしれない。想いの深さを訴えるために金を使いたいと思ったのか。咲子も身動きが取れないのだろう。進藤の残像に、金縛りのように羽交い絞めにされている。咲子からの連絡は途絶えたままだ。

2

早期退職から三年が経過したところで、大腸癌の摘出手術から丁度十年が経つ。その間、幸運なことに再発も他部位への転移もなかった。退職と同時に、駐在以来のドラッグをやめた。下手な油彩画で口寂しさを紛らわせた。時々行楽を兼ねて巣鴨の染井霊園に出かけ、スケッチ帖を広げる。大学は府中に移転した。学生会館は取り壊され、マンションになっている。会社を解雇になったあとの進藤の動静は耳に入ってこない。咲子からも連絡はない。

「術後十年経過」を機に、安価な航空券を見つけて、オランダを再訪することにした。到着後すぐ、アムステルダム中央駅近くの病院に顔を出した。院内はスチームが効いていて暖かい。主治医や婦長は以前同様在籍していた。アポイントを取っていないのに、私の再訪と健康を大祝福してくれた。婦長の巨体に変化はない。太い腕を私の背中に回し、耳元の大きなキスの音で歓迎してくれた。インド人麻酔医は別の病院に移っていて会えなかった。

病棟前の運河も跳ね橋も変わらない。凍った運河上で、子供たちがスケートを楽しんでいる。運河沿いにしばらく歩くとユダヤ人街に出た。バラバラ死体の入ったトランクが発見されたヤコブ・ファン・レネップ運河は近い。コートの中にフェルメールの素描を入れている。進藤から解雇前に専務室で渡されたものだ。描いたのは坂下五郎だったのではないか。私は素描の包みをぎゅっと握った。中央駅から鉄道でデルフトに向かった。まだ新教会の鐘楼に上ったことがない。

新教会に入るとすぐ奥の正面にオラニエ公ウィレム一世の霊廟がある。オラニエ公は、オランダ建国の祖である。現在でもオランダのナショナルカラーがオレンジ色なのは、この家名に由来する。十六世紀半ばに宗教改革運動がオランダにも波及し、この地域を支配していた旧教国スペイン帝国はこの運動を弾圧した。それに対抗したウィレム一世は果敢にスペインに挑み、勝利した結果、新教国オランダ共和国の独立が認められた。だが戦中にフランス人旧教徒に暗殺されオランダの独立を知ることなく死んだ。

廟の周囲には極彩色のステンド・グラスが輝く。脇には三千本のパイプを持つパイプオルガンが置かれている。売店横の上り口から階段に入った。階段室は薄暗く狭い。階段の途中で何度も立ち止まり呼吸を整えて再度足を上げる。三七六段の階段を上り切って、鐘楼の外に出るとバルコニーがある。驚くほど風が強い。吹き飛ばされそうだ。オランダで最も高い教会の塔だから恐怖心が走る。

手摺を握り締めて、幅の狭い通路を歩く。横目で、大小様々三十六基の鐘が縦横に吊るされている様を見る。恐る恐る眼を下に遣ると、オレンジ色の家々の屋根が陽光に映える。マルクト広場をはさんで反対側に旧教会が対峙する。見下ろす景色に既視感を覚える。フェルメールの『デルフト眺望』の構図である。

西洋美術史研究会での理路整然とした冷静なロジックを重ねる坂下先輩の姿が思い出される。坂下五郎は繰り返し新教会の鐘楼に上った、とペータから聞いた。鐘楼に立ち、眼下の街を見下ろしたに違いない。鋭い凝視で、光景の中に巨匠画家の痕跡を探したものと思う。火薬庫の爆発で廃墟となったデルフトの街を眺めるフェルメールの心情をなぞっただろう。

画家がこの場所に立って、名作の構想を練ったという坂下五郎の説には説得力がある。坂下五郎も、鐘楼のうえで考えを巡らせたのだ。視線の先には桜並木があったのではないか。先輩の眼には染井霊園の景色と二重写しに見えたことだろう。

坂下先輩は、フェルメールが新教会の鐘楼から飛び降りたことは突き止めた。フェルメールが鐘楼から飛び降りたのは、借金に起因した単なるうつ病のせいではあるまい。

ペータの推理によれば、フェルメールがデ・ホーホを替え玉として使って投身と見せかけ、教会から逃れアムステルダムでデ・ホーホを名乗ったということだった。だが投身によってフェルメールは教会から弾圧を受け、ハウブラーケンの『画家列伝』から名前は抹殺された。ペータは、独自の推理を下敷きにして、十七世紀の替え玉戦略を坂下五郎に当てはめ「トランク・ミステリー」を完成させた。

坂下先輩の卒業間際、池袋の居酒屋で彼の作品『模倣と涙』を所望したが拒否された。先輩の卒業後、私は狂ったように油彩画制作に没頭した。そして突然、坂下先輩がアムステルダムの運河で殺害されたことを新聞報道で知った。被害者像に違和感を覚えながらも絵画制作を続けているとき、週刊誌のインタビューで清張氏の替え玉説を知って快哉を叫んだ。

ところが、事件発生から三年半後の昭和四十四年四月に発表された『アムステルダム運河殺人事件』を思わず机に叩き付けた。被害者を坂下五郎と断定し替え玉説を撤回している。清張氏に裏切られた気分だった。だが反対に、事前に替え玉を知らされていた坂下の両親は安堵した筈だ。これで息子は生き延びられる、と胸を撫で下ろしたことだろう。

ずっと納得感を抱けないまま過ごしてきたが、デルフトの鐘楼に立って、やっと私は清張氏の真意に到達できたように思う。完璧を求める推理作家は、オランダでの取材を終えて帰国後、鹿児島の両親を訪ねている。息子の遺体検分の様子を執拗に質した。坂下のご両親は不安を覚えながらも、懸命に清張氏の疑う替え玉説を否認したに違いない。

私は甑島に母君を訪ねたとき、確証のないまま「この絵の作者は生きています」と言明したことを鮮明に覚えている。息子の生存だけを願い、没交渉を強いられた母親の覚悟に触れると、確信はなくとも「生きています」と言明せざるを得なかったのだ。その虚言に後悔はない。

清張氏はオランダでの取材で替え玉殺人を疑った。加えてフランドル・コネクションという贋作シンジケートの存在もその内紛も、ルトゲス本部長から明かされている。替え玉殺人の背景に、コネクションのマフィア一派の関与があると確信があった筈だ。

唯一自説に矛盾するのは、坂下の両親の証言だ。バラバラになった胴体を息子に相違ないと断定した両親の証言は、清張氏の推理に逆行する。鹿児島の坂下宅で舌鋒鋭く質したに違いない。清張氏はすぐに、ご両親の偽証に気づいただろう。感性鋭い作家が見抜けない筈はない。

ひょっとして清張氏も懸命に演技するご両親を前にして、私と同じ感情を抱いたのではないだろうか。バラバラにされたことになっている坂下五郎の生存を確信し、その逃亡を手助けしようとした。だから作品の中で替え玉説を封印し、フランドル・コネクションの関与にも触れず、被害者を坂下五郎と断定した。手首の切断に注目させベルギー人建具工場主を犯人に仕立てることで、暗黙のうちに背後に控える闇の勢力を暗示した。

清張氏は誤謬を犯したのではない。推理小説界の巨匠としての立場を顧みず、完璧なみせかけの誤謬を著したのだ。蘭語訳に執着した理由も分かる。オランダでの誤謬の流布により、敵対するマフィア連中に「服従の掟」が終了したことを伝えようとしたのだ。

私のロジックをM子に教えてやりたい。彼女はどんな感想を口にするだろう。コートのポケットから先輩が描いた素描を取り出し、鐘楼から風の中に投げた。慰霊の品を供えるような気持ちだった。繊維のほつれが目立つ紙片は、強風に煽られ破れそうになりながら宙空に消えた。

鐘楼から下りて、ルトゲス元警部宅に電話を入れたが、不在だった。ルトゲス夫人は、外出先も教えてくれなかった。伝言なら伝えようということだった。やむを得ず、「松本清張氏は著作の中で意図的に誤謬を犯した。それは作家の詭計《トリック》です」と伝言を依頼した。夫人は訳が分からない口ぶりだった。

「ヨハンにはそれで通じるのですね？」

「ヤー」

私に確信はないが、通じなくとも構わないと思った。

デルフトからアメラント刑務所に出向き、ペータ・ルーストメイヤーとの面会を申し込んだが入所者リストにないと言われた。仮釈放ですでに出所したのかも知れない。消息を尋ねたが、答えてもらえなかった。ライツェプレイン中央警察に連絡を入れ事情を話したが、明かしてもらえない。やむを得ずルトゲスの知人と言ってねばると、生存の有無だけなら教えるということになった。やむを得ずそれで了解したが、結果は既に死亡というものだった。刑務所内で一生を終えたのか、それとも出所後死んだのか、答えてもらえない。

だが私に同情した係官は、娘に関する情報を呉れた。しかし、それも死亡というものだった。遺体の引き取りを依頼するために実娘に連絡したが、娘のほうも既に死亡していることが分かったと言う。アンジェリックはアメリカで死んだのか、オランダに戻ってから死んだのか、分からない。

エピローグ

平成六年にオスロで盗難にあったムンクの『叫び』はロンドン、スコットランドヤードのC－13、アート・スクワットによる囮《おとり》捜査の結果奪還され、実行犯のポール・エンゲルは逮捕された。エンゲルは元プロサッカー選手で、ノルウェーの強豪、ヴァレレンガに所属していたが出場機会に恵まれず、オスロの暗黒街を支配しているトヴィエタ・ギャングに出入りするようになった。その組織の背後にはユーロ・マフィアが控えている。エンゲルは仲間について口を割らない。「沈黙の掟」を守っているのだろう。現在『叫び』は、ムンクの施したヘステキュールである蠟の痕や、「狂人のみがこの絵を描き得る」の添え書きとともにオスロ国立美術館に戻され展示されている。

十年後には、別の『叫び』がオスロ、ムンク美術館から強奪された。白昼堂々拳銃による強奪で、まるでマフィアの襲撃のようだったとの警備員の証言が残っている。六人の強奪犯は即座に逮捕されたが、『叫び』の行方は知れなかった。ようやく二年後に発見されたが、液体による損傷が著しく修復は不可能だった。前回に盗難にあった『叫び』と同様に、厚紙に描かれた作品だった。保管状況が前回の強奪時と全く違っていた。

一方ゴッホ作『医師ガシェの肖像』は、落札後一度も公開されることなく齊藤了英の邸宅に仕舞われたままだった。齊藤は平成七年に贈賄で有罪判決を受けたことがこたえて、翌年に脳梗塞を発症し死亡した。その後、美術品倉庫内にあった数々の美術品の行方がわからなくなった。ところが平成十一年になって突如ニューヨークでサザビーズのオークションに出品され、米国に渡っていたことが判明しゴッホ・ファンを驚かせた。

『叫び』が無事に奪還され、『医師ガシェの肖像』がニューヨークのオークションに登場したあと、世界中の美術愛好家の期待はフェルメール『合奏』の発見に集まった。平成二年にボストンから消えた『合奏』は、盗難にあったまままいまだに行方が知れない。

フェルメール作品は画家の死後、ヨーロッパ各国に散らばった。域外では唯一米国に流れた。ボストンのガードナー美術館に『合奏』が所蔵されて以降、ニューヨークのフリック・コレクション、メトロポリタン美術館、ワシントンのナショナル・ギャラリーと次々にフェルメール作品は大西洋を渡り各美術館の至宝として展示された。米国の経済力による繁栄の歴史が背景にある。

ただ、渡米後贋作と判明した作品も多い。米国には「フェルメールに帰属（フェルメール流の描風で）」と注釈される作品が多い。贋作に、真筆以上の大金が動いたと言われている。〝新発見〟の贋作は、フェルメールの真筆に巧妙に関連付けて製作されている。フェルメール・ファンの連想を刺激するように罠が仕掛けられた。

当初ベルリンのカイザー・フレドリッヒ美術館に所蔵されていた贋作『青い帽子の女』は明らかにフェルメールの『赤い帽子の女』を連想させる。ただ顔は全く似ていない。現代人の目から見ると、贋作のほうが明らかに整った顔立ちをしている。この贋作がマーケットに出たとき、『赤い帽子の女』との混同を避けるために別タイトル『古いコスチュームの女』が用意された。だがマーケットで流通した通称は、その美貌から『ガルボ・フェルメール』だった。

描かれたモデルが女優のグレタ・ガルボにそっくりだったからである。現在はルガノに住むティッセン男爵の末裔の個人蔵となっていて鑑賞することはできないが、ロッテルダムのボイマンス美術館のアーカイブに複製が収められている。『ガルボ・フェルメール』は、贋作と認定されたあとでも大女優の名声と天才画家との相乗効果により闇市場で人気が高まった。奪い合いにまで発展したが、ボストンを縄張りとするアメリカ人の大物マフィアが仲裁に入ったことで現在の持主のもとに落ち着いた、と言われている。

ガードナー美術館での『合奏』強奪事件発生の直後に、オークション会社のサザビーズとクリスティーズが情報提供者に百万ドルの報奨金を発表した。だが実質的に有力な情報は集まらない。FBIやインターポールの囮《おとり》バイヤーの網にも掛かってこない。

地元、ボストンのメディアは繰り返しマフィアの水面下の動きを伝えた。盗難以降、不審死するギャングが相次いだ。メディアから事件の黒幕と看做されていたボストン・マフィアの領袖、ホワイティ・バルジャーは、逃亡し所在が分からなくなった。

バルジャーの本名は、ジェームズだが、プラチナ・ブロンドの髪からホワイティが通称となった。彼自身はイタリア系でもユダヤ系でもなく、アイルランド系である。ＩＲＡ（アイルランドの対英テロ武装組織）への武器密売で財をなした。美術品蒐集で有名なゴッド・ファーザーとして知られている。逃亡に当たり、買収されたＦＢＩ捜査官の手引きがあった。逮捕され実刑判決を受けた元捜査官ジョン・コノリーはサウスボストンの出身で、バルジャーと同じスラムで生育している。二人とも幼い頃の夢は画家になることだった。バルジャーは幼なじみに絵画を贈呈し、見返りにＦＢＩボストン支局の捜査状況を入手できた。筒抜けになった情報から、バルジャーは逮捕の網をかいくぐってアメリカを脱出したと噂された。平成八年（一九九六年）以降その足取りは不明となった。ＦＢＩの捜査に目立った成果は見られない。近年のテロ対策や麻薬取引の捜索に勢力を割かれ、盗難美術品の捜査は後回しになる。『合奏』盗難事件の捜査は暗礁に乗り上げた。

『合奏』が強奪されてから七年後に、窃盗罪の時効が成立した。同時に、オークション会社の報奨金額は百万ドルから五百万ドルに引き上げられた。それでも犯人逮捕に繋がる有力情報は得られない状況が続いた。

ＦＢＩが定める「ＦＢＩ最重要指名手配犯」のトップは、ウサマ・ビン・ラディンだったが平成二十三年（二〇一一年）五月に米海軍特殊部隊によってパキスタンで殺害された。その後「MOST WANTED」の最重要指名手配犯はバルジャーであり、その賞金額は二百万ドルだった。それはビン・ラディンに掛けられた賞金額に次ぐ額である。

古巣のニューヨークやボストンに戻っている動きは摑めていないが、FBIは西海岸での捜査に力点を置いていると伝えられた。サンフランシスコの日本人街やロサンジェルスのサンタ・モニカでの目撃証言が寄せられたからである。

ビン・ラディン射殺の翌月、バルジャーは米西海岸サンタ・モニカで逮捕された。逮捕のきっかけは、バルジャーの愛人、キャサリン・グレイグの写真がFBIに送付されてきたことだった。写真裏面に「六十歳、バルジャーの現ガール・フレンド」と記載されていた。FBIは、キャサリンの顔写真をテレビCMで流し情報提供を呼び掛けた。即座にロサンジェルスの美容室から情報が提供された。美容師は、二人連れの一見客のうち片方が手配写真の女ではないかと届け出た。もう一方の客は東洋系の女で、黒髪をブロンドに染めたと証言した。

FBIが、キャサリンの住むサンタ・モニカの高級住宅街に家宅捜査に入ると、潜伏中のバルジャーを発見、逮捕した。八十一歳になるバルジャーは逃亡生活に疲れ切った様子だったという。一方キャサリンの方は、バルジャーとの関係を否認し「騙された。日系の女に嵌められた」と供述している。FBIの取り調べにバルジャーも口を閉ざし、『合奏』の所在は不明のままだ。キャサリンの写真をFBIに送付した送り主は分かっていない。FBIの懸賞金は美容師に支払われていない。ＦＢＩの見解では、キャサリンをバルジャーの愛人と特定した写真の送付主の方が優先順位が高いとしている。だが本人が名乗り出ないので、ＦＢＩの懸賞金け宙に浮いている。

フェルメール人気は衰えを見せない。もともとオランダ絵画で日本人の間で知られていたのは、レンブラントとゴッホ程度だった。フェルメール作品は昭和四十三年以来数回来日したが、当時は無名画家で特別に騒がれることはなかった。火が付くのは、平成七年と翌年のワシントンとハーグで開かれた大回顧展からのことだ。二十点以上のフェルメール作品を一堂に展示し大きな話題を集めた。作品数が少ないことから希少価値がアピールされ、美術ファンに溜息をつかせた。画家自身の人生が謎めいていることからも人気が出た。

日本でも、リーフデ号漂着四百周年の平成十二年に大阪市立美術館でフェルメール五点が来て、人気に拍車が掛った。現在に至るまで、フェルメールを中心にした様々な展覧会が催されている。謎の多い巨匠画家の人生に画家自身の詭計が隠されているのかも知れない。

平成二十五年六月には米・キューバ当局が水面下で歴史的交渉の場を持ち、国交正常化に向けて歩みだした。米国のケネディ以来の「封じ込め」政策の転換を探り始める。フィデル・カストロはすでに国家評議会議長の座を弟のラウルに譲っている。米大統領はケネディ以降十人に及び、国交断絶の歴史は徐々に風化しつつある。

平成二十五年十一月で、ケネディ大統領が暗殺されてからちょうど五十年が経過した。当時の衝撃を物語るように、事件の謀略を示唆する様々な特集が世界中のマスコミで報じられた。マフィア説、キューバ説、軍産複合体説などが取りざたされたが、いまだに真相はあきらかになっていない。米政府は二〇三九年に機密解除し、全ての証拠物件や資料を公開するとしている。それまでは謎のまま残るのだろう。ケネディ暗殺の八年後にフルシチョフはモスクワで死亡した。ダーチャでの軟禁中にテープに吹き込んだ回想録はKGBの妨害にあいながらも、死の翌年米国のタイム社から出版された。著作の中で、キューバ危機を巡って対立したケネディを手放しで称賛している。

平成二十五年には、ロンドンで七十一歳になったクリスティーン・キーラーが、五十年前の二十世紀最大の英政界スキャンダル「プロヒューモ事件」を語り、サンデー・ミラー紙のインタビューに答えてスパイ行為を認めている。事件で政界から駆逐されたジョン・プロヒューモはその後福祉活動家に転じ、大英帝国勲章を受け名誉回復した。表舞台に出ることなく平成十八年三月、ロンドンでひっそりと九十一歳で他界している。

平成二十六年一月に、元「週刊朝日」副編集長の森本哲郎氏が虚血性心不全で他界した。森本氏は清張氏とともにオランダ、ベルギーに取材同行し現地で通訳した経験を持つ。『アムステルダム運河殺人事件』の文庫版刊行にあたり、取材時の清張氏の作家魂を巻末に寄稿している。

同じ年の七月に、フェルメール初期作品と言われる『聖プラクセディス』がロンドンでオークションに出品され、日本人が約十一億円で落札し、国立西洋美術館に寄託された。日本人名は明かされていない。美術館では翌年の三月十七日から常設展示とし一般公開した。美術館もマスコミも作品の真贋には慎重な姿勢が目立つ。美術館にとって、ルグロ事件は大きなトラウマになっているのだろう。

【平成二十七年四月七日朝日新聞朝刊（抜粋）】
〈謎多き「フェルメール作」 真作？ 日本初の常設展示〉
17世紀のオランダの画家、ヨハネス・フェルメール（1632～75）。現存する作品は三十数点と言われるが、そのうち初期に描いたとの説もある油彩画「聖プラクセディス」が、東京・国立西洋美術館に寄託され、常設展示が始まった。真作かどうか専門家でも意見が分かれる謎多き作品だけに、多くの人が見て検証できるかたちにした。（中略）……いまだ意見の一致を見ていないのが現状だ。そのため、疑問の余地があることを示す「フェルメールに帰属」と表記して公開することにした。……

フランドル・コネクションの噂はいまだに絶えない。ハン・ファン・メーヘレンがアムステルダムの刑務所で死亡してから半世紀以上が経過したが、その残党の活動は現在も続いているらしい。それだけ美術品への需要が衰えないということだろう。

メーヘレンのあと首領《ボス》の地位を引き継いだペータ、アンジェリック父娘の死後、いまは拠点をヨーロッパからアメリカに移し、西海岸のサンフランシスコを中心に暗躍していると言う。米国への移転後は、日系米国人女性がシンジケートを率いていると現地紙に報じられた。だが警察当局もその正体を特定できないでいる。

西洋美術館の常設展示を報じる記事が掲載されて数日後、新聞の訃報欄に山村産業元専務、進藤重吉の名が掲載された。死因は肺炎となっている。喪主は進藤夫人が務め、近親者のみの密葬が完了したと伝えられた。安西咲子の動静は分からない。平山はロンドンの統括支配人を経て執行役員に昇任し、現在は副社長の要職に就いている。山村産業が美術館を建設するという話題は聞いたことがない。進藤の退社とともに立ち消えになったのだろう。進藤の計略は日の目を見ることなく終わった。山村産業の業界でのランクは依然として中堅に留まり、一流商社に水をあけられている。

アムステルダムのトランク・ミステリーは、その発生から半世紀以上が過ぎた。事件を綿密に調査し作品化した松本清張氏は、平成四年に脳出血に倒れ八十二歳で他界した。日本の清張ファンの中でも、その著作『アムステルダム運河殺人事件』を知らない読者が多いだろう。ましてその著作の意図的誤謬には気づくまい。巨匠推理作家の詭計《きけい》は奏功した。

突然ルトゲス夫人からルトゲスの遺品が送られきた。几帳面なルトゲスが、品物ごとに死後の寄贈先を記していた。蔵書のひとつ、蘭語訳の『アムステルダム運河殺人事件』の行き先は私と指定されていると、夫人の添え書きがあった。幸いなことに、清張氏の直筆の葉書も間に挟まっている。本も葉書もすっかり色褪せ、黄ばんでいる。アムステルダムの病院で受け取ったデルフト焼きの花瓶とともに私の宝物になっている。

二〇二〇年には、東京で二度目のオリンピックが開催されることになっている。多くの人たちが二度目の競技を見ることなく亡くなった。アムステルダム運河殺人事件の関係者は大方死んだ。坂下先輩の母君も先年他界した。所蔵の坂下先輩の絵『模倣と涙』がどうなったか、分からない。M子の消息は知れない。二人で学生会館の屋上から染井霊園の桜のアーチを俯瞰したのが最後になった。M子の生死は分からない。故人となるまでは本名は明かせない。

【主要参考文献】

有栖川有栖『幻想運河』（一九九六年、実業之日本社）
糸井恵『消えた名画を探して』（二〇〇一年、時事通信社）
エドワード・ドルニック『ムンクを追え！『叫び』奪還に賭けたロンドン警視庁美術特捜班の１００日！』（河野純治訳、二〇〇六年、光文社）
大島一洋『芸術とスキャンダルの間――戦後美術事件史』（二〇〇六年、講談社）
菊村到『運河が死を運ぶ』（一九六九年、講談社）
朽木ゆり子『盗まれたフェルメール』（二〇〇〇年、新潮社）
朽木ゆり子・福岡伸一『深読みフェルメール』（二〇一二年、朝日新聞出版）
小林頼子『フェルメール論――「神話解体の試み」』（一九九八年、八坂書房）
種村季弘『贋作者列伝』（一九八六年、青土社）
津村秀介『偽装運河殺人事件』（一九八七年、廣済堂出版）
藤井康栄『松本清張の残像』（二〇〇二年、文藝春秋）
松本清張『アムステルダム運河殺人事件』（一九七〇年、朝日新聞社）
溝口敦『消えた名画――「ダ・ヴィンチ習作」疑惑を追う』（一九九三年、講談社）

『松本清張全集』（文藝春秋）
『日本探偵小説全集』（創元推理文庫）
朝日新聞・毎日新聞・読売新聞、各縮刷版
「週刊現代」一九六五年九月二十三日号（講談社）

第8回ばらのまち福山ミステリー文学新人賞

受賞作選評

島田荘司

こちらを最も読者にしてくれた度合いでは、この作が一番だった。一気読みができたし、途中で読書を中断している間は、早く作中に戻りたい気分にさせられた。賞選考にも関わらず、楽しい読書をもたらしてくれる作に出会うことはまれであるから、採点も高くなる。

しかし同時に不安も湧く。この作の文章の読みやすさは、成熟の感性から繰り出される文学好きらしい周囲への選択的な視線、それは純文方向を長く縛す団塊左翼志向とも通底するのだが、気取りのないそれへの感想、結果としての文体の安定感、すわりのよい言い廻しの上手さによるが、読み手の驚きをもくろむ本格ミステリーの装置として見れば、当作に作者発見の新しいパーツはないかもしれない。なにより当作の美点がすっかり理解でき、共感もできるのは、ひょっとして選者個人のたまたまではあるまいかという不安が絶えず襲って、都度の自己点検を強いられた。

こうした要素を減点の理由となすべきかは悩ましいが、しかし本格ミステリーも日台以外では文学であるから、読み手の歓びは単純に加算されてよいはずである。加えて、思いつくまま追想し、無造作に書き重ねられた文章集積のように見せているこの小説も、実は全体を俯瞰しての設計が、あきらかに事前に為されている。したがって読み手が得るであろう意外性や感動は、あらかじめ作者の計算の範疇にある。

興味の対象があんまり共通するから、同世代であろうかと予想したら、果たして同年生まれの書き手であった。したがって学生時代から連綿と体験した歴史的事件や、興味を喚起された時代の対象物は往々にして共通しがちである。しかし都内の好む場所や訪れた異国、日蘭の歴史、さらには絵画の製作や鑑賞を好むという共通項は、そうした世代論の範疇を超えるので驚いた。たちまち思うことは、拙作群の中では『写楽　閉じた国の幻』が当作の内部世界にきわめて近い。ともに絵画を扱い、オランダの画家への興味や、その生涯、作風のやってきた場所への考察等の趣向が共通するうえに、自然主義文体を意図的に採っているところも同じである。

賞選考をするようになって久しいが、この作ほどに、評価以外の多くを考えさせ、また気づかせてくれた創作も記憶がない。決してこちらの考えすぎでなく、作者後年期に為された当作の創作事情は、さまざまに深い意味合いを擁している。これらを逐一解いて語れば、以下の選評文は随筆の長さを得そうであるが、ジャンルへの貴重な考察も生じるように思うので、異例のこれを、今回はご容赦願いたい。

当方が、今日の視線では「清張の呪縛下」という特殊な文壇状況に対し、無頓着に典型的、それとも先鋭的本格を書いて登壇し、何故か乱歩式扇状性への復帰要求と誤認されて、文壇に大いに不安を醸したことは、関係者は記憶しているかも知れない。

その後綾辻氏など本格追求者を推薦してジャンルに引き上げた際、当方としては清張流儀と本格派との共存が、やむを得ない対立と摩擦を生じながらも、切磋琢磨を誘導してジャンルを活性化すると期待した。しかし現実には事態は単純な振り子運動を見せて、清張式社会派は大挙して暗がりに跳躍、一斉退場してこちらを失望させた。その後、ライヴァルのない新本格ブームは、高度な論理性は獲得しつつも、制限された材料を使う室内専用ゲームといったスポーツ嫌いぶりが加速して、奔放な脱日本型気概は年ごとに失われ、こちらには不満が募った。

それから二十五年という待機の歳月が流れ、ようやくここに、隠れもない松本清張のDNAを持った、おとなの文体を操る、成熟した思索の書き手が現れたと見え、今後さらに出現が続けば、かつて自分が構想した二派競合の時代がいよいよ実現するか、という期待も抱かされた。これもまた、個人的夢想という話になるのであるが。

清張流の文体には、伏線拒否的な潜在意識が感じられたが、自然主義的なさりげなさで前方に置かれる当作の伏線には作為がなく、いたって自然で、しかも後段に至ってこれらがひとつの漏れもなく、つまり無駄の駒などひとつもなかったのだと言わんばかりに丁寧に回収されていく姿には、本格派の書き手とすっかり同等の人工主義的潔癖体質、そして几帳面な計算の痕跡が感じられて、ここまでの本格諸規則の学びを経て、清張式の本格アプローチもついに設計図体質を得たかと感じた。

このような言い方が、上からの目線ととられることを恐れるが、本格の方法とは単にゲーム的な追跡感性で、清張氏自身はこうした稚気やトリック許容の人工性を、自身の成熟の体質とは相容れないと看做していた。そのような固さがとれた作例という程度の、これは意味である。

余談だが、この作の美点をたまたま文藝春秋の編集者に話したら、それは是非わが社の「清張賞」に投じて欲しかったものと語った。当作を貫く清張作品へのオマージュの意識も隠される様子がないから、確かにそれが妥当であったかもしれない。しかしもしも先述したような先行拙作への共感が、当作を本賞に招いたのであれば、まことにありがたく、これにも個人的に感謝の思いを抱く。

この作は、ゆえに充分に本格たるの資格を得た徹底思索の産物であるが、同時にビーズの腕輪に似ていて、一九六二年のキューバ危機、六三年のケネディ大統領暗殺、同時期、ロンドンにおけるクリスチャン・キーラー醜聞事件、六四年の東京オリンピック、そして六五年のアムステルダム運河トランク詰めバラバラ殺人、さらには六八年の三億円強奪事件、といった一時代を圧倒的に彩った諸事件のビーズを、私小説的な糸で貫き、陳列していく趣向を持った、甘美な追憶の小説でもある。

この諸ビーズから、七二年の浅間山荘事件が落とされていることには、あるいは軽からぬ意味があるのかもしれない。長い左翼洗脳が意味していたところが露出しつつある国防の現在、当方が敏に感じている文壇事情に、純文方向は思想的に左、本格志向は保守寄りの感想が現れはじめている。この傾向は今後さらに進むと思われるが、この作者には、自身は左翼洗脳は免れている、の主張があるいはあるのかもしれない。そう考えて行く時、蟹工船の時代でもない現代、日本独自の嫉妬型偏向報道と同様に、左翼志向とともにある純文の無根拠な優越意識にも、日本人はもうひと区切りをつけてもよい頃合いかもしれない。

当作の「腕輪」には、作者自身の姿が自然主義的な謙譲筆致によって色濃く投影されており、学生時代の左翼活動、油絵制作への情熱、語らずに胸にしまった恋情といった、誰にも覚えのある小事件が、力みのない筆で小ビーズをなし、さりげなく掲示されて大ビーズの隙間に嵌まっている。

ここでまた個人的な話をするが、『写楽　閉じた国の幻』という「小説」を上梓したおり、主人公の佐藤という人物の花袋的な感性を、評論筋から「佐藤は島田自身である」、と迷いの気配なく断定され、驚いた経験がある。むろん予想していたことではあるものの、自然主義的筆致のやり取りは、その感心の度合いが増すほどに、書かれたことが事実であると読み手が確信して行く過程である――、さらに言えば、筆への感心と引き換えに、内容の大半が事実でなくてはならぬ、そうでないならその価値を減ずるぞ、と面罵せんばかりの書き手読み手の感情的取引が発生するものである現実を確認した。この不思議なわが原則を詐話的な逆手に穫り、あの太宰は文壇の殿上人にと駈け登って未だに降下の気配がない。

成熟の描き手たる当作者には、そうした極東型自然主義、独自のルールは完全なまでに心得られており、この点の操りに一種の観劇的興趣を感じた。末部において、生涯かけたサラリーマン忍耐で蓄えた全財産を、それほど気のなかった情人に持ち逃げされる主人公の淡々とした報告にも、取引の存在を思えば自嘲の意味深が潜んでいる。

本格ミステリーの運動場とは別のグラウンドにおいて、わが文学にはこうした確固たるルールが育っており、これはモーパッサンもゾラも、あるいは彼らの沸騰石たる英国の生物学者ダーウィンも、聞けば驚く東洋の神秘というものであろう。

この小説の着地は、以下のようである。

「M子の消息は知れない。二人で学生会館の屋上から染井霊園の桜アーチを俯瞰したのが最後になった。M子の生死は分からない。故人となるまでは本名は明かせない」

この見事な止めの口上こそは、この作がわが近代自然主義の王道を踏まえた日本文学の末流であることを宣する見栄切りである。

当小説の自然主義的筆致と完成度、そして作中に散りばめた史実と、それらを活用して醸すリアルな味わいから、読み手が「この物語は事実でなくてはならぬ」といつもの威張った取引勘定を持ち出すであろうことを想定して、「その通り事実である」と返す太宰的なやり口が、ここで披露されている。しかしこの返し言葉こそは詐術であり、オランダの実事件において巨匠作家が操った詭計に勝る詭計であることを、同年生まれの当方はすぐに見破ることができている。

作中の「私」は、「昭和三十四年に郷里の兵庫（これは事実）から上京した。第一志望の芸大受験に失敗し、やむを得ず母の勧める普通の大学の工学部に入学するためだった」とある。しかし、これは事実ではない。作者の年代なら、大学入学はこの七年後になるはずで、主人公は描き手の七歳年上に設定されている。何故このようにしたかというと、事実通りにすれば、キューバ危機も、ケネディ暗殺も、キーラー嬢事件も、主人公の中学生時代の事件となってしまって、これらの事件を人格形成に関わる深刻なピースと匂わすことがむずかしくなる。

そして「アムステルダム運河の殺人事件」は、主人公が高校二年生時の事件となり、それ自体はよいとしても、トランクに入れられた犠牲者を疑わせる坂下先輩が遥かな年上になってしまって、作者入学時には卒業してしまう。同じ大学に同時期在籍して、親しいつき合いができないことになるから、同じ女子大生を争うことも不可能になり、そうなら主人公が、この異国での怪事件追跡に情熱を燃やす設定に、勢いが削がれるからである。

作者の詭計は、事前の物語設計時にこそ使われており、読み手を密かに欺いている。「アムステルダム運河トランク詰め殺人」の方は発生日時が固定だから、ノンフィクション主義を採れば作者は出遅れてしまって、この作のように劇的に、事件への直接関与ができなくなってしまう。

自然主義の傑作とは、おそらくは大半が、こうした舞台裏を隠す人工物であろうと思う。この作者は、太宰同様こうした事実をよく見抜き、かつ心得た、さすがに成熟の描き手であることをうかがわせている。

原 進一 （はら・しんいち）

1948年兵庫県神戸市生まれ。東京外国語大学フランス語学科卒業後、全日本空輸（全日空）入社。1994年よりオランダ、アムステルダムに駐在（1998年まで）。2008年退職。2015年に『アムステルダムの詭計』で島田荘司選第8回ばらのまち福山ミステリー文学新人賞受賞。東京都在住。

アムステルダムの詭計《きけい》

2016年5月2日　第1刷

著者…………原《はら》 進一《しんいち》

装幀…………坂野公一（welle design）

発行者…………成瀬雅人
発行所…………株式会社原書房

〒160-0022 東京都新宿区新宿 1-25-13
電話・代表 03（3354）0685
http://www.harashobo.co.jp
振替・00150-6-151594

印刷…………新灯印刷株式会社
製本…………東京美術紙工協業組合

ISBN978-4-562-05316-2, Printed in Japan